FÉ NO INFERNO

SANTIAGO NAZARIAN

Fé no Inferno

COMPANHIA DAS LETRAS

Copyright © 2020 by Santiago Nazarian

Grafia atualizada segundo o Acordo Ortográfico da Língua Portuguesa de 1990, que entrou em vigor no Brasil em 2009.

Capa
Guilherme Xavier

Foto de capa
Fluke Samed

Preparação
Alexandre Boide

Revisão dos termos armênios
Catherine Chahinian

Revisão
Carmen T. S. Costa
Márcia Moura

Os personagens e as situações desta obra são reais apenas no universo da ficção; não se referem a pessoas e fatos concretos, e não emitem opinião sobre eles.

Dados Internacionais de Catalogação na Publicação (CIP)
(Câmara Brasileira do Livro, SP, Brasil)

Nazarian, Santiago
    Fé no Inferno / Santiago Nazarian. — 1ª ed. — São Paulo :
Companhia das Letras, 2020.

   ISBN 978-85-359-3389-5

   1. Ficção brasileira I. Título.

20-43492   CDD-B869.3

Índice para catálogo sistemático:
1. Ficção : Literatura brasileira   B869.3

Cibele Maria Dias – Bibliotecária – CRB-8/9427

[2020]
Todos os direitos desta edição reservados à
EDITORA SCHWARCZ S.A.
Rua Bandeira Paulista, 702, cj. 32
04532-002 — São Paulo — SP
Telefone: (11) 3707-3500
www.companhiadasletras.com.br
www.blogdacompanhia.com.br
facebook.com/companhiadasletras
instagram.com/companhiadasletras
twitter.com/cialetras

Para meu avô, Guiragos Kevork Nazarian (in memoriam)

Afinal, quem ainda se lembra dos armênios?

Adolf Hitler

Toda criança merece o Inferno. É nisso em que toda criança acredita. O xixi na cama, o furto de uma guloseima, uma desobediência escondida, tantos pensamentos impuros. Cada passo é um pecado para quem está aprendendo o caminhar da vida. E para quem segue as regras divinas, o Inferno está em cada esquina.

Então ali estava o Inferno. Como eu sabia que viria. Minha aldeia queimando. Eu descendo a montanha, como o rio, um rio de lava vermelha, acompanhando a mim, meu irmão e nossos vizinhos a cada passo. Não deixava de ser bonito, confesso que era a primeira impressão que me ocorria, aquela visão de encher os olhos. Claro que havia também medo e ansiedade, mas esses já estavam em fermentação havia tantos dias que, naquele momento derradeiro, não chegavam a ebulir em desespero. A colina que eu descera tantas vezes na vida, uma vida que nem era tanta assim, a paisagem que era tudo o que eu conhecia, sempre em cores pastel, agora ganhava um vermelho-vivo, vermelho-morto, bruxuleante, que nunca seria possível de outra forma, espetáculo que nunca seria possível sem meus pecados.

Meu irmão mais velho me puxava pela mão e eu apressava o passo, tentando olhar para trás, tentando não olhar para trás, tentando acertar o passo, o sapato escapando de meus pés como se quisesse ficar, o sapato não podendo mais, preferindo queimar. Eu não preferia, mesmo que fosse uma bela vista, mas não tinha certeza de que havia escolha — afinal, essa é outra verdade da infância: na infância não se tem escolha. Talvez eu mesmo já estivesse queimando, as costas ardendo. O Inferno provavelmente era isso. Eu virava a cabeça para trás e pensava: *o Inferno é tão bonito...*

"Estou cansado", "quero fazer xixi", "meus pés estão doendo", seriam comentários que eu faria em qualquer outro dia, naquele mesmo cenário. Mas naquele contexto eu me esforçava para manter tudo sob controle dentro de mim, aproveitando apenas a beleza do momento.

As chamas dançando, sublinhando o contorno das casas. A fumaça tomando o ar, cobrindo as estrelas — não adiantava levar os olhos aos céus, estava tudo apagado. Eu tinha de agradecer pela beleza diante dos meus olhos, uma beleza dessas só se pode ver uma vez na vida. Tamanha beleza só se pode ver antes de morrer. É a terra de luz que Bedig avistou ao chegar ao cume do Demirkazik, o que eu via naquele momento descendo a montanha. Ninguém deveria ver tão cedo — porque depois disso, o quê? Quando se tem oito anos, tudo é novidade. Quando se tem oito anos, cada novidade é novidade. Quando se tem oito anos, nem tudo é novidade, e o que é novo já toma um caráter de espetacular, ainda toma um caráter de espetacular, não é mais tão espetacular assim. O que importa é que as novidades de oito anos — como as de sete, como as de nove — estabelecem a força que deverão ter as novidades pelo resto da vida. E eu torcia para que nada pudesse competir com aquilo. Nada poderia competir com aquilo — embora eu não soubesse. No começo da minha história, aos oito anos, eu já contemplava a visão mais espetacular e terrível que se poderia ter na vida.

Meu irmão parou, virou-se para mim, acocorou-se e sorriu. "Está com fome?" Tirou um damasco murcho do bolso e mostrou-o bem diante do meu nariz. Tive de envesgar para identificar a fruta. Sabia que deveria recusar, e era fácil. Não estava com (muita) fome. "Está cansado?", meu irmão perguntou, ficando de pé, pronto para me colocar nas costas. Me incomodava ver todos os outros seguindo em fila, e nós ali parados, discutindo questões como cansaço e damasco. Aos oito anos, eu já sabia que isso não era adequado, e aos oito anos eu sabia que meu irmão adolescente podia ter menos noção do que era adequado do que eu mesmo. Ainda assim, pensava se deveria aproveitar a brecha para verbalizar o que de fato mais me incomodava. "Quero fazer xixi", disse sem saber se deveria. Meu irmão suspirou e olhou ao redor:

"Tudo bem, faça aqui, mas seja rápido."

Ele me conduziu para o canto da trilha e ficou de tocaia pelos soldados, enquanto nossos vizinhos passavam olhando para nós como se dissessem: *Vocês são loucos? Não é hora para isso!*

Mal consegui. E, com a calça respingada, os dedos molhados, voltei a dar a mão para meu irmão antes de me aliviar completamente, nunca poderia me aliviar completamente. Mas já conseguia ver minha aldeia queimar com um pouco menos de ansiedade.

Seguindo pela planície, o calor do incêndio dava lugar ao frio da noite. As cores não eram mais tão espetaculares, embora o rio Perri continuasse a correr vermelho ao nosso lado. Era surpreendente que aquele rio em que tanto eu nadara, sempre constante e imutável, pudesse ganhar novas cores e continuasse a refletir o fogo, como o eco visual de um incêndio que ficara para trás. Então comecei a suspeitar que poderia ser outra coisa.

Percebendo meu olhar atento nas águas, meu irmão apressou o passo, puxando minha mão.

Com o canto do olho, continuei observando o rio, que pouco a pouco foi voltando a correr transparente. E foi quando novamente se tornou cristalino que pude ver os corpos adormecidos em seu leito.

"Só um minuto que dona Beatriz já vai receber você."

Cláudio agradeceu e se sentou no sofá de veludo creme na sala de visitas da casa da avenida Europa. Na mesa de centro, via uma cobra de madeira envernizada, um lobo de porcelana, um carneiro de ferro fundido.

Estava praticamente na sua rua, considerando que era apenas uma reta, uma hora de caminhada do centro de São Paulo ao Jardim Europa. Saía da praça Roosevelt, subia pelo baixo augusta, descia a Alta Augusta, atravessava a avenida Brasil, rua Colômbia, Groenlândia, o Museu da Imagem e do Som, que sempre tinha exposições que ele adoraria ver; passava por concessionárias Audi, Hyundai, Jaguar, Mercedes-Benz, perguntando-se quando apareceria um imóvel residencial; então chegava à última casa sobrevivente da avenida, grande e térrea.

Uma empregada parda, de uniforme bege, o recebeu no portão baixo da rua, então passaram por um grande portão para uma antessala com um enorme espelho manchado, em que Cláudio conferiu como estava suado da caminhada.

"Aceita uma água, um café?", ofereceu a mulher.

"Não, obrigado. O banheiro?"

Cláudio foi conduzido a um lavabo, onde enxaguou o rosto, trocou a camiseta branca suada por outra camiseta branca da mochila, então seguiram até a sala de visitas. Sabia que esse tratamento, como visita, não duraria. Era sempre nebuloso, as empregadas nunca entendiam qual era o lugar dele, de início — se deveria ser tratado como visita dos donos da casa ou como um empregado, como elas. Aquela lá, inclusive, o lembrava muito da avó paterna, que ele pouco conhecia, e que poderia estar ali, ocupando aquele posto, oferecendo-lhe café, conduzindo-o até o sofá.

Cláudio olhava os três enfeites da mesa de centro depois de constatar pelo celular que não havia wi-fi. A rede mais próxima era de uma concessionária, bloqueada. Suspirou. Parecia que quanto mais dinheiro tinha o idoso, menor a probabilidade de ter rede. Isso porque os idosos mais pobres tinham agregados, eram agregados, moravam com parentes mais novos, que não viveriam desconectados, ainda mais na companhia de um idoso. Os idosos ricos podiam pagar pela solidão e pelo isolamento. E ele sabia que estava lá por isso.

Notou uma manivela no carneiro de ferro. Girou. Uma caixinha de música? Notou que o rabo funcionava como uma alavanca. Pressionou. O carneiro irrompeu numa campainha estridente.

Cláudio tentou abafar a campainha. Girou a manivela. Apertou o focinho. Sufocou o carneiro de ferro entre as pernas. Mas a campainha continuava a soar.

"É para chamar os empregados", explicou uma senhora sorridente, de tailleur, entrando rapidamente na sala.

"Desculpe, achei que fosse uma caixinha de música", Cláudio saltou de pé, envergonhado, colocando o carneiro de volta na mesa de centro. A senhora pressionou novamente o rabo, e a peça ficou em silêncio. Estendeu a mão.

"Sou Beatriz, eu que te liguei. Sente-se."

"Prazer, Cláudio."

Os dois sentaram-se nos sofás frente a frente e Cláudio examinou aquela mulher que aparentava estar na casa dos setenta, talvez até oitenta anos, mas que parecia muito disposta, lúcida e ênxuta. E apesar do sorriso e da simpatia, ou talvez *por causa* do sorriso e da simpatia, ele sentia que ela era do tipo que lhe causaria problemas. Ele tinha experiência.

Quando começou a trabalhar com idosos, ainda na adolescência, Cláudio teve a pior amostra possível da velhice: trapos humanos, gente remendada, dilapidada, esvaída. Gente que precisava ser carregada, arrastada, esfregada. Era isso que a Fundação considerava digno do trabalho dos jovens. Nunca ele encontraria uma senhora caminhante, sorridente, elegante, de posse de todas as faculdades mentais. Quando passou a trabalhar para particulares, para quem podia pagar, conheceu idosos queixosos com todo tipo de caprichos. Um de seus últimos pacientes só precisava de sua ajuda para abrir os frascos de remédio.

Cláudio sabia que dona Beatriz era sua contratante, não sua paciente. "Precisamos que faça companhia para um senhor bem idoso, com temperamento difícil, se isso não é um pleonasmo", ela lhe disse ao telefone. Por reflexo Cláudio já arrumou a postura, como para direcionar a voz, pois o vocabulário indicava que era um cliente com dinheiro... Agora ele se perguntava se Beatriz era a esposa, a governanta — ainda existia esse posto na prática? Poderia ser filha? Com um pai que teria de já estar nos... noventa? Deveria ser esposa. Uma esposa incapaz de cuidar do marido... ainda que bem-disposta e sorridente.

"Meu tio-avô, Domingos Arakian", ela se antecipou em esclarecer. "Já passou dos noventa. É um homem ativo, lúcido, razoavelmente saudável para a idade. E tudo isso é parte do problema. É um homem entediado, perdeu a esposa há muitos anos, não tem filhos. Fez fortuna no ramo de tecelagem, mas há muito que os lanifícios foram fechados — a gente pode culpar o aquecimento global ou simplesmente a informalidade crescente do brasileiro, que não é mais capaz de suportar o calor para manter a elegância. De todo modo, ele fechou a tempo e fez bons investimentos, acabou com mais dinheiro do que pode gastar. Assim, ele não tem obrigações, e a rotina é um ritual que ele mesmo criou, como você deve bem entender."

Cláudio assentiu. Conhecia bem o quadro. A velhice se estendendo indefinidamente, sem função, para idosos que podiam pagar por isso.

"Temos duas empregadas fixas nesta casa: a Clarice e a Hilda. Estão aqui há quase tanto tempo quanto os móveis; não temos como nos livrar delas, e seria impossível arrumar outras que aceitem trabalhar nas mesmas condições, ainda mais depois dessa PEC... Elas moram aqui, nos quartinhos dos fundos, cada uma folga um dia por semana, mas não dão conta. A casa é grande demais, há muito o que fazer, pelo que elas dizem, e não podemos confiar que cuidem para que ele tome os remédios no horário, não podemos exigir que literalmente carreguem o tio nas costas — são mulheres de uma certa idade, como você deve ter visto. Não temos quem acuda caso ele caia no banheiro, coisa que ainda não aconteceu, mas não vamos esperar que aconteça." Beatriz levantou o carneiro-campainha. "A casa está cheia de coisas como essas, desde os anos 60, campainhas, sinos, mas não há um interfone ou *panic button*. Tentei instalar uma babá eletrônica, que o tio sempre manteve desligada. Essas campainhas podem parecer estridentes de perto, mas imagine vencer as paredes desta casa, a TV ligada, os chiados da panela de pressão..."

Cláudio apenas ouvia, assentia e abria meio sorriso, tomando o cuidado para que suas demonstrações de simpatia não fossem confundidas com galhofa.

"Eu não posso vir sempre aqui", continuou Beatriz. "Tenho minha família, minha rotina, problemas suficientes para resolver com filhos, netos e meus próprios empregados... Mesmo que quisesse cuidar do tio Domingos, eu não poderia."

Cláudio também estava habituado com essa parte do discurso dos contratantes, claro...

"Ele já teve outros cuidadores. Bem... eram mais *acompanhantes* do que cuidadores, algumas vezes por semana ou para saídas específicas. Precisamos de alguém para ficar com o tio o maior tempo possível. A madrugada talvez seja o mais importante, porque as empregadas estão dormindo, mas também precisamos de alguém para acompanhá-lo durante o dia, fazer caminhadas pelo bairro, de repente um museu, lembrar de tomar os remédios... Enfim, o trabalho que você já deve estar acostumado a fazer."

"Entendo..." Cláudio respondeu. Uma das coisas mais úteis que aprendera nesse trabalho fora ouvir, como ouvir, que o sucesso de uma entrevista de emprego não dependia do que ele tinha a dizer, e sim da forma como ouvia, deixava claro que estava escutando, que prestava atenção — suas credenciais podiam se limitar ao currículo. E ele tinha um currículo.

Beatriz então pegou um caderno e folheou para verificar. "A moça da agência falou que você tem uma boa experiência....", comentou ela enquanto olhava anotações. O silêncio depunha a favor de Cláudio. Ainda assim, mesmo sem dizer nada, certa imaturidade berrava de uma forma que ele não podia controlar: seu rosto infantil, ele aparentava menos, mal tinha barba para tentar camuflar, e se tivesse também seria uma escolha difícil entre parecer novo ou desleixado.

Cláudio buscou na mochila e tirou uma cópia amassada de seu currículo. Perguntava-se se o fato de usar mochila em si já o infantilizava. Ele era homem, homens não usam bolsa, e vinha de uma hora de caminhada, a mochila era a opção mais prática. Notou os olhos de Beatriz procurando lá no alto da página, sua idade: vinte e dois anos, então o tempo de experiência. "Você começou cedo..."

"Sim, num projeto de uma ONG", explicou, sendo deliberadamente vago para que ela não quisesse entrar em detalhes sobre o que era esse projeto de fato. "Eles encaminhavam os adolescentes voluntários para cuidar de idosos de comunidades carentes." O termo "voluntários" não era o mais preciso, "infratores" seria mais exato, mas era isso.

"Muito interessante. Como é o nome do projeto?"

"Projeto Renascer", Cláudio respondeu engolindo em seco, temendo que ela buscasse mais informações on-line.

"Não conhecia", respondeu Beatriz. "Sei que você também tem experiência com idosos de famílias mais abastadas..."

Cláudio limitou-se a assentir.

"Pode parecer besteira, e realmente é, mas faz diferença, entende? As necessidades são outras, as manias, gente que está há muitas décadas acostumada a ter todas as vontades atendidas..."

Cláudio assentiu novamente, então achou por bem enfatizar. "Estou acostumado, tenha certeza."

"É um equilíbrio delicado", continuou ela, "atender às necessidades do idoso sem se deixar levar totalmente por suas manias. Saber ser firme quando é preciso que se tome um remédio, que se livre de uma teimosia, mas também ter o respeito necessário com quem nunca se acostumou a receber ordens..."

"Tenho experiência nisso, sim."

Beatriz sorriu para ele, um sorriso que mais parecia avaliá-lo do que aprová-lo. Ela o examinava. "Sua família...." ela enfim disse, "veio de onde?"

Cláudio meneou, sem entender o propósito da pergunta.

"Daqui. São todos daqui... de São Paulo. Cresci no Bom Retiro."

"Ah, meu avô, irmão do Domingos, teve um comércio ali, na Dutra Rodrigues, sabe?"

"Sim, eu cresci lá do lado, na João Kopke..."

"Há anos que não passo por aqueles lados. Bem, agora está impossível, virou tudo cracolândia... Você ainda mora por lá?"

"Não, moro aqui perto, no final da Augusta." Ele sabia que "perto" era um termo relativo, uma hora de caminhada, mas não deixava de ser o final da Augusta, tecnicamente no final da rua; para São Paulo era bem perto. Qualquer emergência, ele poderia vir correndo. Se bem que, se parecesse que ele morava bem demais, pareceria que ele não precisava e não se dedicaria ao emprego...

"Na Roosevelt?", ela acertava na mosca.

"Isso..."

"Ah, aquilo lá deu uma bela revitalizada, não é? Com os teatros, a praça... Tenho um sobrinho que faz teatro por lá. Aquelas peças de gente pelada", ela riu.

Quando seus olhos se voltaram de novo para Cláudio, ele soube exatamente o que se passava na mente da mulher: ela estava constatando sua homossexualidade. Mas até aí, a praça Roosevelt não o denunciava mais do que sua própria função. Cuidador de idosos rivalizava com cabeleireiro e comissário de bordo entre as profissões mais gays possíveis.

"É um lugar tranquilo para morar...", ele se limitou a dizer, não exatamente sincero.

"E é uma reta só mesmo. Fácil para você vir. Isso é bom."

Os dois sorriram um para o outro, mantendo-se em silêncio por alguns instantes.

"Bem... você parece mesmo perfeito. É difícil arrumar um cuidador homem, jovem, e eu sinceramente não queria colocar outra mulher aqui na casa para cuidar do meu tio. Você entende?"

"Sim", Cláudio avaliou que era o momento final para dar uma cartada eloquente, "geralmente os clientes preferem cuidadores do mesmo sexo do paciente, até pelas questões íntimas, o banho, trocar fralda…"

"Acho que com isso você não terá de se preocupar, por enquanto." Ela sorriu, ainda o avaliando, parecendo avaliá-lo positivamente. "Bem, então vamos conhecê-lo. Ele ainda é o homem da casa, e é quem precisa aprovar você."

A história de um homem só termina quando toda a história foi contada. Se trouxermos algo de novo, a história continua. A morte é apenas um capítulo para incrementarmos nossa vida. Eram frases de efeito de meu pai, que eu mesmo nunca valorizara. Quando se é menino, qual é o sentido de refletir sobre a vida, sobre a morte?

Agora meu *hayrig* estava morto. Morto como um criminoso — ou pior, um inimigo do Estado. Que história poderia me contar? Que exemplo poderia ser para mim? O que ele me ensinara como certo era condenado; se eu o via como herói, o governo o considerava um vilão. Sua mera existência poderia implodir toda uma ordem. Eram as incongruências de crescer como minoria num império — a raça errada, religião errada. O caminho que minha família indicava, o poder maior reprovava. "O poder maior está em deus", dizia minha mãe. Bem, para mim parecia que o poder estava com os turcos.

Mas se éramos minoria segundo o estado, não éramos até onde eu podia enxergar. Nossa aldeia, com a maior parte de população armênia cristã apostólica, como nós. Era meu pequeno mundo, com as fronteiras ameaçadas. E isso ficou mais claro quando eclodiu a Grande Guerra.

Aqueles que poderiam nos proteger — homens com a força mínima necessária para sustentar um machado — foram tomados como agressores. Convocados, reunidos, desarmados, acusados de conspiração. Aqueles que não tinham armas compraram uma para entregar. Para aqueles que não tinham como comprar, o Império da Sublime Porta providenciou uma, para que tivessem com que se matar...

Como não havia nem onde prender todos os homens da aldeia, converteram a oficina do ferreiro em prisão, levaram embora todo o ferro. Sobraram velhos, mulheres e crianças. Logo as mulheres jovens foram levadas também. Então as mulheres mais velhas, as *mayrigs*, se revoltaram e quiseram ver seus maridos. Minha mãe saiu de casa assim, com meu irmão mais novo no colo, talvez esperando sensibilizar os oficiais com a criança, talvez insegura de deixar o pequeno aos meus cuidados e de meu irmão. Ela nunca mais voltou.

Meu irmão, que como todo irmão mais velho sempre queria se mostrar mais homem do que eu, encolhia-se ao meu lado. Trancados dentro de casa, apavorados, nos alimentávamos de migalhas com medo do que as migalhas poderiam causar. "Coma, para crescer forte", costumava dizer minha avó. Agora, num bocado maior de pão, meu irmão olhava para os próprios pés em pânico e podia ver, eu também via, seus dedos rechonchudos se tornando mais alongados, a planta se estendendo, adolescência se estabelecendo. Logo ele estaria grande demais para se esconder dentro de casa.

Não chegamos a tanto. Em pouco tempo toda a população restante foi reunida e deportada; segundo o governo, a aldeia não era mais segura — a aldeia não era mais segura por causa do governo. Certamente não era quando incendiaram as casas, e tivemos de partir, sem esperança de poder voltar.

Na caravana, deixando minha Lurplur, ainda tinha esperanças de que minha mãe, meu irmãozinho e até meu pai se juntassem a nós. Mas se ainda estavam vivos na prisão, não estavam mais. Me perguntava se não poderíamos apenas ir até o vilarejo vizinho, ficar com minha avó; não estava certo de que o vilarejo vizinho ainda existia. Nossos vizinhos levavam tudo o que podiam, roupas, economias, tapeçaria, mas tínhamos todos de seguir a pé, escoltados pelos gendarmes turcos, convenientemente montados a cavalo.

Tentando me distrair pelo caminho, afastar minha mente da aspereza do momento, meu irmão me contava histórias de reis e animais, que eu já havia ouvido em versões melhores por meu pai; o tom monótono de agora só fazia com que eu me voltasse para mim mesmo e para a dura trilha que tínhamos de seguir. Vendo que as fábulas não surtiam efeito, meu irmão tirou do bolso uma *duduk*, uma flauta armênia. Naquilo ele era realmente bom — já começava a usar seu talento musical inclusive para encantar as meninas da vila, para preocupação de minha mãe. Agora, preocupava as outras *mayrigs* na caravana — não precisou nem dar o primeiro sopro: com a flauta na boca recebeu de todos os lados olhares de censura. Guardou novamente o instrumento no bolso; não era mesmo boa ideia chamar atenção.

Já estava escuro, já havíamos nos afastado de todas as vilas próximas, se tornava pouco provável que encontrássemos abrigo — me perguntava se teríamos de atravessar a madrugada caminhando pelas montanhas da Anatólia...

Da sala de visitas, Cláudio foi conduzido ao escritório. Era uma sala adjacente, com os mesmos sofás veludo-creme, mas sem animais em mesa de centro. Ele não saberia avaliar, mas provavelmente um mesmo decorador fez o trabalho, talvez nos anos 60, deixando a sala de visitas para as mulheres e o "escritório" para os homens. Lá, uma estante tomava toda uma parede, repleta de livros encadernados todos da mesma forma, com um couro azul onde se podia ler em letras douradas apenas "Arakian". Havia também uma enorme televisão de tubo, com um alto-falante de cada lado, que deveria ter sido algo de última linha, nos anos 80.

Enquanto ele olhava o cômodo, seu paciente entrou por outra porta e lhe estendeu a mão.

"Domingos Arakian. Sente-se."

Cláudio se acomodou num dos sofás e o velho numa enorme poltrona giratória no centro da sala. Beatriz ficou de pé entre eles.

"Então", disse o velho, observando Cláudio, "você é o jovem que mandaram para me matar?"

Cláudio esboçou um sorriso. Não era uma observação nada original, mas a forma como o velho dizia isso, com malícia, levou-o a encarar com bom humor e ter boas expectativas quanto àquele paciente.

Beatriz se antecipou, sem entrar na brincadeira. "Ele veio apenas lhe fazer companhia, tio. Para que o senhor possa sair mais, ficar mais à vontade, sem depender das empregadas... Conversamos sobre isso."

Cláudio entendia bem a argumentação de Beatriz. Também era típica. Ela queria deixar claro para o tio-avô que a presença de Cláudio ali não era uma restrição, era uma nova forma de liberdade.

"Como é seu nome, meu filho?", perguntou o velho, ignorando a sobrinha-neta.

"Cláudio, senhor."

"Cláudio do quê?"

"Cláudio Reis."

"Reis?!" O velho pareceu ponderar... "Esse sobrenome vem de onde?"

Cláudio franziu as sobrancelhas sem entender.

Beatriz se antecipou novamente. "É um sobrenome português muito comum, tio, cristão. Acho que vem dos Reis Magos..."

"Ah..." O velho aceitou a resposta, mas continuou observando Cláudio. "Mas você tem algo de mameluco, não? Esse tom de pele..."

Sem se deixar constranger, Cláudio respondeu sorrindo. "Tenho descendentes índios, por parte de pai... não tão próximo..."

"Ascendentes, você quer dizer", corrigiu o velho.

"Oi?"

"Você é descendente de indígenas, então tem *ascendentes* índios, *ascendência* indígena."

"Isso."

"É um legítimo brasileiro", o velho disse, sempre sorrindo.

"Somos todos", completou Beatriz.

Mais tarde Cláudio pensaria sobre isso. Se alguém que morava sozinho numa casa daquele tamanho, servido por empregados, poderia ser considerado um legítimo brasileiro. Ainda mais com um sobrenome daqueles: Arakian.

"Ela fala isso para me provocar", disse o velho em tom de confidência para Cláudio, que não entendeu exatamente qual seria a provocação.

"O senhor é descendente de quê?", perguntou Cláudio, buscando demonstrar interesse pelas histórias do velho.

"Pronto", disse Beatriz. "Chegou ao tema predileto dele."

O velho abanou com a mão, olhando para Cláudio, como para enfatizar o desprezo pela sobrinha-neta. Virou-se para a estante, pegou uma lata e abriu oferecendo a Cláudio. O cheiro doce de baunilha veio a ele em amêndoas drageadas.

Cláudio não era fã de doce, mas sabia muito bem que aceitar guloseimas era obrigação de qualquer jovem que quisesse manter bons laços com um idoso — fosse parente ou paciente. Ele pescou uma amêndoa rosa solitária entre os tons pastel, se perguntando se elas tinham sabores diferentes. Era dura, doce, e ele não sabia se mordia ou chupava — se um senhor daquela idade conseguiria mastigá-la —; o cheiro era mesmo fenomenal. Decidiu mordê-la e se arrependeu de toda a mastigação agressiva enquanto o velho o encarava.

"Gosta?", o velho perguntou.

Cláudio assentiu. "Hum...ó-ótimo", se apressou em engolir para responder. O próprio velho tirou uma amêndoa da lata, colocou entre os lábios e sugou, enquanto devolvia a lata à estante.

"Eu sou armênio", prosseguiu deslocando a drágea entre bochechas. "Antes de ser brasileiro, sou armênio."

"O senhor nasceu na Armênia?", perguntou Cláudio, se arrependendo logo em seguida. Se o velho se considerava armênio, e a sobrinha-neta dizia que eram todos brasileiros, provavelmente ele era filho de armênios que se recusava a aceitar totalmente a nacionalidade brasileira.

"Por mais curioso que isso possa soar, não é preciso nascer na Armênia para ser armênio", respondeu o velho. "É uma etnia, não uma nacionalidade. Quando eu nasci, a Armênia nem existia como país. Mas existiam os armênios. E certamente sou um deles."

Cláudio assentiu observando o velho, examinando para identificar algum traço de *armenidade*. Pelo que ele falava, ser armênio era como ser negro ou oriental ou.... gay! Algo como uma raça. O velho não tinha sotaque... ou não tinha um sotaque muito identificável, apenas o sotaque de... velho, com a pronúncia marcada do "t" e do "d" antes do "e" e do "i" típicas de gerações paulistanas passadas. Fisicamente, parecia ser um idoso genérico, sem nenhum traço exótico: branco, cabelos brancos, poucos cabelos, pelos desordenados nas sobrancelhas, saindo do nariz e das orelhas...

"Você sabe alguma coisa sobre a Armênia, meu filho?", continuou seu Domingos.

Cláudio torceu a boca. Aquele era um vestibular para o qual ele não havia se preparado. Não tinha nem ideia de onde ficava a Armênia — ou mesmo *se ficava* em algum lugar, pelo que o velho dissera. Usou todo o repertório que tinha sobre o tema. "Bem... cresci perto da estação Armênia do metrô..."

"Ele morava perto de onde seu irmão tinha a loja, tio...", completou Beatriz.

"E eu tive um vizinho armênio na infância."

"Hum, qual era o sobrenome dele?", perguntou o velho.

Cláudio revirou a mente. "Não lembro... Ele era velho, já deve ter morrido..." Imediatamente se arrependeu de dizer isso. "Nós o chamávamos só de armênio mesmo..."

O velho assentiu. "Ao menos ele teve sorte de não ter sido chamado de *turco*, não é? Neste país, qualquer um que venha daquela região é chamado de turco…"

Sentado na sarjeta, Cláudio olhava as rachaduras no asfalto. Brotava uma planta oportunista, ciente de que, naquele canto de parada e estacionamento proibidos, não seria alcançada pelos carros. Ou nem tão ciente, apenas sobrevivente; a única à vista apenas por ser a única que sobrevivia; brotava entre suas pernas. O menino a cutucava com um palito de sorvete, escavando a terra sob o asfalto ao seu redor, tentando descobrir suas raízes, esforçando-se para acabar com suas chances.

Centro de São Paulo, Bom Retiro, perpendicular à avenida Santos Dumont, e mais surpreendente do que uma planta que brotava eram os meninos que ainda jogavam bola na rua, no começo do novo milênio. Manhã de domingo, ainda assim... Ele sentava-se na calçada olhando para baixo, tentando não cruzar olhares com os outros meninos, querendo que os outros meninos não cruzassem com ele, não podendo voltar para dentro de casa, que os adultos ocupavam com conversas, bebidas, as músicas de culto tocando no aparelho de som, ainda acreditando que a rua era o lugar para os meninos numa manhã de domingo. De tempos em tempos o som da bola quicava por perto e ele retesava-se temendo que o atingisse, que a bola caísse em seu colo, que os meninos pedissem que ele chutasse de volta. Ele não jogava.

Cláudio não jogava, e quando se é menino isso é a morte. Toda a interação se dá por aí, a integração se dá através disto: o talento para a bola, o time para o qual se torce, o time contra o qual se torce, o único interesse indispensavelmente masculino, antes de os hormônios imporem a atração pelo sexo oposto. Um menino que não joga bola é um paradoxo imóvel. Aos oito anos ele não conseguia se acostumar com isso. Em oito anos ele não conseguira se acostumar com isso. Oito anos e eles não se acostumavam com ele, o paradoxo. Nunca se acostumariam, os meninos. Então ele se sentava na sarjeta, olhar baixo, no canto, à vista, para se manter invisível. Funcionava. Até a bola vir quicando ao seu lado...

"Cláudio, manda a bola, manda a bola, seu arrombado..." Quem pedia era seu irmão, Alisson, seis anos mais velho, já na adolescência, impondo-se sobre os outros meninos, escolhendo especialmente o irmão mais novo para se impor.

Ele se levantou. Incapaz de acertar um chute, tentou agarrar a bola com as mãos; a bola lhe escapou num salto; a bola driblou-lhe os reflexos. Passou por entre seus braços, deixando-o agarrar o vento, e seguiu sua trajetória cruzando para o lado de dentro de um portão baixo.

Merda.

Portão baixo, enferrujado, com uma casa velha bem visível em frente a um jardim descuidado, tomado pelo mato. Ele virou-se para trás, para o irmão.

"Agora você que vai pegar", Alisson avisou.

Cláudio virou-se novamente para a casa. Não seria difícil entrar. Mas como é comum nas ruas onde meninos jogam bola, onde não há especulação imobiliária, onde o mato ainda cresce e há elementos para se resgatar uma nostálgica imagem de infância, aquela era a casa que as crianças tinham como mal-assombrada. O de costume: propriedade de um velho solitário não integrado à comunidade. Um velho sem família e sem vida social. A versão envelhecida de um menino que não jogava bola e era deixado no canto da rua até o mato crescer entre suas pernas e tomar o seu portão. Um bruxo. Era assim que as crianças o chamavam. Os adultos o chamavam apenas de "armênio", que tinha um significado impreciso para os mais novos. Eles sabiam que remetia a um povo perdido numa terra distante, e só não soava mais exótico porque remetia diretamente à estação de metrô a poucos metros dali. Ainda assim, eles se esforçavam para ser crianças. E se esforçavam para ser crianças arquetípicas, numa narrativa nostálgica, com um vizinho bruxo. Cláudio tinha um medo real. Tinha medo de acabar como ele. De pular aquele portão e nunca mais conseguir voltar. Entrar naquela casa e nunca mais conseguir sair. Envelhecer e nunca mais ser capaz de pertencer...

"Vai logo, porra!", Alisson insistia, reforçando sua autoridade sobre o irmão mais novo.

A bola estava lá, a poucos passos, Cláudio a via pousada perto da porta da casa, o portão tão transponível, a ameaça do velho bruxo tão tola, comparada à pressão do grupo de meninos logo atrás na rua. Não havia escolha. O menino suspirou, deu o passo à frente, saltou e jogou as pernas finas para o outro lado do portão, aterrissando no gramado com um sorriso entre o tenso e o confiante, conflitante, olhando para os meninos. Esperava uma confirmação, um olhar de aprovação do irmão mais velho, um sorriso de espanto por sua coragem. O espanto foi outro.

Quando se virou para os meninos, viu seus sorrisos se desmontarem, sobrancelhas erguerem-se, ao mesmo tempo que ouviu o barulho da fechadura sendo girada, trancas sendo abertas, a porta rangendo, o velho saindo para o quintal.

Cláudio virou-se e viu o velho. De cara fechada, a pele enrugada, os pelos do rosto desordenados em tons grisalhos: sobrancelhas, narinas, orelhas. Curvado, dava passos em direção à bola, observando o menino. Cláudio congelou sem saber se saltava de volta o portão, se corria para pegar a bola, se transformava-se em estátua de pedra, de sal.

Quando o velho parou diante dela, o menino recuperou a iniciativa e avançou, nem que fosse para poupar o velho do esforço de se abaixar. Congelou novamente. "D-desculpe", gaguejou, incapaz de seguir em frente. Esticou as mãos para receber a bola, mesmo tendo consciência de que deveria de fato poupar o velho. O velho o fitou, quieto. Quando o menino resgatou a menção de se abaixar, o velho bufava e já se curvava lentamente em direção ao objeto no chão. O corpo do menino gaguejava como sua voz, não conseguia coordenar uma iniciativa para abaixar o tronco e agarrar a bola de uma vez. O velho chegou antes. Agarrou a bola com as duas mãos e levantou-a em direção ao menino.

"O-obrigado."

Cláudio estendeu os braços novamente, esperando que a bola lhe fosse passada, incapaz de transmitir em palavras a expectativa, incapaz até de um sorriso. Só deixava que a postura transmitisse aos meninos atrás dele a tentativa. Vamos, eu estou tentando.

O velho então dobrou os braços, apertou a bola contra o peito e colocou a mão direita dentro do bolso. Sempre com olhos no menino, tirou um objeto metálico, enquanto abria um sorriso cínico, um sorriso nada benevolente.

O velho enfiou uma faca na bola. Firme, forte, rasgou o couro enquanto o ar escapava. Cláudio observou impotente a bola murchar. Ouviu atrás de si as interjeições de espanto dos colegas. E enfim correspondeu ao sorriso do velho.

Cláudio saiu da casa da avenida Europa, pegou a rua Colômbia, atravessou a Brasil, Estados Unidos, subiu a Augusta, desceu o baixo augusta, chegou à quitinete na praça Roosevelt, onde morava com o namorado, quase vinte anos mais velho.

Tirou a camiseta branca entrando em casa, para não se acumularem mais manchas de suor. Seu corpo moreno era magro e desencaixado, liso pela ascendência indígena, em nada orgulhava Cláudio, mas por algum motivo não deixava de atrair o companheiro.

"Hummmm, todo suadinho", comentou o namorado virando-se do computador de mesa. Tinha cara de quem havia acabado de acordar, mesmo sendo meio-dia de uma sexta-feira.

"Consegui o trabalho", disse Cláudio num sorriso comedido.

"Está cobrando mais caro dessa vez?", perguntou o namorado.

Cláudio suspirou. "Cento e vinte por dia. Não tem como cobrar muito mais. É o valor."

"Vocês tinham que se organizar, formar um sindicato, é praticamente um trabalho escravo…"

Cláudio seguiu direto para o banheiro sem responder. Não era praticamente um trabalho escravo. O namorado nunca saberia o que era um trabalho escravo, porque trabalhava em casa, era "artista", e ainda assim ganhava mais do que Cláudio… quando ganhava.

"Esse é um velho armênio", disse Cláudio enquanto mijava. "O que você sabe sobre a Armênia?"

"Sei da Aracy Balabanian… Lembra, a dona Armênia da novela? Ai, caralho, você não devia nem ter nascido… Bem, tem as Kardashians…"

Cláudio riu. "Ai, é mesmo. Tem as Kardashians. Mas eu que não vou falar delas pro velho, que mato ele na hora e perco o cliente."

O namorado entrou no banheiro com ele. "Mas é armênio mesmo? Fala português?"

"Sim", disse Cláudio se virando para o namorado, que o abraçou e beijou seu pescoço. "Estou todo fedido."

"Eu gosto…"

Cláudio se desvencilhou. "Ele fala português. Disse que a Armênia nem existia. Não entendi direito. Vou ter que dar um Google, porque parece que é disso que ele gosta de conversar."

"Bom, pelo menos esse vai te trazer um pouco de cultura… Ainda tenho trauma daquele que te viciou em Mr. Bean."

Cláudio riu. "Coitadinho do seu Antônio", e se virou para que o namorado não visse seus olhos marejados.

Primeiro dia de trabalho. Clarice, a empregada, já dispensou as formalidades e o café, e o conduziu da entrada de serviço direto para o escritório, onde seu Domingos estava sentado em sua poltrona giratória, com um livro e um caderno em mãos, fazendo anotações.

"Bom dia, sr. Arakian."

"Bom dia, Cláudio. Me chame de Domingos, por favor."

O sorriso no rosto do velho era legítimo, e Cláudio se perguntava qual seria a pegadinha, quando se revelaria o problema com aquele paciente, porque sempre havia. Um senhor lúcido, ativo, sem fraldas, que o tratava com simpatia — era bom demais para ser verdade. Logo surgiriam os dilemas, Cláudio tinha certeza.

Tomou a liberdade de tirar a mochila das costas e se sentar no sofá. Aquele primeiro passo era sempre incerto. Chegou ao serviço, mas faria o quê? Qual era exatamente o seu serviço? Aquele senhor não parecia precisar dele para nada. Ele estava ali para alguma emergência, que poderia nunca surgir. Ele era o extintor de incêndio de um carro estacionado.

O velho virou a poltrona para ele e o mediu parecendo se fazer a mesma pergunta. Então se adiantou. "Muito bem, por que não começa tirando o pó desses livros?"

Cláudio olhou para ele para se certificar de que falava sério. Sim, a casa grande demais, apenas duas empregadas, um velho ainda bem-disposto... O que ele poderia fazer para ocupar o tempo, além da faxina?

O velho desmontou, rindo. "Estou brincando, meu filho. Eu não sei o que você poderia fazer aqui... Não é estranho, isso? Você é contratado para evitar minha morte e não tem o que fazer enquanto estou apenas vivendo."

"Estou acostumado com isso, seu Domingos", disse Cláudio.

"Claro, claro, você está acostumado a tratar de velhos, não é? Que não oferecem muita atividade... Eu me pergunto por que um jovem milionário não contrata um garoto como você, para carregar o equipamento de mergulho num cruzeiro, os esquis numa montanha... Esses têm mais chances de se acidentar e bater as botas do que eu nesta casa..."

"Acho que esses já têm companhia, senhor."

"Sei, e se chamam garotas de programa!", disse o velho.

Cláudio não pôde conter uma gargalhada. O velho riu junto, contaminado pela gargalhada de Cláudio, então retomou a compostura. "Muito bem, meu filho. Estou escrevendo aqui. Não quero ser um incômodo dizendo que não quero ser incomodado...Mas não quero. Quer assistir televisão?"

Cláudio viu o enorme aparelho vintage dos anos 80 e se surpreendeu que ainda funcionava. Certamente só pegaria canais abertos.

"Estou tranquilo, seu Domingos."

"Bem, se quiser ver televisão, terei de ir para outro cômodo, que não consigo me concentrar com isso ligado."

Cláudio concordava plenamente. Não conseguia fazer nada com a TV ligada.

"Não preciso ver televisão, não, senhor."

"Você trouxe alguma coisa para fazer? Um livro? Gosta de ler?"

Cláudio congelou um segundo, pensando em qual seria a resposta certa. Decidiu responder apenas com a verdade: "Não sou muito de ler, não. Mas não se preocupe comigo".

O velho assentiu. "Gostei da sinceridade. Já tive um cuidador que disse: 'Sou viciado em leitura, leio até bula de remédio', daí soube no ato que ele não lia nada que presta. Alguém versado em literatura jamais soltaria uma frase dessas."

Cláudio sorriu sem entender exatamente.

"Mas temos de arrumar algo para o senhor fazer!", insistiu o velho. "Ah! Não temos internet. Seria bom para você, não é? Preciso ver isso com a Beatriz, já devia ter arrumado. Eu tive internet aqui, um rapaz que colocou; depois que mudou de internet discada nunca conseguimos acertar..."

Cláudio estava tocado de o velho se importar tanto com o que ele tinha para fazer. Claro, ele sabia que isso significava que o velho não queria ser incomodado, ainda assim, comunicava isso de maneira bem gentil.

"Bem, senhor", Cláudio arriscou, "tenho um game aqui na mochila. Posso jogar, de fones de ouvido para não incomodar, para que o senhor fique tranquilo. Fico aqui do lado para o que o senhor precisar."

"Um *game*?", questionou o velho, sem entender.

"Videogame. Um joguinho portátil. É do tamanho de um celular... dá para jogar sem rede."

O velho o encarou com um olhar severo por alguns instantes. Cláudio se perguntava se havia se excedido, se seria repreendido de alguma forma. Então o velho simplesmente abanou a mão e voltou ao caderno.

Cláudio buscou seu velho PSP na mochila e ligou no *Monster Hunter Freedom Unite*.

Voltando para casa depois de 48 horas de trabalho, Cláudio jamais contaria que tudo o que fez foi matar um Tigrex, dois Diablos, um Kirin, refazer a armadura e cultivar sua fazendinha. Ele tinha um trabalho sério, diferente do namorado, e isso era o que garantia o equilíbrio e o respeito da relação.

Porque o namorado tinha quase vinte anos a mais, beirando os quarenta, não tinha rotina, era artista, muitas vezes não conseguia pagar a luz, algumas vezes conseguia mais do que Cláudio conseguira na vida toda. E o apartamento era dele.

Voltando para casa às nove da manhã de uma quarta, o namorado não estava em casa.

Cláudio abriu a geladeira: um terço de garrafa de um vinho vagabundo; brócolis ninja — já murcho, não tão *ninja*; uma bandeja fechada de presunto de parma. Ele comeria o presunto sem acompanhamento, mas sabia que a bandeja devia ter sido comprada para algo especial. Pensou em descer para comprar uma coxinha.

O namorado abriu a porta.

"Oooooi, já acordou? Está indo trabalhar?"

"Acabei de chegar", disse Cláudio. "Dormi no seu Domingos. Onde você estava?"

"Passei a noite fora. Foi estreia do Lenate. Daí saímos para jantar com a Nathalia Timbert, sabe? Imagina, na idade dela, ela ficou com a gente até as quatro. Depois fomos pra casa da Cléo e... aqui estou eu. Quando saí ontem de noite você ainda não tinha chegado e imaginei que chegaria tarde, não quis te incomodar..."

"Não incomodou. Eu não estava aqui. Te falei que faria o turno de 48 horas..."

O namorado se aproximou com cheiro da noite paulistana, abraçou Cláudio. "Ei, ficou bravo? Eu sabia que você estava trabalhando..."

"Não, não fiquei bravo..."

Na verdade, o que Cláudio queria era morar sozinho. Tinha vinte e dois anos, moravam juntos desde os vinte. Ele não planejara isso, foi apenas o mais cômodo... Não que quisesse terminar o namoro, era que preferia que *fosse* um namoro, não um *casamento*. Ele queria uma vida mais independente. Como conseguir isso na idade dele, na cidade de São Paulo, ganhando o salário que ganhava?

Ele e o namorado andavam bem distantes... e não era apenas pelo horário. Eram universos diferentes. Quem estaria no mesmo universo de Cláudio? Apenas velhos moribundos. De repente seu namorado estava certo, ele precisava formar um sindicato, encontrar outros cuidadores, enfermeiros, gente com a mesma ocupação que ele. "Cuidadores LGBT", ele pensava.

"Está tudo bem? O velho te deu muito trabalho? O que você aprendeu sobre a Armênia?", perguntou o namorado.

Cláudio não queria dizer que não aprendeu nada sobre a Armênia, que o velho não deu trabalho nenhum, que ele passou dois dias jogando e terminou meia dúzia de *quests* no Monster Hunter. Ele não queria que o namorado soubesse que, apesar de exigir comprometimento, locomoção, *tempo*, seu trabalho era na maior parte um tédio.

"Foi tudo bem. O seu Domingos é gente boa. Tenho mais medo na verdade de perceberem que não precisam do meu trabalho lá."

"Humm", o namorado o abraçou, sempre tão carinhoso, "eu preciso de você aqui; fica aqui em casa que eu pago para você regar as plantas só de cuequinha."

Cláudio estava acostumado com aqueles gracejos, e sabia que não eram sinceros. Nos breves períodos em que ele ficava em casa, entre trabalhos, os dois quase se matavam, trancados numa quitinete. O namorado gostava de posar de *sugardaddy*, o apartamento era dele afinal, Cláudio não pagava aluguel, mas estava longe de poder bancá-lo em tempo integral. Não foram poucas vezes em que um cachê não caiu, um pagamento atrasou, e Cláudio teve de bancar sozinho a conta de luz, a Net, o condomínio, dar ao namorado um emaranhado de notas para uma noitada de sexta... ou de quinta.

Ainda assim, ele pagava menos do que um aluguel... ele achava... às vezes se perguntava... Preferia não pensar.

Outro dia de trabalho. Outro dia com o velho escrevendo e Cláudio jogando o videogame portátil, até a luz verde começar a piscar. Cláudio percebeu que havia esquecido o carregador em casa e teve um princípio de ataque de pânico. O PSP iria morrer. Desligou o jogo e olhou para o velho, que parecia bem entretido nos escritos. O velho o encarou de volta:

"Quê?"

Cláudio sorriu. Gostava mesmo daquele velho. "Nada. Minha bateria acabou."

"Se sua bateria acaba na sua idade, Cláudio, o que um velho como eu pode fazer?"

Cláudio riu novamente. "A bateria do meu jogo, digo."

"Tem uma banca aqui do lado que vende bateria, na Groenlândia."

"Não é pilha. É outro tipo de bateria... Não importa, é besteira..."

O velho largou o caderno e olhou para ele. "Sim, é besteira, mas agora você não tem mais nada pra fazer, não é?"

Cláudio deu de ombros. "Não tem problema."

O velho apontou para as estantes. "Bem, já tentou ler um *livro?*"

Cláudio se levantou por respeito, olhou as prateleiras. Os volumes todos iguais, todos com o mesmo nome, apenas o sobrenome Arakian.

"São todos iguais. São enciclopédias?"

"Não, não", disse o velho. "Cada livro é um livro diferente. Eu apenas pedi para encadernar... O título não importa, não importa o autor, o que importa é o texto."

Cláudio considerou aquilo um traço de excentricidade de seu Domingos. Uma biblioteca inteira sem título e sem autor. Pegou um livro:

Primeiro levaram os homens. Depois, levaram as meninas. Levaram todo o ouro e os bens, então, quando não havia mais nada a levar, expulsaram velhos, mulheres e crianças. E incendiaram a vila.

Aquele parágrafo já parecia o fim de um livro. Levaram todos, então a história acabou. Ele pegou outro livro e leu:

"Quando você não sabe o que dizer, diga apenas a verdade." O menino entendeu aquilo como um bom conselho, mas um conselho de irmão mais velho. Que pais que aconselhariam a verdade como última alternativa? "Diga sempre a verdade", ele parecia ouvir de sua mãe, de seu pai, sua avó.

Cláudio pegou então um terceiro livro:

Toda criança merece o Inferno. É nisso em que toda criança acredita. O xixi na cama, o furto de uma guloseima, uma desobediência escondida, tantos pensamentos impuros. Cada passo é um pecado para quem está aprendendo o caminhar da vida. E, para quem segue as regras divinas, o Inferno está em cada esquina.

Decidiu ficar com aquele.

O velho sorriu. "Leia. Depois podemos conversar a respeito."

"O senhor sabe qual é?" Cláudio perguntou mostrando para ele o livro. "São todos iguais…"

"Ahhh", o velho respondeu. "Não fiz questão dos títulos porque conheço cada uma dessas histórias, cada um desses livros. Leia a primeira frase para mim, por favor."

Cláudio gelou. Não queria revelar ao velho que o livro que escolheu, entre todos da biblioteca, começava falando sobre Inferno. Mas, enfim, o livro fazia parte da biblioteca.

"O livro começa assim: *Toda criança merece o Inferno…*"

O velho interrompeu na mesma hora. "Ahhh, esse…"

Cláudio deu de ombros. "Achei um pouco pesado… não sei se concordo com isso."

"Porque toda criança não merece o Inferno?", o velho perguntou.

Cláudio travou sem poder responder. Será que… Não poderia ser… Será que pegara um velho satanista? Seria o primeiro. E ainda um velho de posses… Não acreditava que pela primeira vez pegava um velho rico satanista. Ou… como é que chamam? Illuminati?

"Acho que nenhuma criança merece o Inferno, senhor", Cláudio respondeu, incerto. "As crianças são inocentes…"

"Bah! Que chavão, Cláudio!"

Cláudio torceu a boca. Não tinha como entrar numa discussão daquelas com seu patrão.

"Bem, é só um livro, Cláudio. Leia. Talvez você ache interessante."

Ainda sentia minha aldeia queimando, quando percebi que o crepitar de meus sonhos era na verdade um suave farfalhar bem próximo.

Abri os olhos e vi um pequeno carneiro de pelo emaranhado, cor indistinta, pastando por perto. Ou tentando pastar — o animal caminhava farejando ervas raquíticas, tentando encontrar algo para comer. Eu havia encontrado. O cordeiro levantou o olhar para mim; permanecemos fixos um no outro por alguns segundos, eu temendo que o animal balisse, acordando meu irmão e os outros que dormiam logo ao lado. Então me ocorreu que a ideia era esta, o ideal era isto, acordar meu irmão. Cutuquei-o com os olhos ainda cravados no animal, como se pudesse mantê-lo preso assim, sem me mover, sem piscar. Meu irmão resmungou mais alto do que deveria; continuou deitado sem abrir os olhos. "Pssiu", cochichei, *"agha yeghpayr*, um carneiro, acorde", tentava incitá-lo. O carneiro então baixou o olhar e saiu trotando lentamente, como por desdém, desinteresse, ou como para deixar claro o desdém, desinteresse, como para deixar claro que não era medo, que apenas não havia nada a fazer ali.

Eu me levantei. Ao meu redor, todos dormiam sobre seus próprios pertences, os oficiais turcos em barracas. Insisti em chamar meu irmão. Ele nem mesmo resmungou (como para deixar claro seu desdém e desinteresse), então segui atrás do cordeiro; cuidaria eu mesmo disso. Imaginei-me voltando para a clareira com o animal ensanguentado, a conquista da ferocidade, a carne para nos alimentar, um herói ou vilão, assassino ou salvador: eram tempos confusos para esses termos, termos confusos para esses tempos. Como um touro sem chifres, eu não tinha nem uma faca, os gendarmes jamais nos deixariam seguir armados. Então peguei uma pedra de peso razoável e rompi os arbustos entre os quais o animal passara.

Atravessando a clareira... Estava em outra clareira. Atravessara os arbustos como para dar numa clareira idêntica, espelhada àquela em que a caravana se deitara. Parecia até a mesma configuração de pedras espalhadas e a lua... a lua estava no mesmo ponto sobre mim. Porém nessa, no ponto onde havíamos montado a fogueira, havia um homem. O homem estava de pé, mais do que de pé, na ponta dos pés, quase deixando de tocar o solo, olhando para baixo, olhos fechados, como se sonhasse com o Inferno, ascendendo para o céu. O cordeiro parava diante dele, olhando para mim, como se sua intenção tivesse sido esta, levar-me até o homem. Perguntei-me se poderia ser o pastor do animal — o cordeiro como um cão fiel. Observei suas roupas encardidas, seu corpo esguio, seu rosto emaciado e sobrancelhas espessas, como o bigode. Parecia jovem, parecia armênio, parecia familiar.

O homem então abriu os olhos. Me encarou com um espanto que rapidamente se diluiu num grato cansaço; sabia que eu não lhe oferecia perigo. "Ei, *dgha*, o que faz aqui?", perguntou entre risos contidos.

"Eu... eu só estava seguindo o cordeiro...", gaguejei. Aproveitando a deixa, o animal saiu trotando lentamente, ultrapassando outra barreira de arbustos à direita, até sumir de vista.

"Então você devia ir até ele. Está há horas vagando por aqui, cheirando meus pés, olhando para mim, suplicando por comida, suplicando para ser comido, nesses tempos é a mesma coisa. Talvez seja mais de um, porque ele vem e vai, vai e volta; de toda forma, onde há um deve haver outros; poupe seu sofrimento e se alimente dele."

Eu queria perguntar se pouparia o sofrimento do cordeiro ou o meu próprio, mas naqueles tempos seria a mesma coisa.

"Por que não fez isso?", perguntei ao homem, embora estivesse claro que ele mal conseguia manter os olhos abertos, falar, quanto mais caminhar, correr atrás de um cordeiro, embora se mantivesse de pé, quase levitando. Talvez, se desse um passo à frente, despencasse. Talvez, se desse um passo à frente, ascendesse de vez ao céu. Voltei a olhar para os pés do homem e notei uma barra de ferro atrás do pé direito, plantada no chão, como uma haste que o mantinha em pé.

"Ah, estou tão fraco. Para mim, não acho que valha o esforço. Mas você ainda está tão vivo, tão corado e tão tenro. Pode alimentar toda sua família..."

Me se senti desconfortável com aquilo: corado e tenro para alimentar toda minha família. Não havia um segundo em que eu deixara de pensar o que poderia fazer, o que poderia ter feito, como poderia ter salvado meu pai, minha mãe, meu irmãozinho, e agora aquele homem sugeria que eu era o suficiente para alimentá-los... Eu deveria deixar aquela clareira e ir atrás do cordeiro; queria mesmo era deixar o homem e voltar para meu irmão; pensei se poderia fingir que ia atrás do cordeiro e fazer uma volta até a clareira onde ele dormia. Avancei em direção aonde o animal sumira.

"Não faça isso, *mantchess*", ouvi atrás de mim.

Virei-me e vi minha mãe irrompendo na clareira. Vestia seu *yazmah*, um lenço que cobria a maior parte da cabeça; eu a reconheci no mesmo instante, pois não a reconheceria com a cabeça descoberta. Usava seu longo vestido e os tamancos *konedourahs*, das ocasiões especiais. Eu me perguntava que ocasião era aquela.

"*Mayrig?*"

Ela levou o dedo em frente à boca, fazendo sinal de silêncio. "É um demônio, meu filho. É o cordeiro de Satã", disse ela. "Está a serviço dos amaldiçoados turcos, despertando-nos de nossos sonhos, fazendo com que nos percamos a caminho de uma salvação enganosa. Não o siga. Volte a dormir ao lado de seu irmão."

"Sua mãe está morta", ouvi atrás de mim. Voltei-me então ao armênio ascendente, que me olhou com a compaixão de quem não tem mais nada a perder e nada a oferecer. "Sua *mayrig* se foi. O melhor que você pode fazer agora é dar de comer a seus irmãos."

Encontrava-me numa encruzilhada. Aceitaria os conselhos de uma mãe morta ou de um estranho vivo? "Como você pode saber da minha mãe? Como acha que pode me dizer o que fazer?", exclamei, inspecionando o rosto do homem, em dúvida se não o conhecia de fato, se não era um rosto cotidiano, desfigurado por tanta miséria.

"*Aghparig!*", ouvi então atrás de mim. Mais firme e forte do que qualquer sonho, mais decidido do que qualquer devaneio. Eu me virei e vi meu irmão de pé entre os arbustos. "O que está fazendo? Volte a dormir!"

"Eu vi um cordeiro…", foi o que consegui dizer.

Meu irmão adolescente apressou-se até mim e me agarrou. "Venha, volte à clareira. Você só teve um sonho."

"Mas esse homem, ele me disse que a mamãe..."

"Esse homem está morto, *aghparig*."

Meu irmão me puxava entre os arbustos de volta à clareira onde havíamos montado acampamento, enquanto eu virava o pescoço para confirmar que o homem ainda dizia algo, que o homem não dizia mais nada, só então notando que a barra de ferro trespassava seu corpo e saía de seu ombro esquerdo.

Cláudio dormia num sofá-cama, numa saleta adjacente ao quarto do seu Domingos. Era um pequeno quarto empoeirado, tomado de caixas de mudança que deviam estar por lá desde o século passado. Havia outros cômodos mais confortáveis, e o velho insistira para ele ficar com um quarto de visitas, mas Cláudio argumentou que era melhor que ficasse o mais próximo possível, para o que o senhor precisasse na madrugada, afinal, era esse o sentido de ele dormir na casa.

Tinha o sono leve, o que era uma qualidade para seu trabalho e um incômodo para si mesmo. A cada tosse, espirro, flatulência de seus pacientes, Cláudio despertava alerta. Seu Domingos, no caso, falava durante o sono. Gemidos incompreensíveis, que Cláudio se perguntava se não eram em armênio.

Pegou de volta o livro ao lado da cama. Era uma história curiosa. No começo, Cláudio não entendeu se aquilo se tratava de uma fábula satanista, um conto de fadas ou romance de guerra. Ao avançar um pouco, ficou claro que se tratava da história dos armênios, ou de um armênio específico, mas ainda não conseguia entender se eram memórias reais ou um romance de ficção. Parecia ter uma base histórica. Passagens como a do carneiro na clareira pareciam pura fantasia. Tudo não deixava de ser divertido e ressoava de uma maneira estranha dentro dele, como algo de que ele se lembrava vagamente, como uma história que ele conheceu a vida toda.

Cláudio poderia conversar com seu Domingos sobre aquilo. Parecia não apenas ser dos assuntos preferidos do velho, como também o tema de toda sua biblioteca. Ele se lembrava dos outros livros que folheara, não tratavam todos da mesma coisa? *Primeiro levaram os homens, depois levaram as meninas, incendiaram a vila...* Era algo assim. Deveria ser uma biblioteca toda sobre a história dos armênios.

Do quarto ao lado, o velho resmungava novamente durante o sono, dessa vez mais alto. Cláudio havia adotado um padrão para isso: verificaria o paciente se o gemido fosse mais alto do que qualquer som que ele tivesse proferido durante o dia, não queria perturbar um sono já perturbado, mas também não podia deixar um paciente morrer de ataque cardíaco durante o sono. Seu Domingos ainda não estava alto o suficiente.

Antes de voltar a dormir, Cláudio decidiu ler mais um capítulo.

Não sei o quanto esperavam que caminhássemos, e para onde. Alguns diziam que nos levariam para o deserto de Der Zor — aquilo não fazia sentido; ir ao deserto para quê? Mais fácil nos matarem ali mesmo. Os mais otimistas diziam que íamos apenas até Kharpert, que tinha mais condições de nos abrigar — também me parecia longe demais. Na verdade, não fazia sentido matarem nossos pais, incendiarem nossa vila e nos tirarem de lá — provavelmente apenas não sabiam o que fazer conosco. Eu queria sugerir a meu irmão que fugíssemos; queria que ele fizesse primeiro essa sugestão; queria que ele explicasse por que a sugestão óbvia de fugirmos daquela caravana conduzida pelos turcos ainda não havia sido mencionada; tinha medo de constatar que, de certo modo, aquilo já era uma fuga. E era a única alternativa. Fugir de nossa vila incendiada escoltados por soldados turcos. Do contrário, seria morte na certa, fosse pela fome, por bandidos, por animais selvagens.

Meus pés doíam, mas eu me encontrava melhor do que muitos ali. Havia mulheres grávidas, havia velhos claudicantes

— era uma caravana dos mais *vulneráveis*, afinal: velhos, mulheres e crianças; gente que nunca imaginou ser alvo do Império, *ameaça* ao Império, gente que mal conseguia caminhar, *Patapons* sem ritmo.

Até que a caravana parou.

Vi um grupo de homens se aproximando a cavalo — barbudos e desgrenhados, não se vestiam como se fossem oficiais; pela segurança que exibiam e os animais em que montavam, também não eram deportados. Dirigiram-se aos nossos gendarmes e tentei escutar o que diziam; queria pedir ao meu irmão para me levantar nos ombros, mas sabia que ele estava evitando tudo o que o fizesse parecer mais velho, mais forte e responsável. Alguns cochichavam que eram *tchétes*, bandidos curdos. Com isso eu não me preocupava, estávamos muito bem escoltados por soldados turcos em missão oficial. Até que ouvi um tiro, a pequena Agatha caiu ao meu lado; gritos de *Bismillah!* e vi nossos valentes soldados desertando sem resistência, dando meia-volta e fugindo com seus cavalos.

A cena seguinte foi um borrão vermelho. Gritos se espirravam líquidos sobre mim e eu não conseguia nem ver nem ouvir mais nada. Congelei no lugar. Então fui jogado ao chão. Ouvi meu irmão cochichando em meu ouvido. "Fique deitado e se faça de morto. Não se levante por nada!" Com o pânico que se estabelecia ao meu redor, talvez eu não tivesse aguentado e me levantasse para sair correndo, porém o peso da enorme Araksy, a mulher do padeiro, que caiu sobre mim, foi como a mão de deus me mantendo no lugar.

O mais arrepiante não eram os gritos e súplicas de mulheres e crianças, eram as risadas de puro prazer dos curdos. Eu só queria que tudo terminasse rápido, pois parecia eterno. Os *tchétes* deviam ser péssimos em seu ofício — se é que se poderia chamar aquilo de ofício. Quanto tempo poderia levar para matar velhos, mulheres e crianças indefesos? Um povo que já havia perdido tudo, família, bens, seu lar, e que agora se deixava levar para onde quisessem, mesmo que fosse para a morte, se entregavam submissos.

Eu tentava fazer como meu irmão mandara, mantinha os olhos fechados. Mas sentia uma poça quente se formando sob mim, se acumulando sob meu rosto virado de lado, chegava até meu nariz. Abri os olhos em desespero e vi meu irmão logo ao lado, com os olhos esbugalhados em mim. Tão imóvel ele estava, com os olhos tão abertos, que entendi que estava mesmo morto. Me perguntei se eu havia entendido errado, se era para eu de fato morrer, me fazer de morto, me deixar matar, que seria menos doloroso. Queria pedir desculpas a ele, por não ter obedecido, por tê-lo abandonado, por tê-lo deixado morrer sozinho, sem coragem de acompanhá-lo. Queria dizer que não era covardia, só que no meio da gritaria, com ele sussurrando tão baixinho, com todo o nervosismo eu achei que era apenas para me fingir de morto.

Até que seu braço se remexeu de leve e ele estendeu a flauta para mim. Outro talento que ele tinha, percebi: tocar a flauta e fingir-se de morto. Ele só não podia esperar que eu tocasse agora — estava louco? Percebendo minha confusão, ele balbuciou: "RES-PI-RE".

Coloquei então a flauta na boca enquanto a poça de sangue aumentava, cobria minha boca, meu nariz. Usei o instrumento para respirar, sangue entrou pelos buracos do instrumento e eu quase engasguei. Com olhos suplicantes, meu irmão fez a mímica do dedilhado e eu entendi. Tapei os buracos da flauta com os dedos e tentei respirar novamente, lentamente, o mais lento que podia para não fazer a flauta soar. Cada vez que um grito ou uma risada ficava mais próximo, eu perdia o controle da respiração e a flauta zunia, desafinada. Eu então prendia totalmente a respiração para tentar retomar o controle. E torcia para os *tchétes* não revirarem o corpo acima de mim, encontrando um garoto mergulhado em sangue com uma flauta na boca.

Levou mais tempo, bem mais tempo do que achei que poderia suportar.

Depois que cessaram os gritos, que achei que estaria tudo terminado, as risadas prosseguiram. Não entendia o que estavam fazendo — a poça de sangue continuava aumentando, me cobrindo, ameaçando chegar à ponta da flauta —, imaginava que queriam se certificar de que estavam todos mortos, bem mortos, até os ossos, até a alma; imaginava que se divertiam com isso.

Depois fui entender que reviravam não apenas os pertences da caravana, como as roupas, arrancavam botões feitos com moedas, furavam forros em busca de ouro, os corpos, abriam estômagos e intestinos para encontrar joias engolidas, chegaram a abrir o ventre de uma grávida, e o ventre de um feto, em busca de tudo o que pudessem encontrar...

De todo modo, foi esse mar de sangue que me salvou, que me escondeu. Quando tudo ficou em silêncio, quando ouvi as vozes se afastando, os cavalos trotando, e bem depois disso, quando já começava a ouvir o zumbido de moscas sobre os corpos, senti uma mão me sacudindo e meu irmão me chamando. Então me levantei.

Cláudio sentiu uma mão sacudindo-o. Abriu os olhos. Não costumava dormir pesado assim; ao ouvir as molas da cama, o pigarro matutino, os primeiros sinais de que um paciente acordava, ele já se mostrava desperto e disposto. Agora era acordado pelo velho.

"Oi. Desculpe. Que horas são?"

"Ainda são seis horas, desculpe acordá-lo."

"Está tudo bem?"

"Sim. É que você vai sair às oito, não é? Queria saber se podia dar uma caminhada comigo esta manhã, antes de ir."

"Sim, sim, claro, claro", Cláudio esfregou os olhos, envergonhado. Sob o cobertor, escondia sua juvenil ereção matutina. "Deixa só eu me trocar…"

"Não precisa se apressar. Vou tomar um banho, me arrumar. Veja com as meninas se o café da manhã está pronto?"

"Tá… Ei, como o senhor quer caminhar, podemos tomar café em algum lugar na rua, o que o senhor acha?", ele usava a tática de fazer o idoso se integrar mais com a vizinhança.

O velho bufou. "Você já andou aqui pelo Jardim Europa? Não tem comércio nenhum, uma padaria que seja, nada que não tenha de pegar carro. Eles entregam o pão aqui em casa. E a Hilda já deve estar acordada."

Na cozinha, as duas "meninas", as empregadas que já tinham havia muito passado dos quarenta, estavam em plena atividade, rindo, discutindo, ouvindo o Datena no rádio. Quando viram o menino, se silenciaram.

"Bom dia Clarice, Hilda… Seu Domingos já acordou e pediu para eu ver o café da manhã. Ele quer dar uma caminhada antes de eu ir embora."

"Já estou levando lá para ele", disse Hilda, a empregada negra, mais nova, que devia estar próxima dos cinquenta. "Tem café aqui na cafeteira, se você quiser."

Cláudio agradeceu e se serviu de um xarope grosso, mais doce do que a morte. Elas não lhe ofereceram mais nada.

Na copa, seu Domingos sentou-se numa mesa posta apenas para ele, enquanto Hilda trazia uma torrada com cream cheese, iogurte, papaia e ovos mexidos.

"Hildinha, esqueceram do prato do meu acompanhante", o velho disse de maneira afetuosa.

"Ah, ele já tomou café na cozinha", disse a mulher, numa meia verdade.

"E não me esperou, meu filho?", disse o velho, censurando Cláudio.

"Só tomei um café mesmo. Não sou muito de comer logo de manhã…"

O velho abriu as mãos olhando para o prato. "Então me deixe acabar logo com isso para sairmos!"

Agora éramos só nós dois — eu e meu irmão mais velho. Nossa família estava morta, nossa aldeia estava morta, nossa caravana, e eu não sabia se éramos sobreviventes ou fugitivos — fugitivos da morte.

Passamos dias pelo mato, com medo do que poderíamos encontrar nas estradas, nos alimentando de amoras, cogumelos e folhas, meu irmão confiante de que conseguiria pegar um coelho, e nada. Encontramos uma plantação dourada de trigo, pronta para ser colhida, e aparentemente abandonada — não teríamos como trabalhar o grão. Eu passava as noites em claro não apenas pela fome — a fome me fazia passar as noites em claro ansioso em reencontrar outro cordeiro desgarrado, ou o fantasma de minha mãe dizendo para não pegar o cordeiro, que fosse.

Após dias de caminhada subindo morro, descendo morro, abrindo caminho entre arbustos, demos com um muro. Qualquer pessoa sensata encararia aquilo como um ponto final, um ponto de virada, encontrara um muro, então não havia como seguir em frente. Meu irmão via aquilo como uma abertura. Todo muro tem uma.

"Vamos virar aqui, deve haver uma entrada."

Eu queria dizer a ele que, se havia uma entrada, não seria para nós. Que, se havia um muro, era para *nós* ficarmos do lado de fora. Mas ele ainda era meu *agha yeghpayr*, meu irmão mais velho, e eu queria manter o conforto de deixá-lo tomar a decisão, o conforto de depositar a salvação nas mãos dele, o conforto de um otimismo cristão. Seguimos ladeando o muro.

Ao virarmos a esquina demos com uma entrada. Um portão fechado, no qual um punhado de meninos seguravam as grades, estendiam as mãos, suplicavam para nós.

"Me levem com vocês."

"Sabe onde está minha mãe?"

"Um pedaço de pão, por favor."

Observei além deles, a construção com grades na janela. Um presídio. Não acreditava que estavam mantendo crianças presas lá. Puxei a camisa de meu irmão e quis alertá-lo para sairmos o mais rápido possível. Antes que pudesse falar qualquer coisa, escutei uma voz atrás de nós.

"Ora, ora, se não temos mais visitas…"

Ao nos virarmos, demos com uma velha com um cesto de pães nas costas. Parecia saída dos contos de fada do meu pai, contados com a falta de habilidade do meu irmão. Curvada pelo peso e pela idade, sorria para nós num gesto benevolente, que afetava certa maldade, como em todas as bruxas. Talvez por serem velhas, não deveriam ter razões para sorrir, não deveriam ter dentes para isso, nem energia para suas risadas histéricas e esganiçadas. Uma bruxa taciturna nunca é levada a sério. Uma velha sorridente sempre é tomada como bruxa. Essa tinha olhos claros, lindos, frios, traços até que harmoniosos, confundidos por uma infinidade de rugas e pintas e verrugas; mãos esqueléticas marcadas por veias azuis, com dedos finos e unhas pontudas; e falava num sotaque alemão. "Sou a sra. Grüne, *mayrig* do orfanato."

Por alguns instantes quase pude identificar uma bela jovem loira, transformada em velha bruxa por uma maldição, a maldição da velhice. Ou a bela jovem loira em que se transformaria, se uma benção recaísse sobre ela. Olhei para meu irmão, no que esperava que ele retribuísse o olhar; meu irmão não retribuiu. Ele nos apresentou para a velha, que apenas acenou, desinteressada, abrindo o portão.

"Estamos caminhando há muitos dias... Nossa família foi morta, nossa aldeia queimada. Não temos mais nenhum lugar para ir..."

A velha distribuía os pães entre crianças que grasnavam como gansos. Cada vez que uma se afastava surgia outra. E em poucos instantes todos os pães do pesado cesto se foram. A velha bufou.

"Como vocês podem ver, já temos crianças demais por aqui... Quantos anos vocês têm?"

"Meu irmão tem oito. Eu tenho catorze", respondeu.

A velha nos examinou por alto. "Catorze? Não tem quinze? Não tem dezesseis?"

Em outros tempos, meu irmão ficaria orgulhoso de passar por mais velho, agora não era o caso. "Tenho catorze, recém-feitos, praticamente treze." Aquilo não era verdade, estava mais próximo dos quinze, mas obviamente não o desmenti.

"Bem, já estamos além da capacidade, não posso aceitar mais ninguém com sua altura." Isso dito no forte sotaque alemão me fez pensar se ela não se enganara no vocabulário — se não queria dizer que não aceitavam mais ninguém "com sua idade", ou talvez fosse mesmo altura. Com o presídio lotado de meninos, ela os encaixava por tamanho, como peças de quebra-cabeça. "Seu irmão pode ficar", completou.

Meu irmão finalmente me olhou, como para decidirmos juntos. "Não me deixe aqui, por favor", era o que eu tentava lhe comunicar com o olhar, ecoando as súplicas dos órfãos de mãos estendidas no portão.

"Não há mesmo um lugar para mim? Perdemos toda nossa família, nossos pais, nosso irmãozinho. Só temos um ao outro. Não posso me separar do meu irmão."

"*Mart*", a velha usou a palavra que conferia maioridade a meu irmão, mostrando que tinha sim vocabulário em armênio quando lhe convinha, "você pode arrumar um trabalho e ganhar seu próprio pão. Já temos bocas demais para alimentar aqui. Se seu irmão for um peso para você carregar, deixe-o aqui conosco."

Mantive o olhar firme em meu irmão, esperando que ele olhasse de volta e reafirmasse que eu não era peso, que cuidávamos um do outro, que era, sim, um *mart*, um homem! Agora que não restavam mais homens vivos na família...

Mas o olhar que meu irmão me entregou também era de súplica, me pedindo ajuda. "O que acha, *aghparig*? Não é melhor ficar aqui, com tantos meninos da sua idade? Eles têm pão... E você não teria mais que caminhar tanto... Não sei o que poderemos encontrar pelo caminho..."

Olhei fixo para as janelas gradeadas, esperando que meu irmão percebesse que aquilo era um presídio. Mataram todos os homens, as mulheres, os velhos. Agora que não resta ninguém para prender, ninguém para matar, vão reunir as crianças no presídio para acabar com elas, não percebia?

Então olhei torto para a velha, esperando que ela se desmascarasse avançando contra nós. Ela soltou uma de suas risadas e desmascarou a mim.

"Não tenha medo de mim. Deus sabe o que fizeram com as jovens *mayrigs* desta terra, não é? Sobraram as velhas como eu, que ainda têm alguma serventia para cuidar dos pequenos..."

Abaixei o olhar, envergonhado. Como desculpa e defesa, questionei sobre o prédio. "As grades na janela. Isso é um presídio."

A velha assentiu. "Isso *era* um presídio. Não há mais esse uso para ele, agora que os curdos foram soltos para matar os armênios, e os armênios não são mais presos..."

Agora que todos os armênios são mortos, ela queria dizer.

Olhei para as crianças, magras, esfarrapadas. Elas ao menos tinham teto, um pedaço de pão, uma *mayrig* — muito mais do que eu mesmo poderia dizer que possuía. Pensei se meu irmãozinho mais novo não poderia ter sido levado para lá, escapando dos braços moribundos de minha mãe, pequeno demais para uma condenação...

Já eu, não. Tinha de aceitar o meu destino. E como meu irmão mais velho não tomava uma decisão, tomei a minha. Eu me endireitei, desfiz a postura indefesa e declarei com a voz mais firme e grave que eu podia aos oito anos de idade: "Obrigado, senhora. Mas seguirei com meu irmão. Já tenho quase nove anos, em breve farei dez, sou grande para a minha idade. Podemos cuidar de nós mesmos e livrá-la de mais esse fardo".

Pelas ruas arborizadas do Jardim Europa-América, Cláudio e seu Domingos caminhavam de braços dados. Ruas absolutamente vazias de pedestres, só um ocasional *dogwalker* a serviço — os moradores dos Jardins não podiam nem andar com seus próprios cachorros; os cachorros não podiam nem passear em português. Seu Domingos parava de tempos em tempos olhando uma construção, uma placa de VENDE-SE. "Esse muro não estava aqui antes... Bem, antes nenhum desses muros estava. As casas tinham portões baixos, e era possível ver as construções. Agora todas viraram caixotes."

"Faz tempo que o senhor mora aqui?"

"Desde os anos 50..."

Cláudio tentava calcular quantos anos o velho poderia ter, de onde havia vindo. "Antes o senhor morava onde?"

"No Tatuapé. De lá direto para cá."

Não era exatamente o que Cláudio queria saber. "O senhor nasceu no Tatuapé?", depurou a pergunta.

Ignorando-o, o velho apontou para um terreno grande todo cercado, com guaritas e seguranças.

"É a casa do prefeito. Aquele engomadinho…"

Cláudio riu. Estava acostumado com velhos direitistas, golpistas, malufistas, evitava discutir política. Não podia imaginar que alguém morando naquela vizinhança poderia ser de *esquerda*, ainda mais sendo servido por empregadas de uniforme. Cláudio decidiu tentar outras vias para entender a origem do velho.

"Estou lendo o livro que o senhor me emprestou… É, tipo, bem louco…"

"Não é? Uma história terrível…"

"A história é verdade? Quer dizer, sei que é verdade o que aconteceu com os armênios" — ele não sabia de fato, quase tudo o que sabia viera daquele livro, "mas a história do livro às vezes me parece… hum, meio difícil de acreditar."

"Bem, Cláudio…", o velho ponderou. "Existem várias maneiras de contar uma história, não é? E quando contamos algo que aconteceu realmente, precisamos dar uma forma, criar conexões, alegorias, que não existiram necessariamente daquela forma. É uma maneira de dar um sentido à história."

Cláudio queria dizer a ele que a história contada daquela forma parecia ter *menos* sentido, mas não podia realmente avaliar. Quem era ele para criticar literatura? O que ele entendia sobre a história, sobre os armênios, sobre a vida como um todo?

Então ocorria a ele que, aos vinte e dois anos, o que não lhe faltava eram histórias, experiência de vida; enquanto tantos meninos de sua idade nunca haviam saído da casa dos pais, Cláudio fizera um percurso tão longo, tão tortuoso… E se não fosse por experiência própria, poderia contar também com a bagagem de tantos idosos de que cuidara, histórias que ouvira, cultura que adquirira. Como sua psicóloga dizia, ele tinha de aprender a não se menosprezar.

"Seus livros todos são sobre isso, tipo, sobre os armênios?"

"Hum... Não todos, não. A Armênia é um tema importante, sem dúvida, mas não é o único tema de minha biblioteca... Você quer trocar de livro, é isso? Está cansado da leitura, Cláudio? Posso te arrumar outra coisa."

"Não, não. Estou achando uma história interessante. Eu nunca tinha lido sobre isso, na escola e tal. Quero saber aonde vai dar."

"Aonde vai dar você sabe, não é?!"

"É... sim, eu sei, faz parte da história", Cláudio tateava como um autista com diarreia num banheiro sem papel higiênico. "Digo, estou interessado em como a história vai prosseguir."

O velho parou com um sorriso de contentamento e encostou a mão no rosto de Cláudio. "Fico muito feliz de ouvir isso, meu filho."

A fome não nos assolava todos os dias. A fome assolava a mim e meu irmão dia sim, dia não, porque dia-sim-dia-não comíamos. E embora o que comíamos não fosse o suficiente para matá-la, dia-sim-dia-não sentíamos mais era sede, dores nos pés, desânimo e tristeza por nossa família massacrada, que nos deixavam sem apetite.

Num dia particularmente claro, ensolarado, em que não sentíamos frio e que a natureza teimava, nos importunava, nos cutucava para que abríssemos um sorriso, eu e meu irmão avistamos um açude.

Um açude é um lago feito pelo homem, um represamento com algum propósito de irrigação, abastecimento; porém, já havíamos percebido que, com o plano maligno dos turcos de eliminar os armênios, parecia que todos os outros planejamentos haviam sido deixados de lado. Assim como eles exterminavam cidadãos produtivos de seu próprio Império, que tanto poderiam ter contribuído em tempos de guerra, eles deixavam oficinas, plantações, açudes abandonados, improdutivos.

Num dia quente de sol, com a fome posta de lado, nos deixamos levar pelo calor, pela sede, e até despertamos certo ânimo por poder mergulhar num lago de águas cristalinas, esquecido pelo homem.

Despindo-nos de nossas roupas, de nossos trapos, eu e meu irmão descascando-nos em corrida, saltando entre as ervas, como se deixássemos para trás nossa civilidade, incivilidade, nossa cultura, a morte de nossa cultura, nossos costumes e fantasias, assumindo-nos como filhos selvagens da terra, de volta ao Éden, mergulhamos no açude.

Apenas um segundo antes pensei, esqueci de pensar, me ocorreu que o mergulho seria ácido e escaldante, a água quente e corrosiva. Mergulharíamos nus como meninos no líquido transparente para nos desprovermos do resto de nossa humanidade. A pele se desprendendo da carne, a carne se desprendendo do osso, os ossos insistindo pela gravidade, um esqueleto sorrindo. A alma ficaria lá, diluída, sem nem uma direção a seguir, uma superfície a subir, um deus a pescar.

Mas não.

O contato com a água foi fresco e revigorante, vigoroso e refrescante; gelada, nos despertava para a vida, comprimia a pele em nosso corpo, embalava-nos em juventude, mergulhávamos fundo para vir novamente à tona. Eu e meu irmão nos avistávamos na superfície, ríamos, e voltávamos a mergulhar, como se houvesse uma resposta lá embaixo, como se houvesse um deus. E como, se eu mergulhasse fundo o suficiente, pudesse emergir do outro lado, onde o ar não fosse mais vital, onde um ser não precisasse mais respirar, e onde aqueles que deixaram de respirar ainda pudessem ser.

Só encontrei algas.

Elas me acenavam e envolviam, de toda forma, elas me saudavam. Eu passeava meus dedos pelo fundo do açude, minhas pernas roçando as plantas, as algas me roçando de volta; queria permanecer lá, onde era bem-vindo; sem outros seres respirantes, onde eu era deus; deus e seu irmão, vindos de cima, esforçando-se ao máximo para permanecerem lá com os afogados, os esquecidos, as algas e os peixes diminutos. Eu passeava minhas mãos por tudo, como se os abençoasse, como se pedisse permissão para permanecer. Pensava: e se deus também apenas passa por nós, pedindo uma oportunidade de respirar aqui embaixo? Lá de cima, tão distante, bem-intencionado, mas sem um aparelho respiratório. Seria o oxigênio que nos condenou?

Meus devaneios estavam se tornando perigosos. Eu precisava emergir. E numa nova busca por ar percebi que as algas insistiam, me envolviam, me queriam embaixo d'água.

Logo senti minhas pernas e braços presos, enroscados, uma vida subaquática insistindo que eu permanecesse ali. Puxei, me debati, os fiéis úmidos não queriam me deixar ir. Puxei com mais força, plantei meus pés no solo, tentei ganhar impulso para emergir a uma terra que era minha, que não me queria, um lugar onde eu não deveria estar.

Fui subindo com um enorme peso em mim. Cachos grossos se envolviam em meus braços, meus pés, insistiam para que eu ficasse. Eu dava braçadas, pernadas, tentava me livrar daquele fardo, para voltar a respirar. Pode ter demorado horas, segundos, instantes, demorou para eu recuperar o fôlego, e ainda pesado nadar até a margem.

Chegando lá, eu só queria respirar.

Enquanto recuperava meu fôlego, meu irmão continuava nadando, subindo e descendo, comemorando, como se o Sultão tivesse sido afogado lá mesmo. Eu queria chamá-lo, alertá-lo do perigo, dizer que eu mesmo quase havia me afogado, mas eu não tinha forças.

Às margens do açude, eu tentava me soltar das folhas e algas que haviam me prendido. E logo percebia o que eram: tranças, cachos, mechas de cabelo. Era esse o propósito do açude. Para isso ele ainda tinha serventia. Meus pés estavam amarrados pelos cabelos dos armênios afogados naquelas águas.

Quando chegou em casa na manhã de sábado, Cláudio encontrou o namorado ainda na noite estendida de sexta. Bebia e conversava entusiasmado com dois amigos: um dramaturgo barbudo e uma bela atriz ruiva de meia-idade; o apartamento estava escuro, as janelas fechadas, um cheiro forte de cigarro no ar, o álbum da banda Biofobia tocando, e ele sabia que para estarem animados assim naquele horário havia mais do que cigarro e bebida: um disco da Gal borrado de pó branco confirmava.

"Ô, Claw, enfim chegou, estou há horas esperando você para curtir com a gente...", disse o namorado.

"Sou testemunha, ele só falava de você", disse a atriz.

Cláudio sorriu cansado para todos. "Foi um daqueles dias de vinte e quatro horas, te falei..."

O namorado traduziu acelerado para os amigos. "O Claw tá trabalhando pra um velho armênio do Jardim América, sobrevivente do Holocausto..."

"Um velho judeu?", disse a atriz.

"Não, ele é armênio", repetiu o namorado. "Tem armênio judeu?"

"Tem o Holocausto Armênio, que foi com armênios cristãos", disse o dramaturgo. "O William é armênio, sabe? O William, do Satyros?"

Cláudio se perguntou se esse William poderia ser o sobrinho-neto que dona Beatriz mencionara, mas deixou para lá.

"O William? Mas o William é negro... Tem armênio negro?", perguntou o namorado.

"Você está confundindo com o Wesley", disse a atriz. "O Wesley é negro. O William é ruivo. Mas que eu saiba o William é de São Roque..."

"Acho que os pais nasceram na Armênia, ou os avós...", respondeu o dramaturgo, todos muito pilhados.

"Não é preciso nascer na Armênia para ser armênio", interrompeu Cláudio.

Os três olharam para ele intrigados, em silêncio por três segundos, que no estado de aceleração em que estavam foi como três minutos, então a atriz se levantou para se servir de mais vinho. "Ninguém nasce armênio, torna-se armênio, Simone de Beauvoir", caçoou.

"No caso, seria Simone Beauvoirian", completou o dramaturgo.

Cláudio queria demonstrar bom humor — estava cansado demais, e seu sorriso denunciou isso. Felizmente o namorado percebeu.

"Ei, quer dar um tirinho com a gente?"

"Acabou tudo", disse a atriz, "mas o Robson foi buscar mais na Paim."

"Tô de boa", disse Cláudio.

O namorado foi até ele abraçá-lo e falar em seu ouvido. "Quer descansar? Toma um banho, que o Robson já deve estar voltando. Daí se você não quiser dar um tiro com a gente eu levo o pessoal daqui para você dormir, pode ser?"

O sono leve de Cláudio era algo que poderia ser creditado (ou culpado) à genética, pois seu histórico deveria ter gerado o contrário. A infância toda ele tentou derrubar-se no sono; dormindo no mesmo quarto, na mesma cama estreita com Alisson, o irmão mais velho, ele tentava ignorar os pigarros, a rinite, o irmão se remexendo. "Tenho um sono de pedra porque desde pequeno tive de dividir a cama com meu irmão, que tinha rinite", outros diriam. Cláudio não. Tinha o sono leve desde aquela época. Nunca dormia bem. E depois as coisas só pioraram...

Quando os dois irmãos começaram a ficar grandes demais para uma cama só, ganharam um colchão. Furado, mofado, com um cheiro residual de dejetos ancestrais. Cláudio obviamente foi jogado nele, sem chance de revezamento. Porém o irmão continuava logo ao lado, logo acima, tossindo, pigarreando, farfalhando na cama.

Cláudio nunca conseguiu ter um sono profundo, mas já se acostumava com o sono perturbado quando o irmão começou a descer da cama, deitar no colchão, puxá-lo para dormir com ele.

Ele então teve de se acostumar que o irmão se remexendo poderia significar algo mais. Que o irmão acordado na cama ao lado significaria que ele também precisaria acordar, e se juntar a ele. Os movimentos do irmão na cama passaram a acionar novos alarmes e despertá-lo para noites de pesadelos...

Como interno na Fundação Casa, Cláudio teve de dividir quarto com uma dúzia de meninos, e dormir entre rinites, roncos, pigarros, flatulências, traumas, pesadelos. Ali seria uma escolha difícil entre um sono pesado, indispensável se quisesse realmente descansar, e um sono leve, alerta, para protegê-lo dos perigos da noite. De todo modo, ele não tinha escolha. Ficava alerta como sempre, desde a infância. E isso não o protegia de muita coisa...

Em sua vida atual, na cama de casal que dividia com o namorado, o sono muitas vezes era anestesiado pela bebida. Raras eram as noites em que eles passavam juntos a seco — eram gim--tônicas, vinho barato, vodca nacional com gelo. Ajudava na profundidade do sono, e também no ronco do namorado. Cláudio adormecia profundamente até o álcool começar a se diluir no sangue, daí acordava com o namorado roncando. Morando numa quitinete, não havia nem a opção de migrar para o sofá da sala.

As noites que passava em serviço eram das mais variadas. Nos primeiros anos, ele não tinha muita escolha, precisava dormir no trabalho porque nem havia uma casa para voltar. Quando se mudou para a quite do namorado, pôde ser mais seletivo. Um dos pacientes costumava pedir para que ele permanecesse acordado, ao lado da cama, vigiando seu sono, pois tinha a paranoia de que morreria dormindo; foi um trabalho exaustivo que ele acabou tendo de largar. Uma das poucas senhoras de que ele cuidou pedia total privacidade — ele dormia num quarto de empregados do outro lado da casa; mesmo assim, ela não deixava de acordar durante a noite e solicitar os serviços dele: preparar um chá, encher a banheira, tirar a temperatura. Teve um ou outro paciente com o qual ele preferiu não passar as noites, com medo da função que teria de desempenhar — recusando educadamente, alegando "problemas de agenda". (E não, apesar de muitos de seus amigos perguntarem, apesar de muitos amigos suspeitarem, Cláudio jamais se excedeu na intimidade com seus pacientes.)

Em suma, Cláudio era uma dessas pessoas que não tirava muito prazer do sono, que acabava nunca dormindo muito, que tinha sempre de equilibrar o quanto de fato precisava dormir, o quanto preferia ficar acordado. Porque, no final, o sono sempre remetia aos pesadelos...

Na manhã de segunda Cláudio encontrou seu Domingos no escritório, com seu livro e seu caderno, e se arrependeu instantaneamente de não ter pesquisado nada sobre a Armênia no fim de semana.

"Bom dia, seu Domingos, como passou o fim de semana?"

"Bom dia, meu filho. Eu... escalei o Pico da Nove de Julho, que agora tem um elevador? Você já foi?"

"Sei... É um mirante, algo assim?"

O velho riu. "Bobagem. Eu fiquei nessa casa, perdido nas leituras como sempre, e você?"

"Ah... Também não fiz grande coisa." E era verdade. Cláudio não sabia se o velho esperava um relato detalhado de *vida selvagem*, ou um atestado de inocência. O final de semana havia passado sem grandes acontecimentos, pela ressaca prolongada do namorado: sábado jogado pela casa; pizza e séries de noite; domingo de frango à cubana numa cantina da classe artística logo na esquina; Cláudio até queria visitar uma feira de cultura alternativa que estava acontecendo na Barra Funda, mas o namorado — que tudo já vira, tudo já conhecia — disse que era um programa cafona dos anos 90. Porém na noite de domingo, quando já estava mais recuperado, decidiu arrastar Cláudio para uma "peça de gente pelada", seguida de drinques e de uma rápida passada numa festa do DJ Pomba, que só não se prolongou infinitamente porque Cláudio era responsável e sabia que tinha de trabalhar cedo segunda de manhã.

O velho ficou olhando para ele, por um tempo talvez maior do que o normal. Na cabeça de Cláudio, o velho pensava se deveria perguntar sobre uma namorada, se tinha entrada para conversarem sobre a vida pessoal do cuidador. Cláudio estava acostumado com isso, até porque já tivera péssimas experiências nesse sentido. Não havia nada que ele pudesse fazer: mesmo os velhos mais fascistas, na hora do aperto, teriam de aceitar ser tratados por jovens homossexuais. Seu Domingos estava longe de ser fascista, todavia. Ao menos era o que Cláudio achava.

"Muito bem", o velho respondeu apenas estendendo para Cláudio um livro. E ele sabia que era o mesmo que ele estava lendo nos últimos dias. Seu PSP estava com a bateria recarregada e ele havia trazido a fonte, mas… Ah, vamos lá.

Descendo o morro em direção a um vale, eu e meu irmão avistamos no meio do caminho um casebre solitário.

"Acha que está ocupado?", perguntei.

Meu irmão tomou a dianteira de forma protetora e com a mão fez um sinal que comunicava ao mesmo tempo para eu fazer silêncio, caminhar com cautela e permanecer atrás. Não precisávamos nem cogitar para saber que, se estivesse ocupado, se tratava sem dúvida do casebre de um *inimigo*, a começar pelo fato de estar lá, solitário. Um armênio nunca se atreveria a tamanha independência. Em passos lentos, até a porta, tentávamos escutar atividades domésticas, conversas cotidianas em turco, sentir o calor de um fogo aceso e farejar comida sendo preparada, embora o cheiro de corpos mortos já estivesse tão impregnado em nossas narinas que acreditamos já poder sentir, desejávamos não poder sentir, esperávamos que fosse apenas o odor perene impregnado em nossas narinas.

Quando meu irmão já estava quase tocando a porta, escutamos um passo arrastado. Saltamos para trás. Como mágica, havia um velho parado logo ao lado, segurando um machado.

Nenhum dos dois ousou dizer nada. Contemplamos o velho boquiabertos, avaliando que risco corríamos. Até que ponto o machado era uma ameaça. Com que facilidade dois jovens famintos e exaustos podiam derrubar um velho bem nutrido e disposto. Até que ponto, naquele contexto, nós deveríamos. O velho nos observava de volta com o machado em mãos, indeciso, sorumbático, pensativo. Nossa presença parecia despertar lembranças havia muito esquecidas em seu olhar, quem sabe familiares perdidos, talvez um filho morto, armênios que ele matara quando jovem, armênios de que fora amigo... Então nós dois percebemos — bem, talvez apenas eu tenha percebido — que o olhar do velho só comunicava tanto porque não comunicava nada, inexistia. O velho era cego. Ainda assim, foi ele quem quebrou o silêncio.

"Quem está aí?"

Agarrado atrás de meu irmão, eu o sentia inspirando para responder, a tensão dos músculos afrouxando para dar movimento à fala; eu apertava sua cintura como para refreá-lo, alertar de que não era uma boa ideia, que deveríamos permanecer em silêncio, que o velho desapareceria como veio.

"Desculpe, *efendim*", respondeu meu irmão, "sou apenas um jovem solitário buscando um pouco de comida..." Sua voz soava aguda e infantil, como se descesse de volta um degrau da puberdade, fosse por medo ou para convencer o velho de seu caráter inofensivo.

"É um *giavur*? Um infiel?"

"Convertido, *efendim*." Aquilo não era verdade, permanecíamos cristãos.

"Está sozinho?", o velho perguntou rígido, com o machado firme em mãos.

"Sim, meu senhor." Tive medo de que aquela fosse outra resposta incorreta. Que nos protegeríamos mais nos apresentando em dupla. Que o velho fosse cego, mas pudesse nos farejar, que pudesse ouvir nossas respirações desencontradas, que *sentisse*, como sentem aqueles privados de um sentido objetivo.

"E seu pai?", o velho continuou.

"Morto, senhor."

"Sua mãe?"

"Também."

"Seus irmãos?", ele seguia pouco a pouco, como se saboreando os detalhes, em vez de perguntar de uma vez: "onde está sua família?".

"Foram todos mortos, só resta eu", e, por alguns instantes, eu quase tive dúvidas se não era verdade, se eu não havia sido morto com minha família, fuzilado na prisão, queimado no vilarejo, afogado no rio, degolado na estrada, e seguia meu irmão como um fantasma.

"Bem, por que não se apresentou? Aparece sorrateiro assim numa época dessas…"

Eu responderia que aparecemos sorrateiros assim exatamente por causa da época, mas tinha de permanecer invisível.

"É que nós, eu, eu não vi o senhor. Apareceu tão de repente, até me assustou…"

Com essa confirmação de fragilidade o velho ponderou alguns instantes. Sabendo agora que era cego, eu podia inferir que ele estava ponderando consigo mesmo, e não avaliando nós dois. "Bem, acho que ser cego é um pouco como ser invisível. Se eu não posso ver, vocês também não me veem, não me notam, quando não noto vocês."

O plural não passou batido para mim. Ele havia notado nós dois? Porém, se meu irmão percebeu, tomou como uma generalização. "Sim, não vi o senhor, me desculpe", respondeu num sussurro.

"E infelizmente também não os escuto tão bem", continuou o velho, também sem deixar claro se falava de maneira geral ou se não escutara a resposta. "Você vê, as pessoas sempre tomam os cegos como ouvintes excepcionais, mas eu sou um pobre velho. Se a cegueira chegou primeiro, a surdez logo virá. Felizmente ainda tenho certa força para cortar lenha, uma horta e uma cabra. Sobrevivo, bem ou mal. E você, um jovem tão esganiçante, que faz sua presença sentida até pelo calor do corpo, vem a mim buscar auxílio..."

Outros irmãos teriam aceitado a provocação e responderiam com uma investida contra o velho. Outro irmão, talvez não tão cordial ou precavido. Pois aquela casa só serviria como um abrigo com o velho cego nos protegendo. Se qualquer soldado ou oficial passasse por lá, deixaria em paz um ermitão turco, vivendo parcamente com uma horta e uma cabra. Mas se a casa estivesse vazia, seria tomada. Se estivesse conosco, seríamos expulsos e mortos. Dependíamos da boa vontade do velho, e nós três sabíamos disso.

Ainda assim, meu irmão conseguiu fazer bonito:

"Não peço tanto auxílio, como ofereço meus préstimos. Sou jovem, como percebeste, e ao senhor posso ser de muita serventia. Tenho braços fortes e disposição, olhos a teu serviço e ouvidos para obedecer. Cortar a lenha, cultivar a horta, ordenhar a cabra, oferecer assistência a tudo mais que precisares."

O velho riu. "Certamente me seria muito útil, em outros tempos, outra época, mas agora... que espero apenas a morte..."

"Eu poderia torná-la mais confortável..."

O velho se aproximou. Eu enfim me soltei de meu irmão e dei alguns passos atrás. O velho estendeu a mão no ar como para tentar tocar o rosto do visitante, calculando mal. Meu irmão curvou-se com a mão na barriga, num sinal de respeito que o velho não veria, e o deixou tocá-lo, sentir-lhe as feições, acariciar seus cabelos que estavam compridos, lisos e oleosos.

"Seus traços são delicados", disse o velho.

"Fico feliz de carregar uma herança de minhas avós", respondeu o irmão.

O velho seguiu abaixo. "Hum, tem braços magros."

"É porque não como há muitos dias", respondeu.

"Tornozelos tão finos", disse ele migrando para o chão.

"De tanto caminhar, *efendim*."

"E suas pernas", ele subiu, "tão lisas e macias."

"É porque ainda tenho catorze anos."

"E essa cintura, tão feminina…"

"Isso é o que me resta de minha mãe."

"Mas seus pés…", o cego os acariciou com cuidado. "Seus pés são grandes e ásperos como os de um homem."

Aparentemente satisfeito, o velho tocou os ombros de meu irmão e o conduziu para dentro da casa. "Venha, vamos ver do que você é realmente feito."

Meu irmão virou o rosto em silêncio e fez sinal para que eu permanecesse lá fora.

"Seu Domingos, o almoço está pronto", veio avisar Clarice no escritório. "Quer que eu sirva aqui para o senhor?"

"Na sala de jantar, Clarice, por favor."

A velha empregada saiu sem comentários.

O velho sorriu para Cláudio. "Está com fome?"

Cláudio devolveu o sorriso e optou pela resposta-padrão. "Não muito."

"Elas cozinham sempre a mesma coisa... Essa comida meio sem vida, sem tempero... Bem, eu mesmo não tenho mais muito paladar, sabe? Não é engraçado? Você acha que é possível perder primeiro o paladar? Tantos velhos perdem a audição, a visão, não é? Eu tive sorte. Eu poderia ter perdido primeiro o paladar?"

"É possível, sim, seu Domingos. É comum... Quantos anos o senhor tem?"

"Bem, se eu fosse cozinheiro não seria sorte, perder primeiro o paladar. Como é o ditado? Deus não dá asas a cobra? Não, isso seria o contrário. Teria de ser 'à cobra Deus não dá torcicolo'", o velho riu.

"Acho que seria 'Deus dá o frio conforme o cobertor'."

"Isso. Explica muito da personalidade de Deus, não é? Por que ele teria de dar o frio, afinal?"

Na sala de jantar, Cláudio se deparou como esperava com a mesa posta apenas para um. Seu Domingos não gostou do que viu.

"Mas o que é isso? Mas... Espere." Ele buscou na mesa por um sino de porcelana, esse em forma de coelho. Agitou com força. Clarice apareceu na sala.

"Clarice, o que é isso?! Tenho um convidado aqui e você serve a mesa só para um? Como é isso? Que vergonha me faz passar..."

"Desculpe, seu Domingos, é que nos outros dias ele comeu na cozinha e eu pensei..."

"Pensar não é seu forte, Clarice", o velho disse, constrangendo Cláudio. "Por favor, traga um prato para ele."

A velha empregada se afastou e Cláudio sentou-se timidamente ao lado do velho armênio. Poderia ser tocante notar que eles estavam se aproximando, que seu Domingos agora o considerava como algo mais que um empregado, que se ele comera nos outros dias na cozinha, com as empregadas, agora ocupava um lugar ao lado do dono da casa. Mas também não deixava de ser intrigante que ele ocupasse esse lugar em tão poucos dias, enquanto as empregadas de décadas continuavam "em seu devido lugar". Era natural que elas se ressentissem, sentissem inveja.

"Meu filho, me desculpe", disse o velho. "Essas empregadas estão aqui há tanto tempo que se acham mais donas da casa do que eu."

"Imagine, seu Domingos, não tem o que se desculpar; eu estava comendo mesmo na cozinha..."

"Como um velho senhor como eu pode administrar uma casa com a mulher fora? Me diga, meu filho? Como podemos sobreviver sem sua mãe?"

Foi então que Cláudio percebeu que durante todo o dia o velho não o chamara pelo nome. E se o estava tratando tão gentilmente, como filho, durante todos esses dias, poderia ser um equívoco?

Consegui sobreviver nas semanas seguintes, que talvez tenham formado meses, que provavelmente não chegaram a tanto, morando e vivendo com a cabra, como a cabra. Era um coberto que não chegava a poder ser considerado um estábulo, nem uma cocheira, apenas um teto sobre um monte de palha e um cocho d'água. Estávamos na virada da primavera para o verão e, mesmo nas noites frias, o calor da cabra era o suficiente para eu me sentir aconchegado, ainda que com carrapatos.

Eu ainda tinha oito anos, mas já tinha oito anos, talvez nove. E aos oito-nove um menino já é um menino, uma cabra já é uma cabra. O que eu poderia experimentar e aprender naturalmente sobre os prazeres do corpo, experimentei e aprendi naturalmente com ela, a tal ponto que éramos quase um só. Eu vivia com a cabra, como a cabra, cheirava a cabra, e se inicialmente a antropomorfizava conversando na língua de meus antepassados, já estava a pouco de caprinizar-me em balidos.

Meu irmão morava e dormia com o cego dentro da casa, realizava para ele as atividades cotidianas, coisas que o cego não poderia fazer sozinho e mesmo as que poderia; meu irmão era um escravo. Cuidava da casa, da cabra e da horta. Vez ou outra acompanhava o velho até uma aldeia próxima. Durante todo esse tempo eu era mantido escondido. Meu irmão tinha medo de que, caso o velho me descobrisse, mandasse nós dois embora. Realmente não tínhamos comida suficiente para três, mas nós armênios estávamos acostumados a ser menos, comer menos, desaparecer; meu irmão dividia generosamente a sua porção comigo — e preciso ser honesto e dizer que sua porção não era das menores, considerando a ração que a vida nos reservava. Até que ele teve a ideia de contar ao velho sobre a plantação de trigo abandonada, pronta para ser colhida — e logo estávamos os dois trabalhando no campo, minhas mãos extras conferindo um resultado melhor para o trabalho que o *efendi* acreditava que meu irmão realizava sozinho. Com trigo, lenha e forno, logo tínhamos pão.

Assim, com semanas de descanso da estrada e uma barriga relativamente satisfeita, comecei a achar que a jornada deveria continuar.

"Sair daqui? Para onde? Não há mais para onde irmos", protestava meu irmão. "Este agora é nosso lar."

Mais fácil para ele falar, sendo aceito oficialmente e dormindo dentro da casa. Eu não passava de uma sombra, invisível para um cego. Inicialmente meus passos eram mais sorrateiros, minha presença mais camuflada, porém pouco a pouco fui perdendo o receio da descoberta, o velho se revelando cada vez mais cego, cada vez mais surdo, a ponto de podermos dividir todas as tarefas cotidianas, desde que eu ficasse em silêncio. Eu tinha que ficar em silêncio, mas meu irmão me provocava, conversando comigo como se conversasse com a cabra. "Não quer me ajudar segurando essa lenha, cabrinha?" "Vou ao riacho com o *efendi*; voltamos antes do almoço, cabrinha." Eu por vezes tinha ganas de responder: "Bé! Bé! Me deixe deitar lá dentro enquanto isso, que tenho dor nas costas de dormir nessa palha seca, bé!". Mas não queria abusar da sorte. Quem sabe o velho até soubesse de minha presença, mas o acordo não verbalizado era de que seria vista grossa enquanto eu permanecesse invisível.

Passei a me aventurar dentro da casa quando meu irmão saía com o velho. A casa não tinha grande coisa para oferecer; um cômodo com o forno, a lareira, um tapete puído, o colchão onde os dois dormiam. Na despensa, encontrei uma garrafa de *raki* e engasguei só com o cheiro; comi um bocado do pão, que afinal eu ajudei a fazer; descobri um grande jarro de manteiga com mel e me aventurei a passar no pão, já que nunca me havia sido oferecido.

Tornou-se um costume rotineiro, quando os dois saíam de casa. Pensava que, se o velho notasse a falta, culparia obviamente meu irmão, e seria uma forma de sairmos dali. Mas foi meu irmão quem primeiro notou, talvez porque ele também roubasse ou simplesmente porque ele enxergava e o velho não.

"*Aghparig*, se você rouba dele, está roubando de mim. É em mim que a culpa se depositará."

Eu não me sensibilizava com esses argumentos e achava que a culpa deveria mesmo ser depositada sobre meu irmão. A tal ponto que fui ficando mais e mais descarado, pegando bolas da manteiga doce, grandes como pêssegos.

Numa tarde de tédio, meu irmão demorou a voltar com o velho, a tal ponto que comecei a pensar se não haviam sido atacados no caminho, se haviam migrado para uma vida melhor, se alguma vez essa casa havia sido realmente habitada. O tédio é dos sentimentos mais destrutivos que existe, mesmo em tempos de guerra, especialmente em tempos de guerra. E entre o tédio e a ansiedade, dei um gole grande do *raki*, embebedei-me da manteiga, deitei-me no colchão. Acordei no crepúsculo com sacudidelas de meu irmão.

"Saia daqui!", meu irmão balbuciava e apontava veemente para a porta, com o velho logo atrás. De pirraça, esfreguei os olhos, me espreguicei e me levantei lentamente, seguindo para a porta.

No dia seguinte, quando colhíamos ervas na horta, o velho saiu de dentro da casa e chamou meu irmão.

"Você vem comendo minha manteiga sozinho…"

Nesse momento, confesso que fui assolado pela culpa, por meu irmão que não sabia o que responder. Se negasse, admitiria minha presença? "Não, venho comendo, mas não sozinho." Se assumisse a culpa, seria justificativa para um castigo severo? Cinquenta chibatadas. A expulsão de casa. A entrega ao inimigo. Meu irmão nada respondeu e eu nunca soube das consequências, pois o velho o chamou para dentro num tom firme e calmo. "Vamos resolver isso aqui dentro." Eu só vi meu *agha yeghpayr* novamente no dia seguinte. Sabia que ele sofria em silêncio.

Sofrimento era algo a mais que ele compartilhava com o velho, não comigo. Nem sofrer sofríamos mais juntos. Abrigados naquela propriedade, sob telhados diferentes, nos distanciávamos cada vez mais, e eu tinha medo do que meu irmão se tornava, do que se tornava em relação a mim, do que se tornava nossa *yeghpayrutyun*, nossa irmandade. Um irmão morto ocupa um lugar fixo, sob o solo. Uma família morta é mais fácil de enterrar.

Incontáveis vezes insisti para que fôssemos embora juntos. Quando o velho dormia. Quando estava dentro de casa entretido em seus afazeres. E minhas súplicas sussurradas logo eram silenciadas por meu irmão: "Não há mais lugar para nós nessa terra. Agora faça silêncio que o velho ainda pode ouvir".

Assim, numa manhã clara e fresca, parti sozinho. Imaginei meu irmão saindo minutos depois, buscando-me junto da cabra, então ao redor da casa, sem poder chamar meu nome em voz alta, chamando a cabra em meu lugar, imaginando em qual silêncio eu me escondia. Depois, constatado o desaparecimento, se questionando se eu de fato alguma vez estivera ali. Se eu não era mais um fantasma de nossa família, que não mais rondava sua vida.

Fechando o livro no sofá-cama da saleta, Cláudio pensava em quanto de verdade poderia haver ali. Sabia que era um relato de um sobrevivente do Holocausto Armênio, sabia que o velho tinha a mesma origem. Seu Domingos era um sobrevivente? Era um de seus tópicos prediletos, e a sobrinha-neta não queria falar sobre isso. Tudo parecia ter acontecido dois séculos atrás. Quantos anos exatamente tinha seu Domingos? Em que ano acontecera o genocídio? Provavelmente aquela era a história dos pais, dos avós, dos ancestrais de seu Domingos?

Cláudio não tinha nada de armênio, ainda assim, a história ressoava tanto a ele. Pareciam contos e fábulas, que ele escutara a vida inteira, ainda que não tivera um pai para lhe contar histórias para dormir...

Tentava se lembrar do pai. Precisava de uma foto. Porque, quando pensava no pai, via sua própria imagem. Não sabia se era uma cópia exata, se era a mente pregando peças. Seu pai morrera com trinta? Algo assim. Cláudio era novo demais... Era mesmo um pai a se esquecer? A mãe muito insistira para que sim.

Nenhum pai é um pai a se esquecer. Mesmo um pai ausente ocupa um espaço. É preciso lembrar, nem que seja para não cometer os mesmos erros. E Cláudio não se lembrava de nada.

Uma figura paterna… Bem, não lhe faltaram figuras paternas em vida, o irmão mais velho, o pastor, os tios da Fundação… A mãe e a avó também… Figuras femininas contavam como figuras paternas? Figuras de autoridade? Tinha o namorado, vinte anos mais velho… ("Dezoito anos mais velho", o namorado faria questão de enfatizar.) Mas embora as pessoas do senso comum vissem aquilo como uma relação *twink-daddy*, Cláudio não conseguia ver o namorado como uma figura paterna…

Havia os idosos, com quem ele sempre passava tanto tempo. Mas para os idosos ele tinha que ser a autoridade, em termos… Ele era o empregado, mas tinha que exercer pulso firme… Será que não era como cuidar de um pai idoso, afinal? Ele não podia misturar as coisas…

Naquele quarto empoeirado, olhando para um teto sem estrelas, pensando em pais possíveis, Cláudio quase adormecia. Então sentiu uma sacudida.

"Ei, Cláudio, está dormindo?"

Cláudio despertou sobressaltado, vendo seu Domingos ao seu lado. Que velho sorrateiro, meu deus!

"Ah, não, não, estava só pensando", era uma resposta-padrão para comunicar que, mesmo às duas da manhã, mesmo deitado na cama, ele ainda estava a serviço.

"Queria me desculpar por tudo o que houve hoje, Cláudio, na hora do almoço, com as meninas. Não gosto dessas discussões…"

"Ei", disse Cláudio sonolento. "Não se preocupe. O senhor é o dono da casa, tem que dizer como quer as coisas."

Seu Domingos balançou a cabeça. "As coisas mudam muito rápido. Se a gente já serviu no passado, não significa que será servido da mesma forma no presente, nem que pode exigir isso... Já dei muito duro na vida, Cláudio, mais do que você pode imaginar. E não me esqueço de como é estar do outro lado. Não posso me esquecer."

"Tudo bem, seu Domingos, eu entendo." E ele entendia mesmo, porque aquele era um discurso-padrão, que ele já havia ouvido de tantos clientes-patrões, culpados por tratarem seus empregados como lixo, absolvendo a si mesmos por terem sido tratados da mesma forma, quando eram engraxates, recepcionistas, office-boys. Será que aquele também era um discurso que morria com a geração de seu Domingos? Quem hoje começaria do zero e conseguiria terminar com uma casa na avenida Europa?

"Você é um bom menino, Cláudio. Para mim, é quase como se fosse um filho."

Cláudio sorriu agradecendo, e entendia o que se passava na cabeça do velho. Ele queria deixar claro que reconhecia seu cuidador, que se chamava *Cláudio*, e queria esclarecer que, se o chamara de "filho" nos últimos dias, não era por confusão nenhuma.

Primeiro mataram os homens. Depois, levaram as meninas, as drogas e o armamento. Quando não havia mais nada a levar, expulsaram velhos, mulheres e crianças. E incendiaram os barracos.

Cláudio não tinha total consciência, mas foi assim que sua vida começou. Seu pai, como líder da comunidade, assassinado pelos policiais. "Ele se meteu com gente errada", diria sua mãe durante toda a vida, negando o massacre. Com vinte e oito anos, ela já tinha três filhos: Cláudio, o mais novo, Alisson, o do meio, e Leyla, que na pré-adolescência tinha sumido de casa em más companhias. Quando o marido foi morto e a casa incendiada, ela finalmente teve de assumir que era incapaz de criar os filhos sozinha, que sua mãe sempre estivera certa, que ela nunca devia ter saído de casa, da igreja, do caminho de deus.

Ela merecia aquele Inferno. Era nisso que ela acreditava. Então ali estava, como ela sabia que viria: sua comunidade queimando, ela descendo o morro, Cláudio ainda de colo, em seus braços, Alisson desafiando as chamas, juntando-se às outras crianças, insistindo que era possível salvar as casas, só precisavam de água, baldes, os bombeiros.

A mãe sabia que os bombeiros não viriam a tempo. Os bombeiros trabalhavam para o Estado e, para o Estado, as famílias tinham mais é que sair dali. Ela sabia que era o certo, que estava fazendo errado, que havia se desviado do caminho desde que conheceu o pai dos meninos, aos quinze anos de idade. Agora ela estava pagando o preço. Mas ainda havia tempo de serem salvos: deixe tudo queimar. Ela voltaria para a casa da mãe.

Foi assim que Cláudio terminou no Bom Retiro... Ou começou, aos três anos de idade, morando na casa da avó materna. Nos primeiros dias, sem o pai, numa casa estranha, com uma nova rotina de agradecer a deus a cada refeição, ao acordar, antes de dormir, Cláudio tinha pesadelos com o Inferno. Sua casa queimando, o tamagoshi que seu pai lhe trouxera, tudo queimava por causa de seus pecados: uma desobediência escondida, o furto de uma guloseima, o xixi na cama... Ele acordava com a cama molhada.

E a avó estava lá para assegurar que, sim, era culpa dos pecados dele. E que aquele xixi nos lençóis só pioraria as coisas. Que ele precisava se arrepender, ajoelhar e rezar. A mãe, baqueada demais pelas perdas, apenas concordava.

Essas lembranças vieram para Cláudio em sonho, despertadas pela leitura dos últimos dias. Ao acordar, ele não se lembraria de tudo com clareza, e não saberia o quanto era sugestão do livro, o quanto ele vivera realmente. Cláudio mal se lembraria de tudo isso, porque tudo isso aconteceu nos primórdios de sua vida. Mas, em termos históricos, aconteceu ainda ontem, na Favela Elisa Maria, zona norte da cidade de São Paulo.

Cláudio ainda sentia a favela queimando, quando percebeu que o crepitar de seus sonhos era na verdade um suave farfalhar bem próximo. Abriu os olhos para constatar que o velho abria os seus no quarto ao lado, revirava-se na cama, pigarreava, pronto para começar o dia. Novamente seis da manhã.

Dessa vez tomaram café os dois juntos, na copa, Cláudio limitando-se a aceitar um pão com manteiga, Clarice de cara fechada por servi-lo. Cláudio em si estava acostumado, mas no fundo não entendia essa distinção — por que não tomavam café todos juntos na copa: ele, o velho, as duas velhas empregadas?

"Porque elas estão trabalhando, menino; elas são pagas para isso", lhe explicou Charles, o paciente homossexual de Higienópolis, intelectual burguês decadente, que Cláudio acabou tendo de largar depois que ficou claro que ele não tinha a menor necessidade de um cuidador, e sim disposição de sobra para fazer outros usos dele, "pelos quais você será generosamente recompensado, obviamente", fez questão de enfatizar.

Cláudio era um empregado atuando no mesmo território

que aquelas velhas senhoras, mas com uma importância diferente, ele gostava de pensar. Entendia que se precisava de alguém para limpar uma casa grande, cozinhar para quem não sabe, e acompanhar um idoso com mobilidade ou raciocínio reduzidos. Mas havia aquela fronteira cinza, em que um se tornava o outro e ele se tornava um empregado doméstico a serviço dos caprichos de idosos mimados. Certa vez Charles quis até ensiná-lo a servir o vinho da maneira correta...

"Você não é empregada doméstica, você é um cuidador, praticamente um enfermeiro", lembrava-lhe sempre o namorado, indignado com esses casos. "É um equilíbrio delicado, atender às necessidades do idoso, mas não se deixar levar totalmente por suas manias. Saber ser firme quando é preciso que se tome um remédio, que se livre de uma teimosia, mas também ter o respeito necessário com quem nunca se acostumou a receber ordens", lhe disse dona Beatriz na entrevista. No fim, ele não deixava de ser um empregado doméstico.

"Então, Cláudio, como está o livro?", perguntou o velho interrompendo seus pensamentos. "Em que parte está?"

"Na parte em que eles são contratados por um velho cego, que tem uma cabra..."

"Contratados... você tem uma visão muito cosmopolita da situação, Cláudio."

O menino riu de nervoso. A situação tinha paralelos delicados com o trabalho dele ali. "É, na parte em que eles trabalham para um velho cego, que o menino tem que ficar escondido e tal..."

"Nós não tínhamos escolha. Não era um emprego."

Seu Domingos disse sem grandes alterações, mas Cláudio empalideceu. A primeira pessoa do plural não passou despercebida.

"Nós?", Cláudio perguntou por reflexo.

"Sim, éramos escravos...", o velho respondeu automaticamente, então pareceu se dar conta e fez uma correção no meio do discurso: "Nós, armênios, tínhamos de nos sujeitar ao que encontrávamos; meninos viravam escravos, meninas eram levadas para haréns, ou então podíamos morrer com dignidade, a escolha era apenas essa".

Cláudio aceitou a explicação com o pão na boca, enquanto lhe ocorria que também não sabia ainda o nome do narrador do seu livro. O livro não apenas não tinha título, autor e ano de publicação, como quem contava a história não tinha nome. Poderia ser Domingos?

Depois de mais um dia de caminhada, cheguei até uma escola. Não saberia precisar como a identificava assim, mas já de longe a identificava. Para que mais serviria uma construção de três andares, grandes janelas quadradas, com um poço logo em frente? Estava queimada, como a de minha aldeia, e ainda emanava conhecimento. Pela posição do sol, eu podia ver que era horário de aula — num dia normal, eu estaria sentado com meus amigos, aprendendo com o professor Chitjian; aquele não era um dia normal para ninguém. Parado na porta, vi um pequeno lagarto cinza no chão, indeciso se deveria fugir para dentro ou fugir para fora. Passei por ele, que permaneceu imóvel. Entrei na primeira sala.

Entre pilhas de carvão, uma ou outra carteira se mantinha de pé. Eu me sentei, ela veio ao chão. Então me se sentei em outra, que me sustentou. Olhei para a frente da classe, o professor imaginário, tentando sentir se alguma iluminação involuntária me penetrava. Nada. Imaginei que, se ficasse sentado assim tempo o suficiente, um professor iria entrar e eu me reencaixaria no progresso da minha vida. Não havia sentido em manter uma escola sem serviço. Como um doce deixado ao relento; se não o comermos, haverá quem ou o que se alimente dele.

Mas o tempo que eu poderia esperar não era tanto assim. Aos oito-nove anos cada segundo se passa por meses. Se ao sentar ali achei que ficaria até tudo ser resolvido, em poucos minutos já estava entediado e sabia que lá morreria à espera do conhecimento. Levantei-me e a cadeira partiu-se como a outra. Não restava mais uma cadeira em pé na sala.

Foi quando outro menino entrou. Onze, doze anos, vestido com um uniformezinho de paletó e gravata, boina, sapatos engraxados. Eu nunca havia visto uma criança vestida assim, fosse em sala de aula ou fora dela. Parecia um pequeno príncipe, os cabelos vermelhos como tingidos pelo Diabo, face sardenta, examinava a sala de aula como se estivesse acima dela, não como um aluno.

"Que chiqueiro. Era aqui que você estudava?"

Balancei a cabeça. "Não. Minha escola tinha dois andares, carteiras novas e um relógio grande na parede. Estou só passando por aqui. E você?" Eu me sentia de certa forma traidor, porque, ainda que aquela não fosse minha escola, minha sala de aula, sabia que naquele momento minha escola deveria estar naquele mesmo estado. Ou pior.

"Vim ver como é o grande sistema de ensino dos armênios…", respondeu o Pequeno Príncipe com ironia. Minha mãe sempre me alertara para ficar longe das pessoas com cabelo vermelho — eu agora percebia que ela podia estar certa.

Ele foi até o quadro-negro, branco de cinzas, pegou um pedaço de carvão como giz, e escreveu: *Porcos aprendem no chiqueiro.*

Sem me deixar intimidar, caminhei até o quadro-negro branco, peguei outro pedaço de carvão e completei a lição: *Ga-*

linhas aprendem no galinheiro. Vacas aprendem no pasto. Armênios aprendem na escola.

O Pequeno Príncipe soltou uma risadinha que não me parecia nada solidária e me perguntei se eu havia cometido algum erro ortográfico.

Foi quando ouvimos ruídos vindos da sala ao lado. Uma voz. Nós dois paralisamos. Escutei algo que soava como meu nome, mas não soava como meu irmão a me chamar. Por reflexo quase respondi: *"nergah"*, "presente!", refreei-me para que o Pequeno Príncipe não pensasse que era minha escola.

Mais vozes se somaram e o Príncipe se apressou pela janela. "Estou caindo fora daqui, que eu não tenho nada com isso." Eu permaneci, sem saber ao certo se eu mesmo tinha algo com aquilo, se não deveria também saltar para fora. Ainda que não fosse minha escola, ainda que estivesse em ruínas, parecia terrivelmente desrespeitoso sair pela janela.

Antes que pudesse me decidir, um bando de *tchétes* curdos entrou na sala.

"Veja só, resta um aluno reprovado", disse um deles num turco pior do que o meu. Ele, sim, parecia ter faltado às aulas, mas eu não me atreveria a responder assim. Com a arma apontada para minha cabeça, me sentia num exame ao qual não poderia sobreviver.

"É um *giavur*?", me perguntou.

"Convertido", menti como meu irmão.

"Então com certeza você não terá problemas em repetir... *La ilah illa allah*", disse outro. *Não há deus além de Alá.*

"*La ilah illa allah*", repeti sem pestanejar.

"*Muhammad Rassul allah.*"

"Maomé é o Profeta de Alá", repeti.

"Alá é Grande..."

Aquela chamada oral eu sabia de cor. Lição que me fora passada e repassada para salvar a vida num momento como aquele. Porém agora eu não teria tempo de avaliar o erro na minha resposta, ato falho, se foi involuntário ou se no íntimo ecoava uma voz de minha família, de meus vizinhos, de todo meu povo, se eu apenas encarnava um aluno travesso em sala de aula, em péssima hora. Mas recebi a bala na cabeça no momento em que verbalizei: "Alá é Gordo".

Cláudio abaixou o livro e olhou para o velho sentado à sua frente, na poltrona giratória do escritório, como sempre lendo e anotando em seu caderno.

"Quê?", perguntou o velho ao notar seu olhar.

"Seu Domingos... O senhor é um sobrevivente do Holocausto Armênio?"

O velho olhou para ele sério. Então abriu um semissorriso. "*Genocídio*, o termo mais usual é 'Genocídio Armênio'. Inclusive o termo nasceu devido ao que aconteceu aos armênios, sabia? Foi um termo cunhado em 1944, por um advogado polonês, inspirado pelo massacre cometido pelos turcos. Já a palavra 'holocausto' é bem mais antiga e reservada aos acontecimentos da Segunda Guerra por sua ligação com os judeus; o termo inclusive aparece bastante no Velho Testamento, como um sinônimo de sacrifício. Você leu a Bíblia, não é?", o velho então pareceu se sobressaltar. "Cláudio, você é *cristão*?!"

"Sim, sim, minha família é evangélica..."

"Então você deve conhecer bem a Bíblia."

Cláudio achava que conhecia, por tanto que fora citada, recorrida, empunhada sobre sua vida. Mas *lê-la*, de fato, de cabo a rabo, ele nunca leu... Ou leu? Tantos mandamentos. Tantos versículos somados... Não formavam um livro inteiro? Ele assentiu. "Mas a Bíblia não fala nada sobre os armênios..."

O velho bufou. "Ah, até que fala, quando convoca o Reino de Ararat, em Jeremias. A Arca de Noé inclusive encontra seu pouso no topo da montanha... Ah, Cláudio, você não fez direito o dever de casa."

Cláudio sorriu, levemente envergonhado. "Desculpe." Mas o que parecia era que o velho estava evitando sua pergunta. De todo modo, com tempo para pensar, o velho formulou uma resposta.

"Todos nós armênios somos sobreviventes do genocídio. Se hoje estou aqui, no Brasil, é por causa da vilania praticada pelos turcos, não só o massacre de nosso povo, como nossa terra ancestral roubada por eles. Temos a maior diáspora de todos os povos, sabia? Isto é, há três vezes mais armênios espalhados pelo mundo do que na própria Armênia. Só no Brasil são trinta mil; na Argentina são mais de cem mil. E o que resta da Armênia hoje é apenas uma fatia do que foi historicamente, sem suas montanhas nem saída para o mar!"

Cláudio pensava em como prosseguir com a pergunta sem ser indelicado: "Mas o senhor foi escravo?", "Teve a família assassinada?", "Este livro é sobre sua vida, ou a vida de seu pai ou é de um armênio anônimo?". O que ele perguntou foi mas objetivo: "Mas o senhor estava lá durante o genocídio?".

O velho o olhou atentamente, talvez para ganhar tempo, então bufou: "Cláudio, *ninguém* mais estava lá durante o genocídio. Isso foi há mais de cem anos!".

Cláudio riu constrangido. Porra, ele devia saber. O livro não tinha datas, mas deixava claro que a história acontecera havia muito, muito tempo. Agora ele dava prova de ignorância e chamava o velho de centenário ao mesmo tempo. Seu Domingos balançou a cabeça em censura, sem deixar de rir.

Então o velho pareceu notar algo em seu próprio colo e sustou na mesma hora o riso.

"Bem, vou um minuto ao meu quarto. Continue lendo o livro aí, que parece que você tem muito o que aprender sobre a Primeira Guerra Mundial..."

Cláudio assentiu e retornou os olhos ao livro, mas viu quando o velho se levantou torto da cadeira, o livro em mãos segurado na frente da pélvis, tentando esconder o motivo da vergonha. Seu Domingos havia urinado nas calças.

A caminhada enfim me levou a um vilarejo. E eu não sabia se ficava aliviado ou dava meia-volta. Eu podia avistar uma igreja cristã, sim, mas a cruz em seu topo estava torta e partida, assemelhava-se mais a um X. As casas permaneciam de pé, não estavam queimadas, e pareciam desocupadas, com um tapete vermelho que se estendia para fora, que eu jamais tomaria como um convite para entrar. Era sangue escorrendo, que a casa não pôde conter. Logo à frente eu via chaminés acesas e sabia que, se havia essas casas esvaziadas, as ocupadas é que não me abrigariam.

Parado entre as casas sangrentas — que ficavam no limite do vilarejo, como para não incomodar; meu povo à margem, pronto para partir a qualquer grito, e sem chance disso — eu ouvi um assobio.

"Ei, ei, menino, não siga em frente. Você não conseguirá mais voltar..."

Atrás de mim estava um garoto não muito mais velho, talvez dez ou onze anos, segurando uma criança de colo.

"Você é um *hay*, não é?", perguntou. E fiquei feliz de ser chamado de armênio, não de *infiel*.

Eu assenti.

Ele sorriu. Formou uma covinha do lado esquerdo. "Estamos todos abrigados naquela casa", e apontou para uma construção de dois andares em cima de um pequeno morro, ao lado de um pequeno moinho. "Há cama e comida suficiente para todos que se dispuserem a trabalhar. Ninguém vai perguntar de onde você veio."

Seguindo-o, a cada passo eu me impressionava mais. A casa também tinha um vinhedo, um pomar com amoras e romãs, um burro, um bezerro, duas vacas, uma dúzia de cabras e um estábulo grande. Para todo lugar que eu olhava parecia brotar outros meninos, de idades variadas, dos que engatinhavam até aqueles à beira da adolescência, carregando baldes, trazendo água, capinando o solo. Eu me perguntei se aquilo não era um orfanato improvisado. Nas atuais circunstâncias, parecia o Éden.

"Olhe, nós dormimos aqui", o garoto disse apontando para um deque no estábulo. "É quente e seguro. Meu nome é Armin."

Eu me apresentei, satisfeito com as instalações — melhor do que onde eu vinha dormindo nos últimos meses. Mas um orfanato daqueles certamente tinha quartos para as crianças? Ou estavam todos ocupados?

Como se captasse minhas dúvidas, Armin prosseguiu: "Trabalhamos todos na colheita, no moinho, levamos os animais para pastar, fazemos nosso próprio pão. O *efendi* nunca deixa a casa, e eu é que levo a comida para ele. Estamos sob a proteção dele e ninguém nunca nos incomoda. A única regra é esta: ninguém além de mim jamais pode entrar na casa. E acredite, é melhor assim".

Eu logo me acostumei com essa república de rebentos. Era um território sem leis, onde todos trabalhavam apenas para ter o que fazer, ter o que comer, sem regras nem horários para dormir e acordar. E tudo funcionava. Deixadas ao bom senso, as crianças trabalhavam para o bem comum.

Passados dias lá, eu ainda não sabia, e desistira de querer saber, quantas crianças havia. Quando uma entrava no estábulo, outra saía do vinhedo. Quando uma trepava numa árvore, outra aparecia embaixo. Havia aquelas que desapareciam e nunca mais apareciam. Havia novas chegando a todo momento. Só quem estava sempre por perto era Armin, conduzindo o trabalho de todos com sorrisos e sem imposições.

Quando falo em *crianças*, falo em *meninos*. Eram todos do sexo masculino, e isso garantia a ordem, harmonia e o bom trabalho — com meninas entre nós, certamente seria o caos.

O *efendi* realmente nunca saía de casa. Eu nunca vira seu rosto, nunca escutara sua voz. Com dúzias de crianças trabalhando para ele, certamente ele conseguia se sustentar sem levantar um dedo. Mas dúzias de crianças também precisam se alimentar — e eu tentava calcular se o que nós fazíamos era suficiente para todos, se as contas fechavam.

"Ele é um homem muito doente", respondeu Armin certa vez, afastando-se sem prolongar a conversa, quando perguntei sobre o dono da casa. Não esclareceu muita coisa. Alguns cochichavam que sua doença era uma obesidade mórbida, que morava no segundo andar da casa e nunca conseguia sair de lá, não conseguia nem passar pela porta, não conseguia nem levantar da cama. Alguns diziam que era gordo assim porque comia não apenas da colheita e da ordenha, do pasto e do rio, e sim se alimentava das próprias crianças.

"Por que acha que ninguém aqui tem mais de doze anos?", me disse Djivan, um menino melancólico, baixo e raquítico, mas que já prenunciava adolescência por uma fina penugem escura sobre os lábios.

"Ele nos deixa livres e saudáveis, espera atingirmos um bom tamanho e… nhac!", completou Kêrop, que era pequeno como uma criança de colo e malicioso como um anão.

Preferi acreditar que aquelas eram histórias para assustar um novato — mesmo que muitos lá parecessem tão novatos quanto eu, ou mais. Com o tempo tudo seria esclarecido. Acima de tudo, confiava em Armin, que me recebera com tanta hospitalidade e me salvara de um futuro incerto. Não queria acreditar que ele coletaria crianças para alimentar o monstro.

Armin era um líder de gestos delicados. Impunha-se pela sugestão. Conduzia o trabalho porque tinha soluções. Se havia uma disputa, se dois meninos chegavam num impasse, a mediação de Armin resolvia porque trazia resultados que satisfaziam a todos. Era respeitado e admirado por isso, e parecia não ter proximidade especial com ninguém. Era um garoto alto, de pernas esguias, um cabelo liso caindo sobre olhos esverdeados, olhos quirguizes, nariz empinado, a covinha na bochecha, que me fazia perguntar se ele não vencia pela beleza.

Ninguém comentava sobre ele, o que eu achava ainda mais suspeito. Havia sido o primeiro dali? Tinha algum parentesco com o *efendi*? Era um demônio sedutor a serviço de um diabo faminto? Essas ideias eu mantinha para mim.

Como que para mostrar que ainda estava muito saudável e disposto, depois de urinar nas calças, seu Domingos voltou de seus aposentos ao escritório de roupa trocada, chamando Cláudio para um passeio pela vizinhança.

"Parece que vai chover, seu Domingos", disse Cláudio olhando pela janela.

"Pois parece que vai chover todo dia em São Paulo. Você é feito do quê, de açúcar?"

Saindo da avenida Europa para a rua Itália, Cláudio se preocupava com o céu denso sobre eles. Os trovões foram a confirmação. "Seu Domingos, melhor voltarmos... A chuva está para cair..."

"A chuva está na Paulista, meu filho. Vamos aproveitar enquanto podemos."

"Não é melhor então ao menos levarmos um guarda-chuva?"

"Agora já saímos. Vamos, a gente não vai derreter com uma chuvinha..."

Cláudio o acompanhou novamente de braços dados pelas

ruas do Jardim Europa-América, mas não tinha o mesmo clima bucólico do fim de semana. Um vento urgente soprava, anunciando chuva. E ele caminhando com o velho ali parecia um capricho excêntrico, que como cuidador ele deveria ter contido — os vigilantes particulares nas guaritas pareciam concordar balançando as cabeças enquanto eles passavam.

Então as gotas começaram. Grandes, grossas, espaçadas, como pêssegos, trazendo abaixo o cheiro de poluição da cidade. "Seu Domingos, temos que voltar. A chuva já está caindo e não posso deixar o senhor ficar doente."

O velho suspirou. "Ah, Cláudio, se você soubesse por quanta coisa mais grave já passei nesta vida..."

"Sim, mas não comigo ao seu lado, vamos."

De um segundo para o outro a chuva já caía pesada. As árvores ofereciam certa cobertura, pouco confiável. Naquelas ruas residenciais não havia um comércio para entrar, um toldo que fosse para se abrigar. A casa estava a um quarteirão, dois pulos, que não podiam ser exigidos de um senhor de mais de noventa anos. Então Cláudio viu o toldo sobre a porta de entrada da casa do "prefeito engomadinho".

"Seu Domingos, vamos até aquele toldo, que daí pegamos um táxi", Cláudio o puxou para lá, "os seguranças podem chamar para nós".

"Pegar um táxi? Estamos do lado de casa! Podemos andar, Cláudio."

"Não, a chuva está forte, pode ficar perigoso. É melhor pegarmos um táxi..."

"Eu que não vou pedir favor para esse prefeito almofadinha... Eu me recuso!"

Cláudio riu, tenso. "Tudo bem, eu peço. E não é pedir um favor para o prefeito, é para o segurança da guarita."

"Cláudio, se está tão preocupado com a chuva, corra até em casa e pegue um guarda-chuva."

Debaixo do toldo do prefeito, Cláudio pensou por um instante. "Tem certeza? Não prefere chamar um táxi?"

"Um táxi para um quarteirão? O motorista vai nos amaldiçoar para o resto da vida..."

Cláudio suspirou. "Tudo bem. Então o senhor espere aqui, que dou um pulo em casa e volto com um guarda-chuva. É cinco minutos. Qualquer coisa, fale com o segurança."

"Bah! Vá logo!"

E Cláudio foi o mais rápido que pôde. Correu pela rua Itália, cruzando a praça das Nações Unidas e chegando à avenida Europa. Era apenas um jovem correndo da chuva, não havia motivo para nenhum alarde. Mas era um jovem de pele parda, cabelos lisos, pretos e grossos, que remetiam ao indígena, traços e uma constituição em geral que remetiam a uma classe social que era vista como suspeita na área mais nobre dos Jardins — ainda mais sendo homem, jovem, sem uniforme. Um carro de polícia o acompanhou até o portão da casa.

Cláudio tocou a campainha. A chuva caía pesada sobre ele. Ele passou pelo portãozinho, até o toldo do portão maior, enquanto esperava as empregadas abrirem. Viu a viatura chegando. Parando na frente da casa, gritou: "Clarice, sou eu! Abre que preciso pegar um guarda-chuva para o seu Domingos!".

Ele esperou, gritou, bateu palmas. As empregadas não apareciam e ele tentava ignorar o carro parado logo atrás. Será que elas estavam fazendo de propósito? Deixando o menino na chuva para ele aprender o seu lugar? Os PMs decidiram enfim enfrentar a chuva e desceram do carro.

"Algum problema, jovem?"

Cláudio se virou sorrindo, tentando não demonstrar nervosismo, para o cão bravo não morder. "Trabalho nesta casa, para um senhor de idade. Deixei ele num toldo na rua aqui atrás e vim buscar um guarda-chuva."

"E não tem a chave?", perguntou o outro PM.

"Não. As empregadas é que abrem e fecham a porta. Não devem estar ouvindo a campainha, com esta chuva…"

Um dos PMs pressionou novamente a campainha ao lado do portão da rua. Esperaram todos, Cláudio com um sorriso constrangido, lembrando-se de que seus documentos haviam ficado dentro da casa, em sua mochila. Não que seus documentos o salvassem de grande coisa. Ele já tinha passagem pela polícia…

"Parece que não tem ninguém em casa, rapaz."

"Tem sim. Eu saí faz cinco minutos. O seu Domingos está me esperando no toldo da casa do prefeito, aqui atrás…"

Então um dos policiais colocou as mãos na cintura, cruzou o pequeno portão da rua e caminhou em direção a Cláudio. "Por que não entra no carro, que damos uma volta e vemos se encontramos esse seu patrão?"

Naquele momento, Cláudio podia ter se mijado nas calças, como seu Domingos. Não tinha escolha. Teria de entrar no carro com os policiais e sofrer humilhações até que decidissem o que fazer com ele. Com sorte, o levariam direto para a casa do prefeito e seu Domingos poderia confirmar sua história. Mas, se os policiais puxassem sua ficha, a coisa poderia ficar feia, e poderiam revelar seu histórico a seu patrão.

Cláudio pensava em tudo isso, entrando derrotado no camburão, sem nem imaginar que, ao chegarem à casa do prefeito, seu Domingos não estaria lá.

Aos dezesseis anos, Cláudio havia cometido um crime, e pagava por isso.

Ser um jovem assassino pode garantir certo respeito entre menores infratores, na Fundação Casa. Cláudio não era um estuprador, não era um marginalzinho, trombadinha, batedor de carteiras, Cláudio era capaz de matar. E matar de faca, dezessete facadas — "Uma para cada ano de sua vida, e mais uma para o próximo", dissera o promotor. Ainda assim, sua constituição delicada, seu modo tímido — que se tornava sinônimo de *afeminado* —, não ajudavam. Ele continuaria a ser vítima, abusado pelos meninos mais velhos, e alguns mais novos, alguns de mesma idade. Cláudio se via como o cordeiro criado para o sacrifício.

Um cordeiro também seria capaz de matar? Um animal herbívoro, nascido para pastar, seria capaz de ferir o próximo e sentir o gosto do sangue? Bem, os touros podiam, podiam os elefantes, os búfalos, gnus, até os cavalos. Um herbívoro acuado pode realizar o que os predadores nasceram para fazer, não havia mistério, e os predadores podiam farejar isso nele. Mesmo matando, ele não deixava de ser presa.

Sua vida na Fundação foi o Inferno completo, de que sua vida anterior se aproximara. Ele tentou aguentar firme, receber os golpes, oferecer a outra face, para se fortalecer. Depois de passar por isso, ele pensava, tudo seria mais fácil. Começando a vida, aos dezesseis anos, como interno da Fundação Casa, não haveria como piorar, ele pensava, esperava, torcia.

Para ocupar a cabeça, aceitou o trabalho voluntário que mais o afastava dos meninos — o Projeto Renascer. Todas as tardes ele cuidaria de idosos carentes de um lar da prefeitura — leria, jogaria cartas, faria companhia, tudo o que filhos e parentes se negaram. Aos poucos, foi assumindo outras funções, funções que os funcionários do Lar deixavam de fazer: dar comida, dar banho, trocar fraldas...

Se até as crianças o intimidavam, os idosos se mostravam impotentes diante dele. Outros meninos poderiam ter tirado proveito disso, aproveitado a chance para enfim se mostrarem dominantes, dominadores, abusivos. Mas Cláudio tinha alma de cordeiro e aproveitou para mostrar clemência, mostrar-se útil, necessário, mostrar-se bom. Foi assim que pegou gosto por cuidar dos idosos, por mais que muito do trabalho fosse frustrante, exaustivo, pouco recompensador. Cláudio, afinal, havia nascido para o sacrifício.

"Tome um banho, Claw, tente relaxar, que te preparo um gim-tônica e peço aquele franguinho frito, que tal?"

Cláudio seguiu apático para o banheiro. Foram poucas horas na delegacia da rua Estados Unidos, mas suficientes para reviver traumas profundos.

"Vocês não podem fazer isso! Vou colocar em todas as redes sociais a humilhação que fizeram meu namorado passar!"

Os PMs riam. "Abaixa a bola, senhor. Seu namoradinho tem histórico criminal e estava correndo pelas ruas, sem documentos, tentando entrar numa casa dos Jardins. Só fizemos nosso trabalho."

Cláudio mesmo queria mandar o namorado baixar a bola. Não era hora de fazer discurso, textão de Facebook, só queria sair o quanto antes dali.

"Você falou mesmo com seu Domingos? Está tudo bem?", ele perguntou no táxi para casa.

"Sim, parece que o prefeito levou ele para casa", o namorado bufou. "Até nisso o prefeito ferra nossa vida, né? Se tivesse deixado o velho esperando no toldo…"

Cláudio queria perguntar o que mais o namorado havia dito a seu Domingos: que eram namorados, que ele tinha um histórico na polícia? Sabia que isso o namorado nunca contaria, mas não duvidava que tivesse se apresentado com um "aqui quem fala é o namorado do Cláudio", ele tinha isso de escancarar para a sociedade, dar o exemplo...

O maior medo de Cláudio agora era perder o emprego. E o maior medo não seria uma grande tragédia — ele conseguia esses trabalhos com certa facilidade: era jovem, tinha currículo e era homem, o que de certa forma era raro nesse ramo. Porém estava gostando daquele trabalho, gostava do seu Domingos, e queria saber como aquela história ia terminar.

O que podia acontecer não era tanto o problema. O problema era o que já havia acontecido, o passado, que estava ali, sempre a lhe assombrar, com qualquer tempestade passageira.

A água caía sobre seus ombros, quente, mas não o suficiente. O chuveiro elétrico da quitinete não era grande coisa. Como ele queria uma banheira onde pudesse mergulhar, afundar, afogar; um ventre para voltar. Ainda assim, o banheiro era o único ambiente da casa onde ele podia fechar uma porta, ficar sozinho, ainda que vez ou outra o namorado batesse insistente para mijar, se juntar a ele, para perguntar se ele queria pizza de calabresa ou catupiry. Cláudio fechou os olhos na água tépida e tentou esquecer de tudo.

Depois do banho, ele se jogou na cama, que tomava a sala da quitinete. Queria voltar para a casa do seu Domingos, tinha combinado de passar mais aquela noite na casa da avenida Europa, mas era melhor deixar para resolver tudo amanhã, se o emprego ainda fosse seu. Ele não tinha mesmo condições emocionais de cuidar de ninguém hoje. Mal conseguia se permitir ser cuidado.

Ele devia estar mais calejado, com tudo o que já passara na vida. Perguntava-se o quanto de seu drama moldara sua personalidade frágil, o quanto o calejara — ele seria muito mais vulnerável do contrário?

O namorado veio da cozinha com um gim-tônica — três partes gim, uma parte tônica: "O frango já deve estar chegando. Baixei o novo Jogos Mortais, quer ver? Não deve prestar…".

Cláudio balançou a cabeça bebendo o gim.

"Sr. Cláudio Reis, que papelão", disse seu Domingos recebendo-o na manhã seguinte.

Cláudio queria sorrir, mas não tinha ânimo. "Desculpe. Desculpe mesmo, seu Domingos. Eu tinha saído sem documentos e os policiais encrencaram..."

"Ah, sempre esses *gendarmes*..." disse o velho aproveitando-se de um repertório que eles já tinham em comum. Então parou, olhou Cláudio com preocupação. "Eles não te machucaram? Machucaram?"

"Não, não, está tudo bem..."

"Ah! Mas comigo não está! Acredita que logo depois que você saiu eu tive o azar de encontrar a mulher do prefeito? Ela estava chegando de carro e deve ter perguntado para os seguranças quem era aquele velho parado no toldo da casa dela. Daí me chamou para comer um *macaron*, beber um *clericot*, me mostrou aquelas obras de arte medonhas dela e eu só pensando em quando você viria me salvar."

Os polícias passaram em frente à casa do prefeito, com Cláudio. Não viram nenhum velho esperando por ele. Seguiram direto para a delegacia.

"Queria ter conseguido voltar antes... Foi besteira eu sair sem os documentos... Me disseram que você tinha sido 'salvo pelo prefeito' e achei que era força de expressão, que os seguranças tinham chamado um táxi ou algo assim."

"Antes tivesse sido! Mas tudo bem, vamos deixar isso para lá. Seu *amigo* me explicou tudo ontem." O itálico em "amigo" não passou despercebido para Cláudio. Será que seu Domingos era daqueles que usavam "amigo" como eufemismo de namorado? Ou será que fora assim que seu namorado se apresentara?

Nada fora esclarecido sobre as empregadas. Cláudio não queria gerar intrigas ressaltando que havia tocado a campainha, gritado, e que nenhuma das duas havia vindo em seu auxílio. Elas o receberam na terça com a mesma cara fechada de sempre, fosse por hábito, fosse por ele ter voltado.

"Bem, vamos voltar ao trabalho?", o velho perguntou e Cláudio assentiu naquela estranha concordância. Estar lá presente em si já era seu trabalho. Não havia muito mais o que ele pudesse fazer objetivamente para garantir seu salário... E ontem, quando ele podia ter se mostrado de fato útil, a polícia o impediu.

O velho então lhe estendeu o livro de volta.

Uma noite, eu rezava o *Hayr Mer*, como rezava todas as noites, como rezavam todos os meninos, mas não como andava rezando. Em casa eu tinha horários, um local, um ritual para as rezas do dia. Sabia de cor e tinha tempo para recitar os vinte e quatro versos do *Havadov Khostovanim*. Lá, naquela comunidade de crianças anárquicas a serviço de um deus obeso, eu não conseguia manter uma rotina definida para manter uma reza sempre constante, no mesmo horário, no mesmo local, com as mesmas intenções; mal tinha tempo para o pai-nosso. Crianças ainda farfalhavam ao meu redor, mas era tarde o suficiente, pois o sol havia se posto horas atrás e a lua se exibia cheia. Foi quando vi Armin saindo do estábulo. Decidi ir atrás.

Descendo o morro atrás de Armin, eu tentava me manter invisível. Era noite de céu claro, os campos reluziam prateados, a cada meia dúzia de passos Armin virava-se para ver se não era seguido. Eu conseguia me esconder atrás de uma pedra, atrás de um tronco, sob a sombra de uma nuvem. Não importava quão reptício eu fosse, quão felinos fossem meus passos, não havia como Armin não se sentir seguido, pois as pedras rolavam em sua direção como se magnetizadas, as folhas balançavam com sua passagem, até o vento soprava em sua direção, como para incitá-lo à frente. A Natureza o acompanhava.

Chegamos a um pequeno lago de águas escuras, que não refletia nada, mesmo em noite de lua cheia. Armin começou a se despir. Eu o via de costas, tirando seu *zubun*, um longo camisolão de algodão. E por baixo ainda usava calças, uma faixa enrolada no peito como uma cinta, um fraldão cobrindo as partes íntimas. Armin tirava tudo lentamente, ritualisticamente, como se houvesse algo muito frágil e muito precioso a proteger por baixo de tanto pano.

E de fato havia: conforme o corpo ia se revelando, eu ia notando pela primeira vez a beleza da figura humana. Talvez fosse a luz da lua, pois a pele de Armin parecia mais macia, mais lisa e homogênea do que eu jamais vira. Suas costas formavam dunas em curvas e covas que deslizavam para nádegas polpudas e perfeitas. As pernas longas e finas pareciam mais comunicativas do que duras pernas de menino — remetiam mais à dança, ao descanso e a convites para movimentos desconhecidos do que ao sustento de um corpo para o trabalho. E antes que eu pudesse compreender tudo o que sentia, o corpo mergulhou na água.

Como um feitiço quebrado, voltei a mim, recuperei a razão e pensei em sair dali. Não tinha nada a fazer vendo Armin se banhar. Se quisesse, poderia apenas me juntar a ele. Meu corpo como o corpo dele na água, dois meninos, nenhum mistério, nada de sagrado, nada de proibido.

Enquanto eu ponderava, os minutos passavam, percebi que Armin não voltava à superfície. A lua iluminava as pedras, a margem, mas o lago permanecia escuro em águas imperturbadas. Ele poderia ter se afogado? Tornava-se o Peixe de Cabeça Dourada, de pele branca, como nos contos de meu pai? Deixei meu esconderijo e fui me aproximando; apenas o monte de roupas como prova de que o garoto estivera lá. Olhei para as roupas e notei que havia sangue entre elas. Armin sangrava. Havia ido ao lago para morrer?

Então meu olhar foi fisgado pelo olhar dele. Do outro lado da margem, sobre uma pedra, flagrado como um lagarto banhando-se ao sol, o garoto nu sob a luz da lua...

Foi apenas um segundo, um susto para ambos, então Armin mergulhou novamente na água. Foi o suficiente para eu ter a revelação do que já sentia e ainda não sabia: Armin era uma mulher.

O repertório para minha confirmação só deixava as coisas mais confusas. O que diferenciava um homem de uma mulher? Eu saberia dizer pelo nome, os modos, as vestimentas, as funções sociais e até o corte de cabelo. Tirando isso, o que sobrava? Lembranças nascituras, pós-uterinas. Sob panos pesados, os seios das mulheres eram apenas protuberâncias insinuadas. Sem os nomes e costumes a me indicar, como eu poderia saber? Um garoto de oito... talvez nove ou quase dez anos não poderia ter visto muitos corpos nus. Bem, eu vira, incontáveis, mas eram corpos incompletos, mutilados, espalhados pelos campos, abertos por curdos, devorados por animais. Mulheres sem seios, homens sem pênis, pênis sem corpos, seios em esqueletos. O único aprendizado definitivo que me fazia diferenciar homens de mulheres era o que fazia diferenciar machos de fêmeas, cabras de bodes, touros de vacas, carneiros de ovelhas. Se o que eu vira na figura sobre a pedra era apenas um vislumbre de seios questionáveis, imaturos, não havia dúvida: entre as pernas de Armin não havia um pênis.

"Está satisfeito com o que viu?" O garoto-garota irrompia da margem à minha frente, com o corpo nu à mostra. Como uma resposta involuntária, não pude conter o olhar imediatamente atraído para a virilha da criatura; o sombreado de pelos escuros atraía como para comunicar: é aqui que minha masculinidade deveria estar, e só há escuridão.

"Você é mulher?", eu enfim consegui verbalizar.

Armin franziu a testa. "Há pouco..." Ela apontou com a cabeça para o monte de roupas, o sangue; eu ainda não poderia saber o que significava. Mesmo mulher, mesmo nua, Armin não se deixou intimidar. Manteve-se rígida e reta, mais alta do que eu, impondo-se sobre mim. "Imagino que agora você irá contar a todos; talvez queira contar ao *efendi* para tomar o meu lugar?"

"N-não...", gaguejei. Não sabia o que responder. Aquele momento me parecia algo tão íntimo, tão proibido, como um pesadelo que só faria sentido para mim, um pesadelo prazeroso, que eu não conseguiria descrever em palavras para contar aos outros meninos.

"Temos que fazer o que podemos para sobreviver, e essa foi a forma que encontrei. Como menina, aproveitando enquanto podia, antes de ser tomada como mulher, passando por menino, antes de ser morto como homem. Me encaixei nesse grupo restrito, como você, enquanto ainda permitem que meninos pisem sobre essas terras. Que seja eu o único a tratar com o *efendi* não é coincidência. Ele também guarda o mesmo segredo."

E Armin, que na verdade se chamava Arminê, me revelou a verdade sobre o *efendi*. Uma viúva turca esquecida, acima do peso, muito acima do peso, obesa, que com um corte de cabelos não poderia ser diferenciada de um homem, mesmo nua. Que não conseguia nem levantar da cama e nem conseguiria ser levantada de lá. Passava os dias num quarto no segundo andar, com as janelas fechadas, sem querer ver o que se passava com sua terra. Mantinha a casa de pé, de toda forma, como *efendi*, a segurança para que a casa não fosse tomada pelos turcos. Eu só não entendia como alguém podia se tornar tão gordo assim, em tempos em que não havia alimento para ninguém. Não havia alimento para ninguém porque todo alimento ia para aquela casa, aquela aranha-rainha?

"O alimento que nós produzimos mal é suficiente para nós. Não é disso que ela se alimenta. Quer saber mesmo do que sobrevive a viúva? Dos meninos. É dos meninos que ela se alimenta."

Então Arminê me revelou para onde iam os meninos que desapareciam. Os garotos pré-pós-púberes, os irrequietos e curiosos. Acabavam sempre penetrando na casa. Nenhum conseguia entrar na adolescência sem tentar descobrir o mistério que havia por lá. E, ao se deparar com a aranha-rainha, ela era sedutora e convidativa, carinhosa e aparentemente impotente. "Quando o menino chega próximo o suficiente, é pego em seu abraço, incapaz de se soltar. Ela faz o que quer, depois deixa uma carcaça para eu preparar com *bulgur* e coalhada."

Diante de minha cara de horror, Arminê prosseguiu, como para me acalmar, aterrorizando-me ainda mais. "Tem gosto de carneiro, eu provei. Não consegui mais comer carneiro depois disso."

Uma nuvem cobriu a lua cheia e me desesperei por estar sozinho com aquela criatura andrógina, despida, *Zulvísia* que comera a carne de nossos irmãos com coalhada. Rígido no lugar, incapaz de tomar um rumo, um filete de urina descia por minhas pernas.

Quando o céu voltou a clarear, Armin estava diante de mim novamente, vestido em seus trajes de menino. Confirmava que era a mesma criatura de minutos antes com a conclusão de sua narrativa.

"Me vesti de menino para escapar das mãos dos homens e escapei das mãos da viúva assim que ela descobriu que eu era mulher. Ela me poupa por isso. Mantivemos uma o segredo da outra. Então, se quer contar a ela o que viu esta noite, vá em frente, ninguém mais pode tomar meu lugar nessa casa."

Armin me deu as costas e pegou a trilha de volta para a casa. Permaneci alguns instantes parado diante do lago negro, então, quando o silêncio da noite começou a oferecer novas possibilidades de contos de fantasmas, resolvi também voltar para o estábulo.

Mas se o caminho da ida havia sido suave e iluminado, com a lua, as rochas e o vento acompanhando-me até Armin, a volta se revelava inesperadamente pesada. Claro, descer o morro até um lago é sempre mais fácil do que subir de volta. Se as pedras comigo rolavam para baixo, agora rolavam impedindo-me de subir. Se o vento impulsionava meus passos, agora me desequilibrava. E mesmo o céu, que estivera tão claro com a lua cheia, agora se fechava em nuvens pesadas, que se acumulavam cada vez mais baixas, que pareciam pressionar sobre mim.

Cheguei ao estábulo mais cansado do que com sono. Minha cabeça ainda fervilhava com a história contada por Arminê e as implicações dela. Não a encontrei por lá, também não procurei com atenção. Espalhados pelo deque do estábulo, um pouco mais elevado do que a área dos animais, dezenas de garotos dormiam, farfalhavam, se coçavam pelas pulgas. Tomei meu lugar de costume e me deitei olhando para o teto.

Uma teia de aranha se estendia pelas vigas do estábulo, descia pelas paredes, acumulava-se em cantos do chão. Procurei pelas aranhas, não encontrei. Havia apenas nós, os meninos, ao redor da teia, tecida pacientemente pela aranha-rainha. Eu a imaginei, tentei não imaginá-la, como uma mulher obesa de oito patas, puxando seus fios lá de seu quarto, trazendo um garoto mais gordinho, um garoto mais alto, os garotos maiores, que se enroscavam com mais facilidade. E sem poder afastar meus próprios pensamentos, eles foram tomando a vida própria típica dos sonhos, sonhos em que eu me remexia para tentar escapar, mas acabava me enroscando cada vez mais na teia.

Haviam combinado que Cláudio não dormiria lá naquela noite. Ele precisava de mais uma noite de gim-tônica e frango frito para se recuperar totalmente. Então, logo depois do jantar de seu Domingos, Cláudio caminhou de volta para casa.

A caminhada era tão cansativa fisicamente quanto era relaxante, com os fones de ouvido, escutando suas divas favoritas — Kylie Minogue, Lady Gaga, Cher — que ele não podia ouvir em casa, em alto e bom som, porque o território do namorado era dominado pela MPB. Era sempre melhor caminhar do que ficar parado num ponto de ônibus, esperando apenas para subir a Augusta, descer a Augusta. Na etapa de descida, já próximo de casa, ele sempre encontrava amigos, amigos do namorado, saindo dos teatros, entrando nos bares, convidando-o para uma cerveja. Ele costumava topar, sua vida social era conduzida muito assim, com o que ia encontrando pelo caminho. Agora, nos últimos tempos, estava sempre tão cansado... Devia ser da idade. Vinte e dois não é dezoito, pensava ele. Não era o mesmo pique. Ele costumava ser mais jovem.

Chegou em casa na noite de terça para encontrar o apartamento vazio. Agradeceu e se sentiu culpado. Pensou em como agradecia cada vez mais quando não encontrava o namorado. Não é fácil dividir uma quitinete.

Logando no computador do namorado, normalmente ele entraria no Xvideos, onde poderia se estimular com outras fantasias, deixando sua chave enfiada na porta do lado de dentro, para que, caso o namorado chegasse, não conseguisse enfiar do lado de fora, e ele tivesse tempo de fechar tudo, abotoar a calça, se preparar para recebê-lo. Mas não naquela noite. Resolveu enfim pesquisar sobre a Armênia, o Genocídio, a Segunda Guerra Mundial... logo se corrigiu, era a Primeira Guerra.

Para começar, ficou espantado em ver que a Primeira Guerra havia começado em 1914. Há mais de um século, o velho havia falado, sim, mas só um pouco mais. Para ser a PRIMEIRA guerra, Cláudio imaginou que devia ter um tempo maior — não aconteciam guerras todos os dias? Ele tinha noção de sua ignorância, uma criação baseada exclusivamente na religião, uma educação mais do que deficitária no ensino público. As razões para uma guerra mundial não ficavam claras para ele, nem lendo o resumo no Wikipédia, então pesquisou mais sobre o Genocídio Armênio, o portal Estação Armênia, e encontrou muito dos relatos escabrosos do livro, outros piores. Entendeu um pouco a história da Armênia como um país, mas ficou mais confuso sobre a história dos armênios como um povo. O que fazia de um armênio um armênio? Tendo nascido e crescido na Turquia — ou no Império Otomano —, o que o diferenciava de um turco, além da língua, a religião, a cultura? Havia algo como uma *raça* armênia? Características físicas que os diferenciavam e que podiam ser passadas por sangue? Que podiam identificá-los, denunciá-los, condená-los? Como preservavam essa "raça" em si, vivendo séculos entre turcos, curdos e russos? Mais do que isso, como ainda preservavam essa "raça" vivendo a milhares de quilômetros, dezenas de anos de distância, na América Latina? Como era possível ser um armênio tendo nascido no Brasil?

A perseguição dos armênios pelos turcos era razoavelmente fácil de se entender, Cláudio pensava, como um povo cristão cercado de muçulmanos, subordinado a um Império Islâmico. E os textos também davam outras justificativas: a ligação da Armênia com a Rússia, a cultura cristã que a aproximava do Ocidente, os ideais separatistas... Quando a Primeira Guerra Mundial eclodiu, a situação ficou insustentável e o Império Otomano decidiu se livrar de todos os armênios, incluindo velhos, mulheres e crianças.

Os homens foram desarmados. Os que não tinham armas deram um jeito de arrumar, para ter o que entregar. Os que não entregavam eram executados como rebeldes, mesmo desarmados. As mulheres eram pegas, estupradas, depois mortas ou levadas para haréns. O resto do povo era sistematicamente reunido, deportado em caravanas para o deserto, que se tornou um campo de concentração para os poucos que conseguiam chegar até lá. A maioria morria no caminho, de fome, de exaustão, exterminada por bandidos curdos, que não eram detidos pelos soldados turcos. A ideia era afastar os armênios dos grandes centros, para que o genocídio não ficasse claro, não fosse registrado, para que os armênios não tivessem chance de se organizar e resistir.

No final da Primeira Guerra, cerca de um milhão e quinhentos mil armênios, de dois milhões que habitavam a região, haviam sido mortos pelo Império Otomano.

Cláudio lia e fazia contas: 1915 — o ápice do Genocídio Armênio. Hoje, em 2017, um sobrevivente teria no mínimo cento e um anos. No caso do personagem do livro, um menino de oito anos, seriam uns cento e dez. Era pouco provável... mas não impossível.

Nem precisaria pesquisar a respeito, pois já havia feito isso antes: os recordes de longevidade do ser humano: cento e quinze, cento e vinte, cento e trinta e poucos não confirmados... na China, na Índia, no sertão do Piauí, onde o recenseamento não chega. Ele pesquisara em momentos de desespero, em que se perguntara quanto tempo mais um paciente ou outro iria se prolongar, se arrastando. Esses rastejantes eram sempre os mais desesperadores. Porque um idoso ativo podia morrer de um dia para o outro numa queda, num ataque, num AVC, mas um velho acamado, em coma, poderia ser mantido vivo eternamente, pela boa vontade dos médicos, o dinheiro da família. A questão é que os médicos deviam sempre ter mais bom senso, e a família devia se interessar mais pela herança. Ele tinha certeza de que, se todos combinassem, se realmente insistissem, se investissem sem restrições, um idoso confinado a uma cama poderia chegar até os duzentos anos.

"Já passou dos noventa", dissera Beatriz, a sobrinha-neta, que parecia já ter mais de setenta. Poderia ser um eufemismo para cento e dez?

Bem, ele poderia perguntar. Ele *teria* de perguntar. Era parte do trabalho dele. O mínimo que tinha de saber com certeza era a idade do seu paciente.

Atravessando árvores com Djivan e Kêrop, colhendo galhos e gravetos para lenha, demos com uma escola. Eu poderia dizer que era *outra* escola, porque, ao contrário da em que eu havia estado meses antes, essa não estava queimada. De resto, parecia idêntica, como parecem todas as escolas: três andares, janelas grandes dando para salas amplas, uma porta aberta a quem quisesse entrar, um poço logo em frente para os alunos beberem água. Olhei para o sol e parecia ser horário de aula. Entramos.

Dentro de uma sala de aula, dava gosto de ver: as carteiras estavam inteiras, enfileiradas, prontas para a aula, viradas para um quadro-negro que era negro de fato, não coberto de cinzas. Ainda havia vestígios de giz, de uma lição, algo com números, matemática; tentei identificar o que dizia, como lição para recompensar tanto tempo perdido. A poucas centenas de metros dali, tínhamos uma república de meninos em idade escolar. Era uma pena que não tínhamos professor — qualquer homem armênio que poderia ocupar a função já deveria estar morto, e a última coisa em que os turcos pensariam seria em dar instrução para nós, órfãos.

Enquanto a visão daquela sala de aula intacta me comovia, despertava outros sentimentos em Kêrop. Ele começou a desordenar as fileiras, chutar as carteiras, se divertir derrubando o que estava de pé.

"O que você tem na cabeça?", perguntei.

"Não seja estraga-prazeres", respondeu o menino. "Duvido que alguém vá usar esta sala tão cedo..."

Não entendia como Kêrop, um armênio como eu, tinha tamanho desrespeito pelo conhecimento — se era a escola que preservava nossa cultura, nossa história, nossa língua. Destruindo-a, ele ajudava os turcos a completarem seu plano de extermínio.

Fiz menção de pará-lo. Olhei para Djivan que se divertia rindo, de braços cruzados. "Vocês não têm respeito pela escola?!"

"Está aqui o meu respeito", respondeu Kêrop, abaixando a calça e mostrando as nádegas. "Apanhei tanto numa sala dessas. Me batiam de régua e depois me mandavam sentar. Tenho as marcas até hoje!" E apontando, de fato havia vergões resilientes.

"Se te bateram foi porque mereceu", disse sem muita convicção. "Foi para que aprendesse. Nossos pais e professores só queriam o nosso bem, se nos castigavam era para nos mostrar o caminho certo."

"Sim, como os turcos", comentou Djivan com ironia. "Eles nos castigam para aprendermos."

Estimulado pelo colega, Kêrop passou a ser mais agressivo. Agarrava carteiras e as arremessava na parede. "Pois nunca mais vou deixar mais ninguém mandar em mim!"

"Isso mesmo, Kêrop!" Djivan não participava do vandalismo, mas o estimulava.

"Nem meus pais, nem meus professores, nem os malditos turcos!"

"Nem deus nem jesus cristo!". acrescentou Djivan.

Kêrop parou por alguns instantes, como chocado com aquela blasfêmia. Então abriu um sorriso, pegou outra carteira e arremessou. "Nem deus, nem jesus, nem o espírito santo!"

Aquilo era demais para mim. "Está certo", retruquei. "Então acha o que, que vai ser alguém na vida assim? Vai ficar o resto da vida naquela casa, vivendo sem regras?"

"Vou ficar onde eu quiser. Sou livre no mundo!"

"Muito livre, sim, muito livre mesmo. Vivemos escondidos. Só conseguimos sobreviver porque temos um *efendi* mantendo a casa de pé. Mas você vai ver quando ficar um pouco maiorzinho e Armin decidir te cozinhar para ele!"

Djivan ficou quieto. Kêrop fechou a cara e veio batendo os pés até mim. "Ei, Armin não tem nada a ver com isso. Tenha mais respeito com ele!" Para quem se dizia tão livre, parecia que enfim tinha um líder intocável.

"Respeito por quê? Vocês mesmo disseram que o *efendi* cozinha os meninos..."

"São só histórias", me interrompeu Djivan. "Armin não tem nada com isso."

"Você confia nele? Acha que ele não tem nada a esconder?", indaguei.

"Conheço Armin há mais tempo que você. Ele zela por todos nós", colocou Kêrop.

"Armin não é quem você pensa...", retruquei.

"É mesmo? Então me diga quem ele é."

Não sei se eu estava pronto para contar tudo o que sabia, mas uma voz atrás de nós me fez calar imediatamente. "Isso, conte para ele. Quem sou eu?"

Me virei e Arminê estava lá, na porta da sala de aula.

"Vamos, tem alguma coisa a dizer? Queremos todos saber!", ela insistia.

Eu não ganharia nada expondo Arminê daquela forma, embora estivesse havia dias com aquela história engasgada, sem poder compartilhá-la.

"Eu… eu só queria que ele entendesse que precisa respeitar as hierarquias…", desconversei.

"Acho que todos nós já aprendemos bem essa lição", disse Arminê.

Djivan puxou Kêrop para fora da sala. "Vamos, Kêrop, vamos levar a lenha." E, passando por mim, disse: "Você é um mal-agradecido. Depois de tudo que Armin fez por nós…".

Os meninos saíram, e troquei olhares com Arminê. De cara fechada, ela me deu as costas e saiu, sem falar uma palavra. Eu sabia que não podia mais ficar com eles.

"Seu Domingos...", Cláudio perguntou baixando o livro.

"Quê?", respondeu o velho, sem tirar os olhos de suas anotações.

"Me desculpe, mas quantos anos o senhor tem?"

"Eu tenho idade suficiente para beber, se é isso que quer saber, Cláudio."

"Eu quero saber a sua idade exata, seu Domingos. Vamos, estou trabalhando com o senhor, é importante saber. O senhor é muito enxuto, e tenho certeza de que passa bem por setenta para as senhoras aqui dos Jardins."

"Setenta? E se eu disser para o senhor que tenho sessenta e oito não completos?"

Cláudio torceu a boca. Aquilo era difícil de acreditar... difícil, mas não impossível. Afinal, Domingos podia ter algo entre sessenta e oito e cento e dez.

"Bah!" O velho sacudiu com a mão. "Não me amole, menino. Estou trabalhando aqui."

Cláudio se permitiu rir abertamente. "Seu Domingos! Que bobagem é essa?! Escondendo a idade de seu próprio cuidador?"

O velho baixou o livro e olhou irritado para Cláudio. "E você? Eu pedi seus documentos? Perguntei sua idade? Você nem barba na cara tem! Até onde sei, pode ser um adolescente bancando meu enfermeiro!"

"Nem vem. Tenho vinte e dois anos. Passei tudo para a dona Beatriz."

"E quem garante que 'dona Beatriz' quer o melhor para mim? Até onde sei, você pode ter sido contratado para me matar."

Aquilo de novo. O velho dizia como brincadeira, mas Cláudio se perguntava se ele não tinha algum tipo de desconfiança.

"Seu Domingos, todo esse teatro para não me dizer sua idade?"

O velho abaixou de volta os olhos para seu caderno. Então levantou o olhar e arremessou o caderno longe. "Muito bem! Você quer ver meus documentos? Quer ver minha certidão? Quer ter certeza de que sou um cidadão brasileiro e tenho o direito de morar no seu país? POIS MUITO BEM!"

O velho se levantou e saiu do escritório com uma passada ligeira que nunca havia demonstrado antes. Cláudio só pôde balbuciar: "Não... Seu Domingos... Só estava curioso... não precisa...".

Seu Domingos voltou poucos minutos depois com uma certidão amarelada incerta, que não era de nascimento, nem RG, mas dizia: 31 de outubro de 1921. Local de origem: São Paulo, Brasil.

Caminhando de volta por campos e montes, o caminho se revelava mais macio do que nunca. Talvez já fosse o hábito, mas cada abrigo que eu encontrava me oferecia um pouso tão lúgubre e, ainda assim, cada decisão de partir parecia tão fatalista, que cada partida se revelava uma nova benção dúbia, com a incerteza de um pouso incerto no caminho.

Dessa vez meus passos seguiam por campos perfumados, de sol aberto, terreno plano, com um deus do otimismo a açoitar-me em frente. Eu seguia disposto, mesmo com tudo o que acontecera à minha família, mesmo com tudo o que aconteceria, mesmo com toda a desgraça que eu sabia ser inevitável, eu seguia otimista.

Mas o perfume só é doce quando se retém o sabor do amargo, o sol só é bem-vindo enquanto se sente sua falta. Caminhando dias e dias sob sol, sobre pasto, em meio ao perfume, eu me sentia tonto e enjoado. Queria mais do que nunca água fresca para me renovar a garganta. Um banho para me desgrudar dos campos. Um sono sombreado.

E como para demonstrar que o deus do otimismo ainda estava ao meu lado, o campo deu lugar à beira de um rio tranquilo, onde pude beber água fresca até me fartar, então me banhar sem medo de ser levado, depois seguir pela margem em busca do que quer que fosse, porque o que quer que fosse sempre chegaria até a margem de um rio.

Mas um rio também pode se estender muito além da paciência de um menino. E depois de dias seguindo seu curso, passei a me incomodar com a umidade perene, minhas roupas que nunca secavam, os insetos que não me largavam, o borbulhar da água em meus sonhos.

Assim eu saí da margem do rio para voltar aos campos. E logo dei com um bosque convidativo. Por todo esse capítulo de minha jornada, eu não cruzara com nenhuma alma viva, nem ser humano, nem pássaro, nem mamífero — nenhum bicho que se poderia considerar merecedor de alma — e nem um turco. E agora eu me encontrava num bosque que mais parecia um enorme pomar, todas as árvores eram frutíferas. Havia amoras, peras e maçãs. Cresciam morangos, melancias e melões. Também muitas outras frutas que eu só conhecia pelos livros ou das quais nunca havia ouvido falar: maracujás, laranjas e abacaxis. Sentia pela primeira vez o cheiro de manga, banana e coco. E pude provar de todas as frutas e todas estavam doces e maduras. Experimentei a crocância das sementes de jabuticaba, a consistência gelatinosa de um caqui, a leve dormência provocada pela carne do caju. E apesar de cada fruta ser única e deliciosa, apesar de me encherem a barriga e me darem energia, no final do dia eu já estava enjoado de seus aromas, suas texturas e doçura. O que eu não daria por um pão quente, uma carne assada...

Cheguei então a uma única árvore, uma árvore única, que dava uma fruta que eu não tinha ideia do que era. De cor viva como uma ameixa, mas numa cor branca como neve, com um cheiro doce de baunilha, mas azedo como o limão, com uma consistência macia de pêssego, espinhosa como mangostim. Colhi uma, intrigado, observando sua cor, sentindo seu cheiro e testando sua consistência, com mais curiosidade do que apetite. Então escutei uma voz:

"Ei, ei, criança…"

Soltei a fruta imediatamente, como para escapar de um flagrante. Olhei ao redor e não avistei ninguém.

"Quem?"

"Aqui. Aqui na árvore. É muito atrevimento da sua parte roubar minha fruta…"

Examinei entre os galhos por alguns instantes, então, como se materializasse do ar, num movimento, localizei a serpente que se encontrava a poucos centímetros de meu rosto. De cor viva como a ameixa, um branco como a neve, exalava um cheiro de baunilha, com algo azedo de limão; suas escamas pareciam macias como um pêssego, em formato espinhoso de mangostim.

"D-desculpe…", gaguejei. Não acreditava que estava falando com uma serpente, uma serpente falante. Refletia se toda aquela fruta, todo aquele açúcar estava me provocando alucinações. "Não vi alma viva, nem de homem nem de bicho. Achei que este pomar não fosse de ninguém."

"Como não?", sibilou a serpente. "Este pomar é de todos. Todos os frutos estão aqui. De onde você acha que vieram as nêsperas, toranjas e nectarinas? De onde tiraram as sementes do figo, do damasco e do abricó? E mesmo as frutas mais exóticas, que só se encontram tão longe, só se encontram tão longe porque foram tiradas daqui, levadas dias pelo mar, noites a cavalo, semanas no estômago de um rouxinol, dentro do estômago de uma águia. E germinaram num único reino específico, num jardim protegido, alimentando a filha de um rei já esquecido. Mas daqui vieram, vieram daqui, e aqui ainda estão."

Abri então as mãos. "Pois se é de todos, e de todos também faço parte, por que reclama?"

A serpente chiou e avançou ultrajada, fazendo eu me lembrar de que falava com um animal perigoso, me fazendo recuar. "Estou dizendo que este pomar todo é de frutas para você provar. As frutas de que mais gosta e as frutas de que nunca ouviu falar. Frutas que você pode cultivar em seu próprio jardim e frutas de que nunca mais provará. Frutas que se tornarão suas prediletas e frutas de que nunca mais irá esquecer. Só esta, só esta árvore que é minha e só minha e que peço que dela jamais prove."

Dei de ombros. "Se aqui estão todas as frutas, se são tantas e todas ao meu alcance, por que eu iria querer exatamente essa sua?"

"Ahhhhh…", sibilou a serpente em malícia. "Porque esta é a mais doce de todas, cheirosa como nenhuma, macia como só ela, e é toda só minha, só eu a posso ter."

Dei de ombros novamente. "Neste pomar, já provei muito do doce, conheci novos aromas e experimentei texturas que nunca havia sentido. Que diferença faria mais uma?"

A serpente olhou profundamente nos meus olhos, como para me convencer. "Hummmm, se alguém já tivesse provado todos os sabores do mundo, viajado para todos os continentes e experimentado todos os prazeres possíveis, eu diria que só restaria esta fruta, só restaria esta fruta a ser provada."

Olhei para a fruta caída aos meus pés. A árvore ainda repleta delas. Perguntei-me afinal qual sabor teria e, enquanto pigarreava para responder à serpente, senti em minha garganta o sabor doce, ácido e insistente de tantas outras que provara. Voltaram num arroto.

"Pode ficar sossegada. Sinto como se não pudesse engolir mais um único gomo, provar nenhuma polpa, sorver uma gota de suco. Na verdade, o que não daria agora por um assado quente e consistente. Uma carne salgada e saborosa."

A serpente cuspiu e praguejou, como ofendida. "Não adianta tentar me convencer! Sei que está de olho na minha fruta deliciosa, a única do mundo; e por mais que eu seja só uma, por mais que esta árvore esteja carregada, por mais que eu seja apenas uma serpente indefesa e sem veneno, eu aviso: você nunca a terá!"

Olhei novamente para a árvore, para a fruta e para a serpente, então me decidi. Agarrei o réptil pelo pescoço e o torci.

Naquela noite, jantei carne de cobra assada na fogueira. Era salgada e amarga, rançosa e fedida, dura e fibrosa.

Seu Domingos tinha noventa e cinco anos. Era bem velho, mas longe de imortal. Não havia sobrevivido nem sido morto num massacre. Era um brasileiro, paulistano, de descendência... de ascendência armênia, mas brasileiro, como todos. Cláudio se sentia cada vez mais idiota. O que o fizera pensar que seu Domingos podia ser o personagem do livro? Para começar, Domingos era um nome armênio? Deixou-se levar por uma sugestão óbvia, porque lia um livro sobre um armênio e seu patrão era um armênio... ou descendente de armênios. Não eram a mesma pessoa. Havia outros dez milhões de armênios no mundo — na "diáspora", como ele havia aprendido.

A história também dava poucas indicações de ser real. Por mais que seu Domingos tivesse argumentado que "se criam conexões, alegorias, que não existiram necessariamente daquela forma", Cláudio confiava cada vez menos nos fatos históricos, com uma narrativa que incluía viúvas canibais e serpentes falantes.

Seu Domingos então interrompeu suas anotações e se voltou ao cuidador. "Está com fome? É bom que esteja, porque hoje vamos jantar fora."

Por isso Cláudio não esperava. "Hum, num restaurante armênio?"

O velho abanou com a mão. "Não, Cláudio, você está obcecado. Comida armênia se faz pela família. Vamos num bom restaurante francês — La Casserole, conhece?"

Sobre toalhas brancas, guardanapos de pano e iluminação quente, Cláudio se sentia terrivelmente malvestido, ainda que o restaurante fosse praticamente em sua casa, na zona gay paulistana. O maître os recebeu com simpatia, chamando seu Domingos pelo nome. Devia saber que o menino que o acompanhava era um cuidador, até porque, fisicamente, nada indicaria que poderia ser neto... bisneto... tataraneto. Um garçom veio encher os copos d'água. Os olhos dele cruzaram por um instante com os de Cláudio. Um olhar de reconhecimento — fosse pela idade, pela homossexualidade, a classe social. O rapaz estava ali o servindo por um mero acaso, as posições facilmente poderiam estar invertidas. Naquele instante, Cláudio ocupava a posição de cliente — mas quem garantia que não recebia menos do que aquele que o servia?

Contendo-se para não se encher de pão e manteiga do couvert, Cláudio continuou a investigação sobre a história de seu Domingos.

"Então... seu Domingos, o senhor costumava vir aqui com sua esposa?"

"Sim, viemos algumas vezes", respondeu de forma sucinta.

"O que ela costumava pedir?"

"Hum, não sei... Peixe, talvez? Uma salada. Ela nunca foi uma mulher de comer muito."

"Era boa cozinheira?"

"Não, não, ela teve empregados a vida toda. Não sabia nem tirar uma maçã da geladeira..."

Cláudio riu. "Quantos anos você ficaram casados?"

O velho apenas abanou a mão.

"E filhos, vocês…"

"POR QUE DIABOS VOCÊ DECIDIU HOJE INVESTIGAR MINHA VIDA?!", o velho gritou, um pouco alto demais. As mesas ao redor se voltaram para eles. O maître fez menção de acudi-los, e se conteve, assim como seu Domingos, que percebendo o escândalo abaixou o tom de voz e resgatou a calma. "Não gosto de falar do passado, Cláudio."

"Desculpe, seu Domingos. Era só curiosidade mesmo…"

Aquilo era de certa forma novidade. O que mais Cláudio havia encontrado em sua carreira de cuidador era idosos que queriam virar e revirar o passado, lembrar dos velhos tempos, falar da juventude, mostrar fotos da esposa falecida, da infância, dos filhos…

"Me fale do livro que você está lendo, Cláudio. Em que parte está?"

Claro, o livro. Cláudio se perguntava se conversar sobre o livro era uma forma de seu Domingos conversar sobre o passado de maneira indireta, "alegórica". Cláudio sabia que tinha de ser cauteloso com qualquer crítica ou observação que fizesse sobre o texto, sobre a história. De uma forma ou outra, ele estava certo de que seu Domingos tinha uma relação pessoal com tudo aquilo.

"Estou na parte da serpente… do Jardim do Éden… o Fruto Proibido."

"Ah, sim, gosto muito dessa parte", disse seu Domingos com certo orgulho pessoal.

"É ótima mesmo, mas…"

O velho tinha os olhos fixos nele. "Mas?"

"Me parece um pouco mais fantasioso do que o resto do livro. Tipo, a gente sabe que aquilo não pode ter acontecido…"

"É uma alegoria, Cláudio, uma maneira que o personagem encontra para encarar sua dura realidade."

"Como naquele filme de guerra? Como é o nome, aquele italiano?" Cláudio falava de A *vida é bela*, mas não se lembrou do nome.

Seu Domingos o ignorou. "De todo modo, a história da serpente tem desdobramentos importantes no final."

"Ah, sem *spoilers*, seu Domingos."

"Como?"

"Não vai me estragar a surpresa me contando o final."

"Bem, o final não é tão importante, não é? O relato de todo sobrevivente de genocídio é igual: no final ele se salva. O percurso para chegar lá é que é importante."

"Sim. Mas…"

"Mas?", o velho perguntou impaciente novamente.

"Mas… eu não sou nenhum especialista em literatura, né? Eu te disse, não leio muito. Mas me parece que essas partes mais fantasiosas tiram a força das coisas terríveis que aconteceram de fato. Tipo, depois que uma cobra fala, qualquer coisa pode acontecer…"

"Hum…", o velho considerou, aparentando certo orgulho ferido.

"Desculpe, é só minha opinião."

"Não, não, é válida. Uma opinião pertinente."

O garçom chegou com os pratos. Cláudio tinha pedido um filé, que era dos pratos mais acessíveis do cardápio, embora ele soubesse que seu Domingos é quem pagaria, e que custava mais do que ele gastava com carne no mês inteiro. O velho pediu um pato com laranja.

"De todo modo", continuou seu Domingos enquanto comia, "fico muito feliz que esteja mergulhado assim na leitura, Cláudio. Você é um menino inteligente, sabe apreciar um bom livro, uma boa comida. Amanhã podíamos ver a exposição do Toulouse Lautrec no Masp? O que acha?"

"Acho bacana. O senhor é quem manda."

"Você é ainda muito novo, deveria se dedicar mais aos estudos, fazer planos para a vida…"

"Sim, quero voltar a estudar. Fazer faculdade. Só está um pouco complicado meus horários, por causa de… o senhor sabe."

"Por minha causa?"

"Não, por causa do trabalho como um todo, né? Se não fosse com o senhor, seria outro paciente. Tipo, eu preciso do dinheiro."

"Sabe…" Seu Domingos cortava lentamente o pato. "Eu posso ajudá-lo, financeiramente, digo, se for para estudar…"

"Ah, seu Domingos, imagina…" Cláudio comia seu filé, que estava gostoso, mas começou a sentir um cheiro estranho na mesa.

"Eu tenho mais dinheiro do que poderei gastar, meu filho. Não tenho herdeiros… Bem, não tenho mais… E quando penso…" Seu Domingos parou com o discurso e com os talheres. Pareceu notar também o cheiro.

Cláudio olhou para ele e compreendeu. Os olhos do menino se encheram de lágrimas.

"Acho que não estou me sentindo muito bem", disse o velho em voz baixa, cabisbaixo, envergonhado.

Cláudio assentiu. "Não se preocupe. Deixe que chamo um táxi."

Os contos de fada que eu contava para mim mesmo se interromperam quando dei com um grande muro de pedra. Percebi que havia chegado a um orfanato, como aquele em que *mayrig* Grüne recusou meu irmão. Lá de fora ouvia os gritos, as risadas e as brincadeiras das crianças. Eu ainda era uma criança, mas aquilo me soava tão alheio, como se a felicidade fosse um hábito estranho, uma língua incompreensível, de uma terra estrangeira. Dessa vez eu estava sozinho, e aceitaria qualquer vaga que me oferecessem.

O muro era grande e alto, comprido e largo. Olhei para um lado, olhei para o outro, não encontrei porta, então comecei a contorná-lo.

Na primeira curva, dei com mais muro que se estendia centenas de metros sem abertura. Devia ter seguido para o outro lado, pensei. Segui em frente até a quina seguinte, e novamente eu me encontrei diante de apenas muro sem abertura. Se já tinha virado uma vez, já tinha virado uma segunda, a porta só pode estar na próxima esquina, porque um muro só tem quatro esquinas, pensei com um raciocínio limitado de geometria. Não me ocorria que muros podem tomar as mais variadas formas geométricas, podem formar triângulos com três lados, hexágonos com seis, podem ter apenas um lado e serem fechados por outras construções ou marcos naturais, ou podem ser círculos perfeitos, imperfeitos, ovais, semicírculos sem esquinas. Apostei num otimismo quadrado e segui certo de que encontraria uma porta na próxima virada. Ou na outra...

E cheguei na outra, na última, para ter meu otimismo devastado com minha geometria. Não só não encontrava a entrada, como dava de encontro a um trio de gendarmes que riam e conversavam, não distraídos o suficiente a ponto de eu passar despercebido antes de recuar.

"Ei, ei, *giavur*! O que faz aqui?"

Com as pernas duras e a cabeça acelerando, pensei se poderia correr, se deveria mostrar-me submisso. "Quando você não sabe o que dizer, diga apenas a verdade", me lembrei do conselho de meu *agha yeghpayr*.

"Achei que esse fosse um orfanato", disse trêmulo, em voz baixa, no meu melhor turco.

Os gendarmes se entreolharam como para tentar decifrar o que eu dissera. Não deixavam de ser meninos, pouco mais velhos do que meu irmão, e aquilo não ajudava em nada. Qualquer criança sabe que o último lugar onde se pode buscar solidariedade é num menino mais velho. Especialmente um de farda e arma em punho.

"Orfanato?", finalmente disse um deles, apegando-se provavelmente à única palavra que compreendera. Era um rapaz alto e magrelo, que me olhava comprimindo os olhos como se precisasse de óculos, que em outra época e em outro mapa poderia ter se tornado um jovem intelectual, e que devido às conjeturas estava lá, de arma nas costas, sem um comando preciso, testado por deus até que ponto realizava-se como assassino. "Mas o orfanato é lá dentro", apontou para além do muro. "O que faz aqui fora?"

"Não consegui encontrar a entrada", foi a verdade que verbalizei. Era a forma de voltar atrás, seguir em frente, fugir dali. Eu já sabia que não havia entrada. E do que poderia servir um muro sem entrada?

"Ahhh", disse outro dos gendarmes. Esse era um jovem tão comum, tão desinteressante, que deveria agradecer por ser mencionado aqui, contribuindo com a arquitetura triangular da narrativa. Jamais seria descrito em nenhum livro, nenhuma história, se não fosse por essas parcas linhas de diálogo que, embora nada especiais, faziam minha história avançar. "A entrada está logo lá na esquina, é só virar…"

Eu queria responder que não estava, que já havia feito a volta completa, mas aquele não era um momento de vir com a verdade. Aproveitei o sarcasmo do turco e agradeci, para poder seguir em frente, virar a esquina e fugir dali.

Só que, quando virei a esquina, o terceiro dos gendarmes me seguia logo atrás. Esse não compartilhava do humor ou sarcasmo dos colegas, tinha olhos frios, rancorosos, como se já tivesse perdido muito naquele massacre e não tivesse mais nada a perder. Eu dei novamente com o longo muro de pedra sem abertura à minha frente e me virei para o gendarme com os olhos mais humildes que pude oferecer. Ele apenas fez sinal para eu seguir. Em frente, em frente, como se a entrada estivesse sempre numa próxima esquina inalcançável.

A esquina foi dobrada e novamente não havia nada. O gendarme logo atrás, apenas esticou o queixo, como para me incitar em frente. Eu pensava em quando receberia o tiro pelas costas.

Dobrei mais uma esquina, e quando dobrava a última percebi que chegaria ao ponto de partida e encontraria os jovens gendarmes rindo e caçoando, talvez se revezassem na escolta e mandariam eu dar mais uma, duas, três voltas completas ao redor do muro. Fariam isso até se cansar da brincadeira e, como a brincadeira não era tão divertida assim, se cansariam logo, então viria o tiro nas costas.

Mas, quando voltei ao ponto de partida, vi, sim, os gendarmes que me esperavam, em frente a um buraco no muro de pedra.

"Oh, mas não é que temos uma entrada aqui?", disse o gendarme intelectual com uma piscadinha.

"Siga em frente", disse o frio gendarme atrás de mim.

"Por que demorou tanto?", disse o genérico.

Eu sorri para eles numa tentativa de animar a mim mesmo. Ainda ouvia as vozes das crianças lá dentro. Por que eu não poderia fazer parte? Tentei espiar pela fenda no muro, os gendarmes me apressavam.

"O que você procurava está aí."

"Entre."

"Essa agora é sua casa."

E quando espiei pelo buraco do muro, fui empurrado pelos gendarmes, caindo metros abaixo numa vala do terreno.

A queda foi mais impactante pelo susto, porque o pouso foi num lamaçal de chorume. Por lá havia de fato crianças correndo, gritando, chorando, até rindo, junto a adultos silenciosos, sobre pilhas de corpos...

Montes rígidos de esqueletos, morros deslizantes de cinzas, pântanos de gente — uma cova coletiva. Virei-me para trás, de onde havia vindo, e vi o muro infinito sendo fechado novamente pelos gendarmes.

Voltaram em silêncio para a casa da avenida Europa, com todas as janelas do táxi abertas. Seu Domingos foi direto para o banheiro, sem responder quando Cláudio perguntou se ele precisava de ajuda. Havia feito nas calças, no restaurante, em pleno discurso. Como devia ser algo humilhante para quem ainda tinha todas as faculdades mentais, dinheiro, a experiência de uma vida inteira — perder o controle de algo tão básico... Cláudio sofria por ele.

Lembrou-se de seu Carlos, talvez o cliente mais rico que teve. "Você está sendo contratado para ver, para fazer, o que eu não quero que ninguém mais veja." E isso incluía trocar fraldas. O velho não tinha grandes problemas de mobilidade, era razoavelmente lúcido, poderia trocar as próprias fraldas, se a questão fosse essa. Mas era um velho que nunca havia se acostumado a limpar a própria bunda, a vida toda sendo servido. E, quando se deparou com a incontinência, contratou Cláudio. Durou pouco. Quando o cuidador começou a se materializar como uma pessoa real, quando percebeu que Cláudio em si via aquelas cenas, que sabia que o velho usava fraldas, seu Carlos decidiu trocá-lo por outro, como um pacote descartável. Se fosse mais barato, provavelmente, teria mandado matá-lo. Queima de arquivo.

Seu Domingos era exatamente o contrário — Cláudio não sabia o que era pior. Seu Domingos era daqueles que queria morrer, pela vergonha. E os sentimentos que Cláudio podia expressar — solidariedade, pena, compaixão — só pioravam as coisas.

Seu Domingos era uma pessoa *doce*, mas Cláudio não se esquecia daquele filme que assistira, do jovem que conhecia um idoso, que era um antigo oficial nazista escondido. Imaginava seu Domingos como um oficial *turco*, escondido como armênio, saboreando os detalhes do massacre nos relatos de sobreviventes. De todo modo, a história do velho era tão rodeada de mistérios, sem nenhuma família realmente próxima por perto, apenas uma sobrinha-neta. E aquele livro parecia trazer pistas.

Depois de ler mais um capítulo, preparando-se para dormir mais uma noite em serviço, Cláudio deu com as caixas de mudança que tomavam a saleta. Não estavam lacradas com fita adesiva, e ele resolveu espiar uma delas:

Piloto de guerra — Antoine de Saint-Exupéry

O processo — Franz Kafka

A montanha mágica — Thomas Mann

Os quarenta dias de Musa Dagh — Franz Werfel

Foram os primeiros títulos que ele encontrou. Livros em edições antigas, mas com capas comerciais, não encadernados... Cláudio resolveu examinar outra caixa:

Iracema — José de Alencar

Uma noite na taverna — Álvares de Azevedo

Granta: os melhores jovens escritores brasileiros

Eram todos livros velhos de uma biblioteca. Deviam estar encaixotados para serem mandados para uma encadernação, que nunca aconteceu. Ou guardados em caixas por não estarem encadernados, não atrapalharem a simetria das prateleiras...

Poderia ser isso. Ou poderia ser outra coisa... que Cláudio suspeitava.

Saindo da saleta, voltando ao escritório, Cláudio examinou novamente aquelas centenas de livros todos iguais, sem título, com mais ou menos a mesma grossura. Entre eles, encontrou a lata de amêndoas. Balançou. Rebateram em sua previsibilidade, deixando escapar algum sabor de baunilha entre as frestas. Cláudio cogitou por um segundo pegar uma drágea, mas sentiu-se como um ladrão numa trama histórica, voltou aos livros. Pegou um, pegou outro. Abriu na primeira página. Leu as primeiras linhas.

"Mataram meu pai, minha mãe, queimaram minha casa..."

"A história de um homem só termina quando toda a história foi contada..."

"Ele merecia o Inferno, era nisso que ele acreditava..."

Sim, conforme passava pelos livros, Cláudio confirmava. Os livros não apenas tinham a mesma aparência, a mesma encadernação e o mesmo tema. Eram a mesma história. Não tinham título nem autor porque eram todos o mesmo. A biblioteca toda era formada de diferentes versões do mesmo texto: às vezes em primeira pessoa, às vezes em terceira, com diferentes frases de abertura, às vezes começando exatamente igual. Mas qualquer um que já tivesse lido algumas páginas podia identificar: a mesma história contada de diversas maneiras.

Quando acordei, a confusão de corpos havia dado lugar a corpos com certa organização. Enfileirados sobre leitos, estendiam-se à minha direita, à minha esquerda, à frente e atrás, até onde eu podia ver. Alguns não tinham os membros inferiores; alguns eram apenas esqueletos; outros estavam quase inteiros; logo ao meu lado esquerdo havia apenas um braço, desprovido de corpo. Fiz uma rápida verificação e achei que estava praticamente todo lá, embora sem mais poder sobre meu corpo. Eu me perguntei se estávamos sendo alinhados assim para, enfim, sermos enterrados, um digno enterro cristão, cada qual em sua cova. Varri com os olhos à procura de um coveiro, para poder lhe informar meu nome, minha data de nascimento, a data do falecimento, para ter uma lápide que me representasse. Vi um vulto passando ao longe. Tentei chamá-lo. Senti então o braço sem corpo ao meu lado esquerdo a me segurar. Era como se comunicasse: "Quieto. Não demonstre que você ainda tem vontades, ou eles acabarão com elas. Não insista em decidir seu fim, ou ele se prolongará infinitamente". Voltei a fechar meus olhos.

Quando voltei a abri-los, *mayrig* Grüne estava à minha frente, com aquele sorriso típico das bruxas, talvez porque eu estivesse morto, talvez porque eu tivesse aberto os olhos, talvez porque eu era um morto que ainda abria os olhos, isso agradava as bruxas.

"Enfim, decidiu acordar. Não adianta passar por morto, porque estou vendo esses olhinhos abertos."

Não adiantava passar por morto? Tentei entender em que condição eu me encontrava, afinal. Porque não sentia a mínima capacidade de me levantar, caminhar, participar de uma vida respirante.

"Você ficará bem", a velha respondeu com sua habilidade em ler mentes. "Está muito fraco e doente, mas com o tempo ficará bem."

Olhei para meu lado direito, onde antes só havia o esqueleto de um homem. Agora havia dado lugar a um homem esquelético, ou talvez o esqueleto tivesse ganhado alguma carne. Ao meu lado esquerdo, procurei pelo braço sem corpo; encontrei um corpo inteiro enfaixado, com apenas a pele do braço direito à mostra.

"Está no hospital do orfanato alemão", a velha continuou a me informar. "Vim apenas ver como você estava. Suvi cuidará de você."

Suvi era uma menina gorducha, cabelos loiros, bochechas rosadas, com um sorriso genuinamente benevolente. Era a pura imagem da saúde, como eu nunca havia visto. Achei que era alemã, como *mayrig* Grüne, mas logo soube que era da Finlândia, um país de que eu pouco tinha ouvido falar, e que pertencia ao Império Russo. De todo modo, não entendia o que ela fazia lá, não acreditava que podia haver uma menina dessas ainda de pé em meio à guerra. Procurei o que faltava nela: um olho de vidro, uma perna de pau, uma língua cortada, dentes arrancados. Nada.

Os dias se acendiam e se apagavam para mim, em episódios. Suvi aparecia: *"Moi moi!"*. Um esqueleto voltava a andar, um velho saudável dava lugar a uma criança morta, o braço direito ao meu lado esquerdo ganhava um corpo queimado e eu preferia ter ficado com a visão apenas do braço. De Suvi em si eu quase não tinha consciência — provavelmente porque sua presença era a deixa para eu apagar novamente e me permitir ser cuidado, com total confiança.

Seria ingrato dizer que foram alguns dos dias mais felizes de minha vida? Eu estava abrigado, aquecido e confortável, cuidado por uma enfermeira finlandesa. Não tinha que pensar em nada, me lembrar de nada, fazer plano algum para o futuro. A vida era instantes de consciência que até podiam trazer imagens fantasmagóricas — os esqueletos, os amputados, os carcomidos —, mas tudo como uma emoção necessária, um teatro de sustos, para ser assistido do conforto de um útero, com o carinho e os cuidados de uma mãe carnuda.

Obviamente nenhum prazer desses duraria muito tempo. Aos poucos fui ganhando mais consciência, conforme minha dor aumentava. Minha dor aumentava conforme eu ganhava consciência. E com a saúde me surgia a ansiedade, a urgência de me levantar, a insatisfação do sono como único prazer. De Suvi eu via cada vez mais, e ela não deixava de me causar a mesma impressão de saúde e beleza.

"Hum, você está a cada dia mais vivo, hein? Logo poderá sair."

Meu olhar de súplica deveria lhe perguntar o óbvio: para onde eu poderia ir? Que vida poderia ter? Sair de lá para morrer novamente? Ela parecia compreender.

"Será que não há nenhuma avó, nenhum irmão? Nenhuma família distante a quem você possa escrever?"

Nascido e criado numa pequena aldeia, eu não tinha concepção de família como algo assim, que poderia ser amplo e distante. Sabia de uma prima que se casara e mudara para o Curdistão, um tio que partiu supostamente para Bolis, Constantinopla, mas uma família assim, ampla e receptiva? Longe dos tentáculos do massacre? Eu não via aquilo como possível.

"Bem", Suvi completava meu silêncio. "Você já é praticamente um homenzinho, não é? Logo começa sua própria família." E partiu com uma piscadinha.

As mulheres deviam ter mais cuidado com o que dizem aos meninos. As meninas deviam entender que uma piscadinha é como uma promessa para os homens. A provocação de Suvi deu uma nova esperança para eu me levantar e me mostrar ereto. Poderia mostrar a ela que, sim!, era um homem, poderia começar uma nova família — com ela! Puxando o lençol, eu observava minhas próprias pernas — ainda estavam lá — meus pés. Pareciam mais distante dos olhos, mais distantes da última vez que os vira. Quanto tempo se passara? Quanto tempo deitado naquela cama, perambulando por aqueles vales, distante de casa?

Dormi olhando para as próprias pernas e sonhei que eram pernas de homem, pernas abençoadas: levanta-te e anda! Eu olhava para elas novamente e estavam lá, firmes, duras, peludas, prontas para suportar a derradeira caminhada da liberdade, carregando o peso de Suvi nos ombros. A dor nas pernas com que acordava tinha menos a ver com os sonhos de caminhada e mais com *mayrig* Grüne apertando-as como salsichas. "Ele já está saudável. Precisa botar essas pernas para se exercitar."

Ao lado dela, Suvi se compadecia. "Acho que precisa ficar mais uns dias. Ele não tem para onde ir e a caminhada pode ser pesada…"

Mayrig Grüne era rígida. "Ele está macio e rosado como um leitão. Precisa de exercício. Não pode mais ocupar este leito. Veja quantos outros em pior estado aguardam o espaço…"

Sem saber o que fazer, fechei os olhos e voltei ao sono. Ainda ouvi *mayrig* Grüne dizer: "Limpe-o, alimente-o e tire-o daqui".

No café da manhã do dia seguinte, seu Domingos agia como se o incidente no restaurante não tivesse acontecido. Parecia até mais animado do que de costume, talvez de forma artificial. Cláudio pensava em como abordar o assunto da incontinência — teriam de cuidar disso. Consultar um médico era importante, mas ele já imaginava que não haveria muito o que fazer, além de fraldas: era a idade, aquilo era comum, e era sempre constrangedor para o idoso. Mais constrangedor seria deixar seu Domingos continuar sujando as calças.

Antes que Cláudio pudesse encontrar uma maneira de iniciar a conversa, dona Beatriz chegou à copa.

"Bom dia, Cláudio, tio. Como está se sentindo?"

"Com cento e dez anos", o velho disse naquele seu tom de sarcasmo, porém o número preciso não escapou de Cláudio — seria a idade exata que ele teria se tivesse oito anos em 1915, se fosse aquele menino do livro.

Dona Beatriz sorriu. "E isso é bom ou isso é ruim?"

O velho deu de ombros. "Para você deve ser bom, não é? Não tem como eu durar muito mais tempo."

"Ah, titio, o senhor vai enterrar nós todos."

Cláudio queria entender exatamente o tom, a relação entre os dois. Seu Domingos oscilava entre a doçura e o sarcasmo, mas parecia especialmente ácido com a sobrinha-neta. Ela também era uma mulher de idade, talvez mais do que setenta — quantos anos deveria ter uma sobrinha-neta de um senhor de noventa e seis? Ou o contrário, se a sobrinha-neta tinha entre setenta e oitenta, quantos anos teria o tio-avô? Cento e dez?

Dona Beatriz interrompeu os cálculos mentais do menino. "Cláudio, vamos conversar um pouco na sala de visitas, pode ser?"

Cláudio já se levantava quando o velho interveio. "Você pode conversar aqui, na minha frente, que não sou criança e não quero segredos com meu cuidador."

Dona Beatriz riu. "Que ciúmes é esse, tio? Vou só tratar dos detalhes de horários dele…"

"E eu não posso saber? Afinal, o paciente sou eu. Aliás, quem está pagando sou eu."

Dona Beatriz o ignorou e insistiu com o menino. "Cláudio, por favor."

Ele hesitou por um instante em obedecer a ela e ferir sua lealdade ao velho. Mas, afinal, ela que o havia contratado.

Na sala de visitas, Cláudio deparava-se novamente com a serpente, o lobo e o carneiro-campainha.

"Então, como estão as coisas? Me parece que vocês se deram muito bem", perguntou dona Beatriz com certo peso na voz, que não passou despercebido a Cláudio.

"Estão boas. Seu Domingos é um senhor muito agradável, culto, uma pessoa fácil de se lidar…" Cláudio avaliava o quanto precisava contar a ela sobre o incidente no restaurante, a incontinência urinária e intestinal. Era algo sério e ela era a responsável, mas parecia certa traição ao velho, algo tão íntimo para ser exposto...

"Fiquei sabendo sobre segunda-feira, logicamente, as empregadas me contaram."

Ah, isso. Cláudio deveria ter imaginado que poderia ter mais problemas com o episódio da chuva.

"Há algo que você queira me contar, Cláudio?" Dona Beatriz perguntava como se já soubesse... Cláudio se questionava até que ponto ela podia ter investigado seu passado, descoberto sobre a internação na Fundação CASA.

Cláudio balançou a cabeça. "Bem, dona Beatriz. Peço mil desculpas. Pedi também a seu Domingos, claro, felizmente ele não ficou chateado, nada de mal aconteceu. Foi um contratempo. Fui buscar um guarda-chuva para ele e estava sem os documentos... Acabei sendo levado para a delegacia. Mas foi só isso. Seu Domingos ficou mais chateado por ter encontrado a mulher do prefeito..." Cláudio forçou uma risada.

"Isso não pode acontecer novamente, Cláudio. Não é engraçado."

Ele ficou sério no mesmo instante. "Claro, claro. Foi erro meu, desculpe."

"Ter saído sem documentos é só uma parte. Não sei que ideia passou pela sua cabeça em levar meu tio para passear com uma tempestade prestes a cair..."

"É... bem... Eu avisei a ele, mas a senhora sabe como seu Domingos é teimoso. Ele insistiu que queria sair..."

"É para isso que você foi contratado, Cláudio, lembra-se? Saber ser firme quando for preciso? Não é apenas para passear pelas ruas e jantar em bons restaurantes."

"Sim, sim, claro. Não vai acontecer de novo..."

"Não, não vai. De todo modo, estou procurando outro cuidador."

"É? Ah... Bem... se a senhora acha melhor, eu entendo. Mas eu queria dizer novamente que reconheço meu erro, não vou deixar acontecer de novo. E digo com toda sinceridade que gostei muito do seu Domingos, se eu pudesse ter outra chance..."

"Não vou dispensar você. Ainda não. Não é fácil assim arrumar outro cuidador, ainda mais do sexo masculino. O que preciso é que tenha sempre alguém com meu tio, para qualquer emergência, dele ou sua. Então estou procurando outro cuidador para cobrir os horários em que você não estiver. Se tiver alguém para indicar, alguém daquele projeto em que você começou na adolescência, por exemplo..."

Cláudio não podia nem pensar em indicar um dos meninos da Fundação para trabalhar com seu Domingos. E a ideia de ter outro cuidador em si já lhe despertava certo ciúme. Mas de repente era melhor, menos responsabilidade para ele. Seu Domingos ainda parecia muito disposto, lúcido, mas alguns lapsos, a incontinência indicavam que ele poderia precisar de mais ajuda do que parecia.

"Dona Beatriz, eu precisava saber, quantos anos tem seu Domingos exatamente?"

"Hum, deixe-me calcular... Acho que noventa e sete? Noventa e oito? Nossa, titio já tem quase cem anos!"

"Ele me mostrou uma certidão que dizia noventa e seis", Cláudio deixou escapar.

"Você pediu uma certidão de nascimento para ele?"

"Não... É que... eu só estava curioso quanto à idade dele, a história com a Armênia, e ele me mostrou o papel que parecia que tinha nascido em São Paulo, em 1921."

"Ah, não, esse papel deve ser da imigração. Ele nasceu na Rússia, acho. Os pais dele eram armênios de fato. Que eu saiba veio ao Brasil ainda bem pequeno. Inclusive o nome dele foi mudado aqui. Originalmente tinha sido batizado com um nome armênio… não sei exatamente qual era. Sei que meu avô se chamava Assadur, que por aqui virou Isidoro."

Eu sabia que tinha de sair. Eu queria. Só não sabia para onde ir. Já passava os dias acordado no leito do hospital, olhando para o teto, os moribundos ao meu redor, morrendo de fastio, pronto para fechar os olhos quando Suvi ou *mayrig* Grüne se aproximassem, pronto para me mostrar mais frágil.

Foi assim que o vi na entrada do salão, o garoto ruivo, o Pequeno Príncipe, em seu uniforme escolar de boina, paletó, gravata e sapatos engraxados. Ao me ver de olhos abertos, ele se aproximou.

"Oi, o que você tem?"

Torci a boca. "Não sei. Acho que não tenho mais…"

"Então o que faz aqui?"

"Eu estava doente, mas não estou mais. E você?"

"Eu estou só visitando."

"Visitando? Quem? Um parente?"

"Não, tolinho. Claro que não. Os armênios."

"Você está visitando 'os armênios'?"

"Sim, uma pesquisa sobre o genocídio…"

Eu não sabia o que era aquilo, até porque aquela palavra ainda não tinha sido inventada naquela época. Decidi fechar os olhos para que ele saísse dali. Ele ficou ao meu lado e, me vendo quieto, insistiu:

"Você não vai levantar?"

"Vou, assim que me recuperar totalmente."

"Mas você mesmo disse que não está mais doente. Precisa voltar para a guerra!"

"Sou muito novo para ir para a guerra."

"Achei que vocês armênios fossem criados para isso. Que quando aprendiam a andar já caminhavam para a linha de tiro…"

"Você não sabe nada sobre os armênios."

E fechei os olhos até ele sumir de vez.

Acontece que eu tive mesmo de me levantar. Poucas horas depois, na porta do hospital do orfanato alemão, eu me despedia de Suvi. Não me sentia nada disposto. Na verdade, assim que me levantei da cama, fui tomado por uma tontura, um enjoo, um fraquejar das pernas, tudo ao mesmo tempo, que me fez cair novamente na cama. Porém, com *mayrig* Grüne me observando com as mãos na cintura, eu tive de me esforçar para me levantar novamente; Suvi me dando o braço, prontificando-se a descer as escadas comigo, levar-me até a porta.

Olhava os leitos conforme passava por eles, tentando localizar algum conhecido, algum parente, meu irmão. Perguntara tantas vezes por ele, que me tornara incômodo. Quase ansiava por vê-lo doente, mutilado, capenga, porque, numa época daquelas, a não passagem de meu irmão pelo hospital só podia significar que estava morto.

Lá fora o sol estava claro e me cegava para o mundo externo — tudo o que eu podia ver ainda estava lá dentro do hospital. Consternada, sem poder me manter mais tempo, Suvi tentou encorajar-me. "As coisas estão melhorando. Você já é um rapazinho. Vai encontrar um trabalho e moradia…"

Estimulado pela preocupação dela, peguei em seu braço. Eu podia não estar pronto para a guerra, mas tinha de mostrar que estava pronto para a vida.

"Não posso te levar agora. E eles precisam de você aqui. Mas prometo que voltarei, se puder esperar por mim. Arrumarei um trabalho, provarei que sou um homem e farei de você minha mulher."

Eu mesmo fiquei espantado em como as palavras saíram de minha boca, maduras e decididas. Sim, eu havia mesmo crescido, havia me tornado um homem, convencia até a mim mesmo; se não fora pelo trabalho, se não fora pela honra, fora por tanto sofrimento. A doença em si, que me fizera dormir menino e acordar homem. O simples tempo que passou. Bastou eu fechar os olhos para tudo acontecer.

Suvi me olhou estupefata por alguns instantes. Então caiu na risada. "Não seja tolo, *poika*. Tenho um noivo esperando por mim em Helsinque. Mesmo que não tivesse, você ainda é uma criança. E eu jamais me casaria com um armênio."

Cláudio queria ter perguntado mais a dona Beatriz: se seu Domingos nunca teve filhos, nunca teve netos, há quantos anos vivia sozinho daquela forma, que projeto de livro forrava as paredes de seu escritório, mas não queria fazer um interrogatório, aparentar estar investigando. E a mulher já não estava com a melhor das inclinações em relação a ele.

De todo modo, as novas informações tornavam tudo mais nebuloso. Era quase impossível que ele tivesse cento e dez anos, que fosse o narrador personagem do livro, até porque era impossível que a história tivesse ocorrido da forma descrita. Mas se ele não tinha cento e dez, também não tinha muito menos, e as novas informações oferecidas por dona Beatriz o situavam cada vez mais perto dos cenários do livro. A Rússia era logo ao lado, não? Ao menos, bem mais próxima do que o Brasil. E ela dissera que seu Domingos *nasceu* na Rússia, de pais armênios... armênios *de fato*. Bem, se na época a Armênia não existia como país, como os pais do seu Domingos podiam ser armênios *de fato*, e ele não? Se ele era filho de armênios, era armênio, como um filho de judeus, de negros... Ela também disse que ele nasceu na Rússia, não que passou a infância lá. Veio pequeno para o Brasil — pequeno quanto? Ele poderia ter nascido numa aldeia armênia na Rússia e ter ido ainda pequeno para o lado turco — Anatólia, era o nome da região. Aos oito anos, ele podia estar morando lá, numa pequena aldeia com os pais, quando começaram os massacres...

Pensando agora, Cláudio se deparava com outra questão curiosa do livro: não havia um passado para o personagem. Tudo parecia acontecer a partir dos oito anos de idade. Ele falava dos pais mortos, de um ou outro vizinho, mas só. Não oferecia detalhes da vida antes, a profissão do pai, o dia a dia na aldeia... A vida do personagem parecia ter começado quando deveria ter terminado.

A manhã em si terminava na casa da avenida Europa e os dois passaram novamente debruçados sobre seus textos. "Vamos hoje então para o Masp, como o senhor queria?", sugeriu Cláudio.

"Acho que não estou muito disposto hoje, meu filho. Quem sabe amanhã?"

"Amanhã é minha folga, seu Domingos. E tenho horário no dentista. Saio hoje depois do jantar. O fim de semana passo todo aqui." Cláudio não tinha dentista, nunca tivera uma cárie na vida, então era um gasto que parecia desnecessário, e que ele preferia evitar; ele poderia ter dito que tinha médico, já fizera isso em ocasiões anteriores, com outros clientes, mas percebeu que suscitava outras desconfianças — um menino tão novo precisa de médico, para quê? Se um HOMOSSEXUAL vai ao médico é porque tem aids. A verdade é que ele tinha psicóloga, que era obrigado a ver pelo menos uma vez por mês, como parte de seu programa de recuperação; só não queria também que achassem que ele *precisava* de uma psicóloga, que ele tinha *problemas psicológicos*.

"Bah! Com esses seus dentes de cavalo?!" O velho zombou. Cláudio esperava que aquilo fosse um elogio.

"É importante fazer checkups, né? No dentista, no médico…", Cláudio aproveitava para introduzir o assunto.

"Vocês jovens vão ao médico só para ouvir boas notícias!"

Cláudio riu. "E você, seu Domingos, quando foi a última vez que foi ao médico?" Cláudio precisava verificar aquilo também com dona Beatriz.

O velho abanou com a mão, como de costume. "Se eu for para o médico, será para ele dar uma data para a minha morte. Então evito, para ganhar algum tempo…"

"Ah, que é isso? Ele também pode ajudar o senhor a viver melhor…" Cláudio pensava novamente no episódio da noite anterior, na incontinência. Desconfiava que o fato de seu Domingos ter mudado de planos quanto ao museu se devia a isso. Ele teria de dar um jeito, se quisesse levar uma vida minimamente ativa.

"Bem, o almoço está quase servido. Por que você não me lê de tarde um trecho do livro e discutimos sobre ele?", o velho mudava de assunto.

Cláudio assentiu. Seria bom tirar mais algumas dúvidas sobre a história com seu Domingos. Até porque agora Cláudio estava quase certo de que, se o velho não havia vivido parte daquilo, ao menos fora ele quem escrevera tudo.

Se o tempo de cama não tivesse sido o suficiente para me tornar um homem, se mesmo um massacre não conseguira enterrar minha inocência, minha primeira decepção amorosa o faria. Afastando-me rapidamente do hospital do orfanato alemão, eu deixava para trás uma ingenuidade que não acreditava poder ter possuído poucos minutos atrás. Claro que Suvi jamais se casaria com um armênio — como pude pensar nisso? Armênios eram os cães vira-latas do Império Otomano, mandados para o abate quando começavam a proliferar, antes que proliferassem, quando começaram a ladrar, antes de ladrarem. Algumas almas caridosas podiam até se compadecer de nós, tratar nossas feridas e oferecer um prato de comida; daí a nos levar para casa e nos tornar membros da família já era demais. Só o que podíamos fazer era resistir, insistir, reproduzirmo-nos entre nós e provar que éramos em si uma raça, que não poderia ser apagada, nem desprezada; que, enquanto tentassem silenciar nossos latidos, nós viríamos com uma língua própria, uma cultura. *Nossa língua é nossa força.*

Minha identidade de *hay* ia crescendo dentro de mim como uma árvore, quanto mais tentavam cortá-la, sujá-la, afogá-la — poda, estrume e água: é disso que uma árvore precisa para crescer. Refletia os campos em que eu caminhava alheio, aos poucos percebendo aonde inconscientemente me dirigia. Difícil recordar um caminho na natureza. Numa cidade as construções são sempre as mesmas, estão sempre no mesmo lugar, o sino da igreja, os minaretes, as montanhas de moldura para os marcos construídos pelo homem. No campo, a vegetação cresce, a vegetação morre, árvores tombam e mudam de cor com as estações. Ainda assim, eu tinha quase certeza dos passos que refazia, mas que me levaram a um ponto de chegada duvidoso.

Eu procurava por meu irmão, cada vez mais certo de que estava na direção certa. Um frondoso álamo, um *mehsheh*, me parecia familiar, embora agora desfolhado. Uma enorme pedra plana encaixada na entrada da descida para um vale, como para bloquear o caminho ou oferecer assento para contemplá-lo. Até uma revoada de cegonhas me confirmava o caminho, como se passassem por lá todos os dias, no mesmo horário.

E de fato meus passos me levaram ao coberto onde dormi por tantas noites com a cabra — *apenas* ao coberto onde dormi tantas vezes com a cabra. Não havia cabra, não havia casa, nem sinal do irmão nem do velho. Girando em meu eixo, eu procurava — quem sabe a casa não ficava um pouco mais afastada do coberto do que eu me lembrava; quem sabe o abrigo não fora reconstruído um pouco mais afastado para dar mais privacidade à cabra — mas não; não havia nenhuma outra construção ali.

Havia sim um descampado, onde uma casa pequena se encaixaria, talvez uma casa minúscula, talvez uma casa nem tão pequena assim — desprovido de uma construção que lhe dê significados, um terreno sempre parece menor. Caminhei por lá olhando para o solo, examinando se encontrava marcas de fundação, vestígios de uma construção demolida, uma pedra fundamental, outras pedras supérfluas: nada. Se a casa tivesse sido invadida, tomada, saqueada, destruída, algo deveria ter permanecido. Não era possível. Restos de tijolos, trapos de tecido, jarros vazios — cacos de jarros, que fosse. Alguma coisa tinha de permanecer.

Me lembrei então de um poema recitado por meu pai:

O que faz de nosso lar um lar, se não há porta
O que faz de nossa casa uma casa, sem um teto
O que faz de nossa família uma família, se não está mais unida.
É nosso sangue derramado aqui, que faz desta terra nossa terra.
Nosso suor, que faz desse solo nosso solo.
Nossas lágrimas é o que nos une, nosso pranto o mesmo pranto.

Fosse pela lembrança do poema, ou simplesmente pelo sol que se punha, resolvi fazer do coberto da cabra meu lar por mais uma noite. Amanhã acordaria descansado e com a mente mais clara para decidir aonde iria. Deitei-me no feno que ainda havia por lá. Senti o cheiro almiscarado, que poderia ser de qualquer cabra, qualquer bode, que me remetia com segurança à minha antiga companheira, e em poucos minutos adormeci.

Pude sonhar apenas que dormia no abrigo da cabra, pois as pulgas não me deixavam esquecer, mesmo durante o sonho. Deviam estar lá havia meses, solitárias, esperando pela volta da cabra ou de qualquer animal de sangue quente, alimentando-se apenas de feno, pulgas herbívoras, em êxtase pela minha volta. A incômoda coceira foi se somando a pontadas, cutucadas, um desconforto que eu não me lembrava de ter quando dormia junto à cabra. Por fim, incapaz de encontrar uma posição agradável, abri os olhos, e vi que o desconforto era provocado pelo velho, que me cutucava com um cajado.

"Ei, ei, *giavur*, fora da minha casa!"

Esfreguei os olhos para me certificar de que estava mesmo acordado, e de que o velho cego estava de volta, expulsando-me dali. Apontava o cajado para mim e olhava bem em meus olhos, ainda que os olhos do velho tivessem aquele filtro esbranquiçado da velhice. "Você pode me ver?"

"Sim, pode apostar que posso te ver. E você, é surdo ou o quê? Eu disse fora da minha casa, *giavur bokhe*!"

"Mas...", eu nem sabia como completar a frase. "Sua casa não está aqui"? "Sua cabra não está aqui"? "Meu irmão..." Queria perguntar ao velho sobre tudo o que desaparecera, e que nós dois ainda podíamos situar ali. Eu me levantei e espiei novamente, para me certificar de que a casa não retornara com a visão do velho. Nada. "Sua casa não está aqui", por fim eu disse.

"O quê? Como se atreve?! Acha que sou cego? Sei muito bem onde está minha casa. E você não tem o direito de ficar aqui!"

O velho devia estar louco, pensei. Sua casa invadida, tomada, demolida, nada restou além do coberto da cabra. Então o velho, abrigado na casa de parentes, tomado pela senilidade, sai a vagar uma madrugada, e volta para onde sua casa estivera. Por coincidência é na mesma noite em que voltei. Me encontra deitado e me responsabiliza pelo roubo, a invasão, o desaparecimento, como se eu pudesse ter escondido a casa no bolso. A senilidade também pode ter lhe devolvido a visão, como compensação. Ou a senilidade o tornou incapaz de forjar a cegueira.

"Vim procurar meu irmão, ele trabalhava para o senhor."

O velho forçou a vista por alguns instantes, e eu torci para que sua visão se esgotasse completamente. Então ele deu-me com o cajado. "Desde quando emprego armênios sujos?! Fora daqui! FORA DAQUI!"

Apesar dos braços finos, apesar dos ossos ocos, o velho conseguiu partir o cajado na minha cabeça. O som fez um estalo tanto dentro quanto fora, e eu temi que algo tivesse se quebrado em meu crânio. Num impulso, empurrei o velho com raiva.

"Ei, eu não sou cabrito, não!"

O velho caiu de bunda. Estupefato por alguns instantes. Então voltou a vociferar, tentando se levantar. "Fora daqui!!!"

Eu poderia ter dado cabo dele de vez — não seria justo? Com minha família toda massacrada, depois de meses e meses perambulando perdido e escorraçado pelos campos, não seria direito meu dar fim a todo turco que pudesse? Não era o momento, o primeiro passo, o despertar de uma consciência de vingança e justiça? Não poderia pegar os pedaços de cajado, fincar um no chão e outro no peito do velho e declarar: "Esta agora é minha terra"?

Vendo o velho caído, porém, pateticamente tentando se levantar, eu quase lhe dei a mão. Decidi apenas lhe dar as costas e partir. Se fosse declarar posse de uma terra, não seria um descampado vazio com apenas um coberto abandonado de cabra.

"Foi o senhor quem escreveu este livro?" Cláudio quase perguntou. Pensou melhor. Se o velho soubesse que ele descobrira, a discussão ficaria mais delicada, principalmente se aquela história tivesse algum fundo de verdade… e algum fundo de verdade aquela história deveria ter.

"Este livro é muito bem escrito", disse Cláudio, optando pelo elogio. Realmente ele não entendia nada de literatura, mas percebia que ao menos seu Domingos tinha talento para contar uma história. E era curioso, algumas passagens eram bem ousadas para um senhor daquela idade. O humor também era algo a se notar, principalmente por se tratar de memórias de guerra. Mas o humor sarcástico era um traço bem marcante de seu Domingos.

"Acha mesmo?", o velho não se deixou levar pelo elogio. "Acho que tem alguns problemas. Você mesmo já apontou alguns…"

"Sim, mas…", Cláudio deu de ombros, "o tema não é algo que me interessa especialmente. E ainda assim estou bem entretido."

"Melhor do que aquele seu joguinho?" O velho deu uma piscadinha.

Não. Eram coisas diferentes. Mas fez Cláudio ter uma daquelas ideias geniais, que ninguém mais compraria e que nunca seria colocada em prática. "Não sei se melhor…" o velho o olhou feio, "mas imagine se fizessem um game com essa história? O personagem já tem várias vidas mesmo…"

"Acho que não seria muito ético brincar com a vida de mártires, meu filho…"

"Ah, tem vários jogos sobre a Segunda Guerra. No Zombie Army Trilogy, por exemplo, o chefão final é um Hitler zumbi…"

"Meu Deus…"

"Quem foi o Hitler dos armênios?"

Seu Domingos suspirou. "Você tem uns conceitos estranhos, Cláudio. O Império Otomano todo foi 'nosso Hitler'. As autoridades comandaram e todo o povo nos apedrejou. Mas tem a figura do ministro do Interior, Talaat Paxá. Ele foi o mandante principal do massacre. Hitler inclusive se baseou muito nas ações dele."

"Afe, pior do que o Hitler só podia ser o professor do Hitler!"

Seu Domingos assentiu. "Mais ou menos isso."

"E que fim teve esse ministro?"

"Justiça foi feita. Ele foi morto. Por um jovem revolucionário armênio. Mas isso foi só depois do fim da guerra."

"E isso não está no livro…"

"Não, isso não está no livro. O livro é um relato mais pessoal, não é? A visão de um sobrevivente, não um apanhado histórico sobre a guerra como um todo…"

"Sim. Estava pesquisando inclusive sobre a Primeira Guerra outro dia…" Cláudio tinha vergonha de admitir que estava pesquisando sobre os armênios, e que não entendia exatamente o contexto, os motivos da Guerra.

"O que você quer saber?" Seu Domingos foi direto ao ponto.

"Bem, os motivos... Li sobre o assassinato de Franz Ferdinand", e ele só se lembrava do nome por causa da banda britânica, "mas, tipo, não entendi o verdadeiro motivo para a Guerra."

"É porque não há um motivo, Cláudio. Ou não precisava haver. Um único motivo nunca seria suficiente, e na verdade, naquela época o que se buscava eram motivos para a paz. Veja bem, os países pertenciam a *Impérios*, então a guerra estava em suas estruturas, dominar outros povos, conquistar territórios. A ideia de paz só começou a surgir pouco antes da Primeira Guerra, e não foi forte o suficiente para se estabelecer."

"Que bom que o Brasil nunca teve guerra...", Cláudio disse, e na mesma hora teve certeza de que havia falado bobagem.

Seu Domingos não o contradisse, apenas deu outro suspiro cansado. "Vamos fazer assim, por que não me lê mais um capítulo? De noite, quando você for embora, pode levar o livro com você, se prometer cuidar bem dele. Tenho certeza de que você não vai conseguir passar um dia inteiro sem saber o resto da história." O velho deu uma de suas piscadinhas.

Nem todas as histórias passadas ao ar livre, de noite, na natureza, acontecem em noites de lua cheia. Caminhando de volta pelos campos, eu seguia semicego sem lua; só queria encontrar um abrigo para dormir até o sol nascer. As estrelas faziam o que podiam, o fiapo de minguante também, até a vegetação, que havia absorvido tudo o que podia da luz do dia, emitia sua mínima fosforescência; não adiantava grande coisa. Muitos dos perigos da noite, assim como os do dia, são escuros e rasteiros: ramos de espinhos, pedregulhos traiçoeiros, rastejantes assassinos. Não era nada seguro continuar seguindo, e eu cogitara parar vez ou outra, encostado a uma rocha, na entrada de uma gruta, debaixo de um *ureni*, mas os ecos de minha passagem — galhos que estalavam, pegadas que repercutiam — me empurravam em frente.

Quando ia me convencendo de que eram apenas ecos de mim mesmo, comecei a suspeitar de que talvez não fossem. Minha respiração acelerada ecoava ofegante, meus braços tateantes ecoavam artríticos, meus passos ligeiros rastejavam num trio — dois pés e um cajado. Acreditava que o velho estava atrás de mim.

Eu insistia nos passos, certo de que o velho logo ficaria para trás — ele não teria fôlego, nem poderia querer reivindicar o campo todo como seu. Os passos continuavam a me seguir e eu estava prestes a virar-me para enfrentá-lo. Aquilo acabaria em assassinato. O velho tentando acabar comigo, eu por fim acabando com o velho, consagrando-me como assassino, não mais inocente e perseguido. O que seria mais digno de pena? Do que eu deveria me orgulhar?

Quando me convencia de que deveria parar e enfrentar o velho, tive dúvidas de que era mesmo ele. Pois sua respiração ofegante ecoava esbaforida, seus braços debatedores soavam como garras, seus tropeços pareciam mais quatro patas. Eu estava sendo perseguido por um animal selvagem.

Me lembrei das histórias de meu pai — e amaldiçoei as histórias de meu pai. Me lembrei da escola — e amaldiçoei a escola. Pois as histórias que ouvira na infância falavam tanto de lobos e ursos quanto de dragões e *djins*, não me ajudavam a saber o que poderia encontrar. Já os ensinamentos da escola confundiam os mapas com tigres, crocodilos e leões. Todos monstros reais, que exigiriam mais estudo para saber exatamente onde viviam, que horas dormiam, de quem se alimentavam.

Não, monstro era o velho, monstros eram os turcos, esses que iam além de suas fronteiras, estendiam suas fronteiras, roubavam o lar que fora de meus antepassados por milênios, por milênios meus antepassados estiveram lá. E os animais? Talvez por milhões? Por milhões aquela fora sua casa que eu invadia. Poderia sentir-me martirizado por ser perseguido por um urso, um lobo? Minha morte entre mandíbulas afiadas poderia ser considerada justa? Seria mandado para o Inferno ao ser morto por um lobo? Seria condenado se tentasse matá-lo?

As reflexões se amontoavam em minha mente enquanto eu tentava escapar, agora sem dúvidas de que era de fato perseguido por um animal selvagem. Lobo ou urso, tigre ou tubarão — poderia subir em árvores, escalar montanhas, saltar no rio? Em meu afã, eu tomava os caminhos que considerava mais complexos, como ser humano, dando-me conta no instante seguinte que seriam os caminhos mais naturais a quaisquer dessas criaturas. Subia o terreno tentando deixar para trás um animal rasteiro, para entender que o solo estava sempre abaixo de mim. Escalava um rochedo confiante na habilidade fina de meus dedos, percebendo então que eles só tentavam simular a ação de patas e garras. Quando estava chegando ao cume, questionei-me — cume do quê? Para então olhar para baixo e ver o que me perseguia.

Aquela era minha terra, minha *yerkir*, tanto quanto poderia ser para qualquer ser humano: vivida e conquistada, presente e ancestral. Ainda assim, as pedras se desfaziam em minha mão, o chão abria-se aos meus pés, o vento me empurrava para longe, todos como para dizer: não te queremos aqui! Perdi minha ligação com ela. A terra me expulsava. Minha mão se soltava. E, por alguns instantes, fiquei suspenso no ar. Descolado do monte, vivenciava a queda que deveria enfim ascender-me aos céus. Em segundos de iluminação, achei que havia encontrado meu lugar no mundo.

Então meu corpo se espatifou dezenas de metros abaixo, sobre o solo de minha Hayastan.

"Saindo aqui dos Jardins", Cláudio avisou por Whats ao namorado, às dez da noite.

"Eu numa sessão no CineSesc. Saio daqui uma hora, me encontra?"

O cinema ficava na reta de volta para casa. Cláudio estaria lá em meia hora, mais ou menos, então fez um pouco de hora na casa da avenida Europa. O velho já havia jantado, tomado banho e lia no quarto, se preparando para dormir. Cláudio se permitiu jogar uma partida de trinta minutos no Monster Hunter.

Subindo pelos Jardins, ele não se sentia mais tão confortável; alerta por carros de polícia, ficava com a sensação de ser um intruso, um forasteiro em sua própria cidade, ainda que estivesse lá fazendo seu trabalho — "já fez seu trabalho, agora caia fora logo daqui", era o que pareciam dizer os carros de luxo que o deixavam atravessar, os poucos pedestres com que cruzava na calçada.

Chegando ao CineSesc, a sessão ainda não havia acabado. Logo abaixo havia uma farmácia. Cláudio teve uma ideia.

Quando o namorado saiu, acompanhado de meia dúzia de amigos *hipsters*, Cláudio percebeu que a ideia não tinha sido das melhores — foi tomado de vergonha. Carregava um enorme pacote de fraldas geriátricas.

"Parabéeeeeens, queridos", disse uma bicha maldosa. "Não sabia que o bebê já era para agora. Embora eu devia ter desconfiado, pela barriguinha..." e tocou a barriga do namorado de Cláudio.

Todos fingiram que acharam graça; Cláudio explicou que era para um paciente; uma menina apontou que mico era caminhar pelas ruas carregando aquilo. Cláudio tinha vontade de falar que mico mesmo era se cagar nas calças, e que qualquer um que visse alguém da idade dele carregando aquilo pensaria o óbvio: que ele tinha um idoso a seus cuidados; queria completar com "Deus queira que você nunca precise usar isso novamente, porque com certeza já usou". Mas ficou quieto. Ele não era de confrontos, principalmente com o povo descolado amigo do namorado.

Subindo todos juntos até a Paulista, metrô Consolação, a bicha má foi para o Paraíso, a menina seguiu para a Vila Madalena, outros quatro seguiram para o baixo augusta, se dispersando pelos bares.

"Quer sentar e beber um gim-tônica, rapidinho?", o namorado perguntou.

Só o olhar de Cláudio já respondeu. Estava cansado, carregava um pacote de fraldas. Queria só chegar em casa, tomar um banho, de repente ver uma série e dormir.

Assim terminaram só os dois no baixo-baixo-augusta, além dos bares e dos puteiros, de mãos dadas, como o namorado gostava de caminhar, talvez para mostrar *posse*, para mostrar que estavam juntos ou, como ele costumava dizer: para dar o *exemplo*. "As pessoas precisam ver que existimos, que estamos nas ruas, que somos casais como quaisquer outros." Cláudio não concordava que eram casais como quaisquer outros, mas dava a mão para o namorado, para não mostrar covardia, embora sempre desconfortável, endurecendo sempre que algum possível agressor passava por eles.

Como agora, do pior tipo: um grupo de homens, jovens, héteros, "cis", de cabeça raspada entre o playboy e o skinhead. Cláudio retesou na mesma hora. Fez menção de soltar a mão. Sentiu que o namorado também endureceu, tenso, mas, antes que um deles decidisse soltar de vez, os rapazes os notaram, daí era tarde demais. Daí não dava para soltar. Daí seria sinal de fraqueza. Para piorar as coisas, Cláudio carregava um pacote de fraldas geriátricas. Não tinha jeito. Não tinha como passarem batido. Ele se preparou para piadas e insultos, pensando de forma positiva.

"Mas que casalzinho bonitinho, estão esperando nenê?" Foi o primeiro comentário esperto que escutou.

"Isso aí é fralda para adulto", comentou outro, mais observador, "eles devem estar tão arrombados que não conseguem nem segurar…"

"Dá essa porra aqui", disse outro, arrancando o pacote das mãos de Cláudio. Ele parou por um instante, mas o namorado o puxou. "Deixa, Claw, vamos."

"É 'Claw'", disse um deles, "aproveita e passa aqui a mochila."

Eles seguiram descendo a rua, sem responder aos rapazes. Dois deles se adiantaram e bloquearam o caminho.

"Não tá ouvindo não, arrombado? Passa a mochila."

Cláudio sentiu o rosto ferver. O xingamento, a postura, lembrou-lhe de seu irmão. Em momentos assim ele entendia como pôde, como foi inevitável, como poderia matar de novo.

O namorado tentou argumentar: "Gente, deixa disso. Estamos no meio da Augusta…".

"Ei, gordinho, tô falando é com seu namoradinho curu-mim-iê-iê!", cortou o rapaz. "Passa a mochila, bichona."

Cláudio podia morrer, Cláudio podia matar, entregar a mochila ele nunca faria. Sentia nela o peso do celular, do PSP e, talvez mais importante, do livro que pegou emprestado do seu Domingos.

Sem mais pensar, ele soltou da mão do namorado e tentou correr...

De longe, a grama é sempre mais macia. Contemplando os campos verdes, não vemos as formigas. Acordei numa grama que já não me oferecia tanto aconchego, com latidos que insistiam para que eu assumisse uma função no mundo dos vivos.

"O que está fazendo dormindo aí?" Ouvi a pergunta numa voz grave de homem. Aquilo me fez levantar num salto. Avistei um rebanho de ovelhas, um cão pastor e, entre eles, um menino não muito mais velho do que eu.

"Desculpe?", perguntei mais para saber se a voz vinha mesmo dele do que para entender a pergunta.

"Você é o novo *nakhirdji*? O novo pastor? Fala armênio?"

Era mesmo ele quem falava em sua voz grossa. Eu respondi: "Sim, sim, falo". E minha dupla afirmativa, para uma pergunta tripla, deu a entender que eu era sim o novo pastor.

"Ahhh, já começou mal. Esperei por você até quando pude, então tive de trazer os animais sozinho. *O efendi* vai ficar uma fera se souber que você estava dormindo aí."

Sem saber o que dizer, apenas dei de ombros. Não estava

certo de que queria assumir uma posição de pastor já em dívida com um senhor.

"Bem, agora você está aqui. Eu sou Vartan." E me cumprimentou com um sorriso tímido de menino que destoava ainda mais da voz grave.

Eu disse meu nome, como última possibilidade de esclarecer o equívoco. Provavelmente o pastor esperado era anônimo ou homônimo, porque Vartan me aceitou assim mesmo.

"Seu nome é o nome... Era o nome do meu *agha yeghpayr*, meu irmão mais velho...", ele me disse. E assentimos, compreendendo o que cada um já havia perdido.

Assumi na mesma hora a função de pastor de ovelhas, ajudando Vartan, um trabalho que poderia ser realizado apenas pelo cão, ou mesmo por deus num dia de pouco movimento. Ninguém precisa ensinar uma ovelha a pastar, e elas decoram logo o caminho de ida e volta, a hora de ir e voltar, a rotina do pasto. Ainda assim, nós éramos necessários para conduzir o rebanho mais para lá, mais para cá, como espantalhos de animais selvagens, vigias de bens móveis. Era um acordo vantajoso para ambos os lados, argumentariam tanto os opressores quanto os oprimidos — porque nos dava algo a fazer, um pouco de pão e um teto para dormir. O senhor de terra garantia seu papel de dominador e não precisava efetivamente *pagar* por nosso trabalho. Se ele pegasse de leve no chicote, a situação nem poderia ser considerada escravidão, embora naqueles tempos... naqueles tempos a escravidão de povos oprimidos era considerada algo perfeitamente aceitável e civilizado.

No final do dia, voltei com Vartan para a casa do *efendi* curdo e fui apresentado como o novo pastor. Preocupado com um búfalo doente, o *efendi* nem olhou no meu rosto. Para mim estava muito bem, fiquei feliz de ter um senhor a quem responder e não estar mais jogado à minha própria sorte no mundo.

O *efendi* curdo tinha três esposas, de três sabores diferentes: uma turca, uma curda e uma armênia. Embora fosse normal entre os muçulmanos, eu considerava uma tremenda gula. Aos poucos iria entender que, se para os meninos armênios havia o trabalho servil, de que forma as meninas poderiam arrumar abrigo, senão como esposas? Que um *efendi* pudesse ter mais de uma, era oportunidades a mais para elas. A primeira esposa, a turca, era a mais velha, e habilidosa na costura; a segunda, a curda, estava na meia-idade, e era ótima cozinheira; a armênia era a mais nova e mais bela de todas, e não parecia ter nenhum predicado além da beleza. Provavelmente era filha de algum comerciante armênio rico, morto no massacre. Eu me perguntava que função ela ocuparia na casa quando envelhecesse, se até lá aprenderia algo de útil como as outras. Bem, os armênios tinham de agradecer pela simples dádiva de envelhecer.

Os dias eram longos, cuidando dos animais do despertar até a hora de dormir. As horas se estendiam no campo e eu sentia certa paz na companhia das ovelhas e de Vartan, que era um rapaz esforçado e melancólico, qualidades que fazem todo sentido juntas no sobrevivente de um massacre. Eu não tinha certeza se aquela voz grave era resultado de uma puberdade faríngica, muito sofrimento, ou um trauma severo nas cordas vocais — ou tudo junto. Talvez fosse apenas uma impostação para lhe conferir maturidade e garantir emprego. Talvez por isso Vartan se restringisse a falar apenas o essencial.

Eu conversava mais com o cachorro — Muselin, um pastor caucasiano que estava sempre de bom humor, porque os cachorros afinal só se realizam servindo a um senhor. Muselin é um nome muçulmano, e Vartan me confessou rindo que ele o havia batizado assim. Quando o *efendi* descobriu, Vartan se preparou para o castigo, mas o curdo considerou o nome como uma homenagem e aprovou. Vartan dizia que se arrependeu de não tê-lo batizado como Muhammad.

Quando voltávamos no final do dia do pasto, contávamos e guardávamos os animais, ganhávamos nossa refeição noturna de pão duro e sopa rala e íamos dormir — no *akhor*, o estábulo, como de costume. Eu não esperava nada melhor. Se nas primeiras noites me incomodava com os balidos, as flatulências e o cheiro almiscarado dos animais, logo me acomodei; o cansaço de meus dias no campo era tão grande que vencia qualquer incômodo — deve ser por isso que se recomenda aos insones contar carneirinhos. Além do mais, as noites se esfriavam com o outono, e dormir ao lado dos animais garantia o aquecimento não só pelo calor corporal, como pelos gases e o esterco.

Numa dessas noites em que os balidos faziam parte de meus sonhos, achei que estavam chamando meu nome. É preciso muita imaginação para transformar um "bééee" no meu nome, mas também "bééee" é uma aproximação bem imprecisa do verdadeiro som que fazem carneiros e ovelhas. Ouvindo com atenção dezenas de milhares de vezes, ouvindo sem atenção mais do que isso, começa a ganhar nova sonoridade, significados e sentidos.

Eu me levantei, olhei para Vartan, que dormia pesadamente ao meu lado, cogitei acordá-lo para perguntar se era realmente meu nome que estava sendo chamado, mas enquanto o cutucava o balido se silenciou. Tentei voltar a dormir, e novamente ouvi meu nome sendo chamado. De pé, tentei me guiar pelo som de meu nome; cada vez que parecia estar chegando ao carneiro que me chamava, o som ficava mais distante. Dei uma volta completa no estábulo, voltando ao canto que dormia com Vartan. Foi só então que entendi que o som vinha exatamente do meu companheiro adormecido — fraco, distante, como num boneco de ventríloquo.

Em sonhos perturbados Vartan chamava meu nome, o nome de seu irmão perdido. Lá no fundo, em seu inconsciente, ainda vivia uma voz fina e estridente, como a de um carneirinho.

"Você não quer mesmo ver uma série?", insistiu o namorado. "Baixei aquela nova do Guilherme Weber…"

Cláudio balançou a cabeça. "Só vou ler mais um pouquinho e dormir."

"Não está bravo comigo, né?"

"Não, só estou cansado…"

"Agora que você se acalmou um pouco… Não quer mesmo ir pra delegacia? É importante fazer BO…"

Cláudio bufou. "Você quer que eu passe horas na delegacia? De novo? Depois de tudo o que aconteceu esta semana…"

"Bom, é que hoje você foi vítima…"

"E segunda eu fui o quê? Qual é a diferença para esses porras de policiais?"

"Também não é assim."

Cláudio fechou os olhos e respirou fundo. "Só me deixa terminar de ler e dormir, tá?"

"Tudo bem… Mas não quer dar uma passada nem no pronto-socorro, para ver esse olho?"

Cláudio havia corrido. O namorado correu também. Mas Cláudio estava com a mochila, que interessava mais aos *tchétes*. Foi agarrado por ela. Puxado para trás. Não foi uma cena bonita, uma briga cênica; Cláudio se desequilibrava e fincava as unhas no rosto do primeiro que vinha; outro vinha e o puxava pela camiseta, que esgarçava; uma das alças da mochila arrebentava; desferiam-se socos que acertavam o ar; um cara acertava o outro; um acertava o olho de Cláudio.

Mas estavam em plena Augusta, afinal, tarde da noite, ainda não madrugada. Um carro da polícia passou e todos se dispersaram, inclusive Cláudio. O namorado ele só encontrou na porta do prédio, na praça Roosevelt.

Quando se olhou no espelho, Cláudio trincou internamente. Seu olho esquerdo estava roxo e inchado, à la Rocky Balboa. Seria algo a se explicar no dia seguinte, para a psicóloga, e no outro, no trabalho, para seu Domingos.

Deitado na cama, ele só queria ler mais um capítulo e dormir. Seu olho já não ajudava, e a iluminação era péssima — ele pensava em como a casa de um pretenso artista podia ser tão ruim para a leitura, como ele via o namorado tão raramente com um livro...

Esforçando-se para decifrar os parágrafos, pensava também em como a aura negra do livro parecia acompanhá-lo. Ou era ele que fazia a conexão de sua própria vida com a história do livro?

"Você sempre fica assim, né? Com um novo paciente..." o namorado interrompia novamente sua leitura.

"Assim como?"

"Interessado... mergulhado no universo dele. Lembra daquela bicha velha de Higienópolis, que te fez ouvir ópera..."

"E você ficou com ciúmes..."

"A gente estava começando, né? Depois eu fui entender. Você é assim com todos seus pacientes, se interessa pelos gostos deles, acho bonito. Pena que é um trabalho tão pouco recompensador..."

Cláudio não respondeu. Queria mostrar que ainda estava lendo.

"Esse livro é sobre o quê, a Armênia? O Holocausto?", o namorado insistiu.

"São as memórias de um sobrevivente do Genocídio Armênio."

"Deve ser pesado..."

"Um pouco... mas tem um tom meio de conto de fadas... Tem uns personagens legais, uma cobra falante, um menino com voz de homem, uma menina que se veste de menino..."

"Tipo *Grande sertão?*"

"Tipo Mulan."

"Podia dar uma série..."

"Ou um game. Um *survival horror*." Cláudio conseguiu rir. "Falei isso pro seu Domingos, que podia dar um game, e ele quase caiu duro."

"Bom, game com a Segunda Guerra tem um monte, não tem?"

"Sim. E deve ter algum sobre os armênios, preciso pesquisar..."

"'Preciso pesquisar.'" O namorado deu um beijo na bochecha de Cláudio. "Daqui a pouco você está baixando para jogar com o seu Domingos..."

Cláudio riu curto, demonstrando que queria voltar à leitura. O namorado continuou: "De toda forma, essas memórias são sempre meio sem graça, né? A gente já sabe como termina, sabe que quem escreveu vai sobreviver no final...".

Eu me tornei pastor porque o verdadeiro pastor esperado nunca chegou. E um dia descobri o porquê. Conduzindo as ovelhas num morro um pouco mais elevado, aonde geralmente tínhamos preguiça de ir, encontramos a carcaça de um menino de idade próxima. Paramos diante do corpo — havia muito que uma visão daquelas não era novidade — não tinha os olhos, as mãos, a barriga estava aberta, vazia, sem as entranhas. "Malditos turcos", disse Vartan.

Eu contemplava o corpo com certa culpa — Vartan não tinha como saber, mas eu imaginava que aquele era o pastor de quem eu havia tomado o lugar. Pensava se não deveria ser eu ali, pensava se não o havia condenado de alguma forma. Bobagem. Assumi meu lugar como pastor exatamente porque aquele estava morto. E embora os turcos fossem a causa mais comum de qualquer desgraça que ocorresse em Hayastan, naquele caso eu tinha minhas dúvidas.

"Parece ter sido comido por um animal", ofereci outra causa possível.

Vartan assentiu. "Sim. Um corpo caído no campo sempre atrai cães do mato, aves de rapina..."

Ou lobos? Ursos? Eu me lembrei de uma de minhas mortes, perseguido de noite por um animal anônimo, uma fera desconhecida. Os turcos já eram o suficiente para me dar pesadelos, e eu me perguntava se havia besta pior rondando aqueles campos...

A dúvida aumentou no final daquele dia, quando, voltando para a casa, dei pela falta de um carneiro. "Vartan... Vartan... Acho que está faltando um." Se levar e trazer os animais era um trabalho que não exigia muito além da própria boa vontade deles, contá-los todo final do dia já era tarefa mais traiçoeira. Os carneiros e ovelhas eram quase todos iguais, alguns maiores, alguns mais claros, e não paravam quietos, misturando-se a todo momento. Por isso a contagem era muitas vezes deixada de lado por nós pastores, com a certeza de que estavam todos lá, mas nunca pelo *efendi* ao chegarmos em casa, pois afinal era seu patrimônio na mão de crianças.

Vartan se virou e olhou rapidamente por sobre as cabeças, como se, por ter um pouco mais de experiência, pudesse ter a contagem exata assim, numa visão ligeira. "Tem certeza? Acho que não falta nenhum, não. Não perdemos nenhum de vista..."

Se eu dominasse a fina arte da ironia, responderia: "Sim, escute os balidos, não acha que está um décimo de tom abaixo?". Mas aquilo não era muito exercitado naquelas peregrinações pelo Curdistão, então eu me apoiei nos meandros de meu ofício. "Você me pediu para contar os carneiros sempre que voltássemos, antes de chegar ao *efendi*, e hoje estou lhe dizendo: Acho que está faltando um."

Vartan parou, se virou e nós dois começamos a contar em voz mais ou menos baixa, até que o mais ou menos de cada um começou a colidir com o outro, atrapalhando a contagem e, cruzando olhares irritados, reiniciamos. E se a primeira contagem havia sido meio trôpega, e a segunda caótica graças a um grupo de ovelhas se estranhando, a terceira deixou quase certo que faltava mesmo um carneiro. E a quarta confirmou. Nos entreolhamos, lívidos.

Não havia muito o que fazer. Um poderia voltar ao pasto e buscar o carneiro perdido — e o outro? Para onde levar todos esses carneiros enquanto se esperava? Os animais já seguiam em frente, voltando para casa, para o verdadeiro dono, quase com sorrisos nos cantos dos lábios: "Veja só o que seus pastorezinhos aprontaram hoje...".

Decidimos que o melhor a fazer era não fazer nada. Nosso trabalho era cuidar, levar, trazer e contar os carneiros. Falhamos nisso. Se o *efendi* descobrisse, seríamos castigados. Ou talvez ele apenas contasse os animais, percebesse que um estava faltando e então mandaria um de nós de volta, que poderia procurar o animal com calma, ainda que de noite... e com sorte trazê-lo de volta.

Mas o *efendi* não reparou. Chegando na casa ele contou os animais como de costume, com as pontas dos dedos unidas como se regesse uma orquestra de balidos, e se deu por satisfeito. Talvez só fingisse contar para manter o controle. Talvez não contasse tão bem assim. Toda noite trazíamos os carneiros todos, por que ele faria uma contagem precisa?

Só que no dia seguinte foi a mesma coisa. Pastoreei com bastante cuidado, de olho atento em todo o rebanho, e ao voltarmos no final do dia eu contei e faltava mais um. Alertei Vartan, que pareceu tão surpreso quanto antes.

"Como pode ser? Não descuidamos um segundo..."

"Pois é..."

Voltamos para casa. O *efendi* contou os animais e novamente não deu pela falta. Dormi aliviado e jurei a mim mesmo que teria atenção redobrada no dia seguinte.

E no dia seguinte se passou novamente. Não tirei os olhos um minuto do rebanho. Fiquei distante o bastante e próximo o suficiente para ver todos e não perder nenhum, mas no final da tarde havia mais um faltando. "Isso não é possível", disse a Vartan, "não tiramos um minuto os olhos dele."

Vartan concordou. "Nenhum nos escapou, tenho certeza. Parece até coisa do Diabo..."

"Coisa do Diabo será se o *efendi* descobrir. Vamos ficar quietos e torcer para ele novamente não perceber."

E ao chegarmos na contagem do fim do dia, o *efendi* novamente pontilhou as cabeças e nos liberou. Já tínhamos três carneiros a menos. Mesmo que nenhum mais desaparecesse, ele acabaria dando pela falta.

"Foi um ataque homofóbico ontem de noite, no baixo augusta", Cláudio se apressou em dizer logo que se sentou em frente à psicóloga, no dia seguinte.

A mulher, nos seus cinquenta e poucos anos, cabelos crespos mal tingidos, dentes bem manchados de nicotina, o examinou como uma especialista; seu olho esquerdo roxo-inchado-fechado deixava claro. "Deu queixa? Fez BO?"

Cláudio torceu a boca para ela. A resposta era óbvia.

"Se você foi agredido, é importante dar queixa…"

"'Se' eu fui agredido?"

"Sim… Quando você é agredido, é importante dar queixa."

"Bom, foi só um soco."

"Foi um belo soco."

"Para mim não parece tão bonito…"

A mulher sorriu para ele, um sorriso até que maternal, Cláudio não tinha certeza, havia tanto tempo que não via a mãe, e as figuras que ocuparam esse posto nos últimos anos ou estavam sendo pagas para isso ou o estavam pagando. "Tem certeza de que isso aconteceu ontem mesmo, Cláudio? Sei da sua passagem pela polícia na segunda…"

"Eu não tive 'passagem pela polícia'! A polícia me pegou porque eu estava sem documentos. Eu estava trabalhando. Acompanhando um paciente num passeio pelos Jardins…"

"Ei, não vamos chegar a lugar algum se você ficar na defensiva. Estou aqui para te ajudar…"

Cláudio suspirou. "E eu estou falando que não fiz nada de errado. Só esqueci os documentos… Na segunda, digo."

"Sei. E ontem, no baixo augusta, você estava…?"

"Trabalhando também! Quer dizer, estava voltando do trabalho. Saí do trabalho dez e pouco da noite e estava voltando direto para casa… moro ali do lado!"

A psicóloga abaixou a cabeça, balançando e anotando algo no seu caderno. "Cláudio… Não estou falando que você tem culpa de nada, por favor, não me entenda errado. Mas você já parou para pensar como, de uma forma ou de outra, você sempre se mete em encrenca? Sempre está no lugar errado, na hora errada? Já parou para pensar na responsabilidade que você pode ter nisso?"

Os olhos de Cláudio se encheram de lágrimas, como se encheram tantas vezes, como se encheram tantas vezes nas sessões com aquela mulher, em que ele dera razão a ela, porque ela era a autoridade. Se ele fora demitido: "Procure entender o que você fez de errado". Ou se ele não conseguiu um emprego: "Você tem que entender que já fechou muitas portas". Até um caso de chatos que ele pegou, quando ainda era solteiro, e teve a bravura tão tola e desnecessária de revelar a ela: "É o preço que você paga por essa vida, Cláudio" (sendo que "essa vida", no caso, era apenas uma vida sexualmente ativa… ou passiva). Dessa vez ele engoliu em seco, amargo, e respondeu:

"Bom, você já parou para pensar que eu sou jovem, gay, pardo, cara de pobre, com passagem pela polícia? Você já parou para pensar que vão sempre me parar de novo? Que sempre vou me meter em encrenca porque sempre vão encrencar comigo?"

A mulher bufou. "Não se vitimize, Cláudio, você é melhor do que isso."

"Será que eu sou? Será que eu sou?! Quem acredita nisso?"

"Bom, se *você* não acreditar será impossível. Esse mimimi não leva a nada..."

"E basta eu acreditar? E tudo o que eu já passei?"

"Cláudio, você não pode se apoiar sempre no seu passado, no que você passou. Você teve a oportunidade de começar do zero..."

"Que ZERO? Eu teria de nascer de novo! Eu tenho a cara, a cor errada! Como não serei sempre um cidadão de segunda classe? Como um armênio na Anatólia?"

Nisso a mulher congelou. Então soltou uma gargalhada. "Que comparação esdrúxula, Cláudio! De onde você tirou isso?"

Cláudio titubeou, meio envergonhado. "Tenho lido sobre o Genocídio Armênio..."

A mulher voltou ao seu caderno. "Bem, pelo visto não tem lido direito. Porque a comparação não tem pé nem cabeça. O genocídio em si já é algo bem discutível, uma total propaganda de vitimismo. Armênios morreram na Primeira Guerra como morreram turcos, como morreram curdos. Usar a palavra 'genocídio', como o que aconteceu de fato com os judeus, é total desonestidade."

Cláudio franziu a testa olhando para a mulher. "Você sabe do que está falando? Pesquisou mesmo sobre o tema? Eu tenho estudado!", pôde dizer com certo tom de orgulho.

"Sei muito bem do que estou falando, Cláudio. Posso não ser especialista na história da Primeira Guerra Mundial, mas sou neta de turcos. Meus avós viveram bem esse período. Meu bisavô foi oficial do exército, inclusive."

Nisso, Cláudio simplesmente se levantou e saiu da sala.

Problema no trabalho é algo que tira o sono de qualquer homem, e da mesma forma tirava meu sono de menino, dormindo no estábulo. Meu trabalho era vigiar e cuidar dos animais, estava fracassando miseravelmente. Três carneiros já haviam sumido. Pior é que Vartan, que sempre fora tão responsável, não parecia estar se importando tanto assim. Dormia pesado, como de costume, gemendo meu nome em agudo.

Eu pensava no pastorzinho que encontramos morto, o pastorzinho de quem eu havia roubado o lugar. Se acreditasse em fantasmas, acharia que o menino estava se vingando, conduzindo carneiros para longe do rebanho, para as garras da fera que o matou. Ele havia perdido a vida, mas eu perderia boa parte do couro, quando o *efendi* descobrisse...

Só que eu não acreditava em fantasmas, ainda não. Os fantasmas mais possíveis para mim, minha mãe, meu pai, haviam aparecido apenas em sonhos fugidios, desaparecidos, sem me fazer ter esperanças. Era impossível. Com tanto sangue derramado naquela terra, se os mortos quisessem insistir, teriam de fazer fila, estariam tropeçando uns nos outros, teriam motivos bem mais graves para vingança...

Após horas pensando sobre isso, me revirando no feno, farto de carregar aquele fardo sozinho, fiz menção de acordar Vartan. Foi então que notei que meu nome não saía mais dele. O garoto dormia em silêncio, um sono tranquilo, e meu nome continuava ecoando entre aquelas paredes. Como era possível? Eu me levantei, verifiquei novamente meu colega e olhei ao redor.

O nome parecia vir de um carneiro ao longe, como sempre parecera, agora não mais fruto de ventriloquismo onírico. Fui seguindo pelos carneiros, observando seus semblantes entediados, suas bocas que não tinham nada a dizer, até chegar ao animal que parecia estar dizendo meu nome.

Fiquei parado diante dele, observando-o. Era um animal bem ordinário, de pelo creme emaranhado, com aquela eterna expressão de humor apalermado que têm os ruminantes. Não dizia nada. Quando eu estava prestes a virar-me novamente, o animal me chamou. "Você mesmo!"

"Ei! Eu ouvi, é você que está falando. Agora não tenho dúvida!"

O animal permaneceu em silêncio e eu belisquei a mim mesmo para me certificar de que não sonhava. Lembrei-me de um antigo vizinho árabe que tinha uma ave exótica, um pássaro verde que imitava o som dos homens. Muitos achavam um truque engraçado, e pediam todo tipo de teste para confirmar que era a ave quem falava. Mandavam o dono sair da casa, o pássaro não falava. Enchiam a boca do dono de pão, o pássaro seguia mudo. Ele explicava que ele mesmo precisava falar para o pássaro repetir, e dizia *"la ilah illa allah"* e o pássaro repetia. Todos saíam convencidos de que era um bom truque, não tão bom assim — não seria tão bom se revelasse o truque, nem se revelasse que havia pássaros que realmente imitavam a voz humana, como eu já havia aprendido na escola.

E não poderia ter aprendido que esse também era um talento dos carneiros? Como as serpentes que tentam os homens a provar do fruto proibido? De repente eu não tivera tempo de receber essa lição. Ouvindo noite após noite, toda madrugada, Vartan repetindo o nome de seu irmão morto, que por acaso era o meu nome, um carneiro mais articulado não poderia ter aprendido a bali-lo?

Como que para dispersar minhas dúvidas, o carneiro abaixou a fronte, encarou-me objetivamente e me respondeu:

"Sim, estou falando. E me surpreendo que agora dê ouvidos."

Eu o encarei, confuso.

"Vocês armênios, com sua poça de ressentimentos, suas famílias massacradas, já pararam para pensar sobre *nossas* famílias? Nosso *madagh* diário?"

Bem... pensar, eu até havia pensado. Já havia tido carneiros em casa. E tiveram o mesmo fim de todos. Menorzinho, eu havia me apegado, havia até batizado um carneirinho como Isaque, e o vi crescer para terminar com o pescoço cortado por meu pai — eu chorava sem nem mesmo o consolo de poder provar da carne de meu amiguinho: foi entregue a um vizinho como presente de noivado. Só não havia pensado que os animais tinham *consciência* e resistiam a seus próprios destinos. Eu poderia argumentar que os carneiros nasceram para isso — mas e quanto aos armênios, que nem deveriam ter nascido?

"Felizmente, não guardo ressentimentos", prosseguiu o carneiro. "Acha que nós, ruminantes aguentaríamos guardar amargor por tanto tempo? Ruminamos, ruminamos, e esquecemos."

Se havia esquecido, por que trazia o assunto? Pensei em retrucar. Preferi apoiar-me em minha inocência. "Eu só faço meu trabalho. Nunca matei eu mesmo um carneiro. Tenho meu destino decidido por outrem tanto quanto você."

O carneiro assentiu. "Sei bem. Ao contrário de seu coleguinha. Por isso vim alertá-lo sobre ele."

"Vartan?", perguntei. "O que há de errado com ele?"

O carneiro deu de ombros, tanto quanto poderia um carneiro. "Pergunta a mim? Como vou saber? Eu sei lá o que se passa na cabeça de vocês humanos! Só sei que é ele quem está sumindo com meus irmãos."

"Não é possível. Não desgrudo o olho dos carneiros o dia todo. Ele não teria oportunidade…"

"Você não desgruda o olho dos carneiros o dia todo, mas o dia todo já há um carneiro faltando. Sumir com o carneiro é a primeira tarefa do dia para ele, enquanto você dá água aos outros animais. Quando vocês saem para o pasto, já há um carneiro faltando."

Aquilo fazia sentido. Nós não contávamos os carneiros no começo do dia, certos de que não teriam como escapar durante a noite. Mas… "O que ele faz com o carneiro?"

"Isso eu já não sei. E não quero que chegue minha vez de descobrir."

Cláudio chegou para trabalhar na manhã de sábado com o olho roxo e um novo pacote de fraldas, que comprou na travessia da Augusta. Não cabiam numa sacola, então pensou em trazê-las numa mala, não para evitar o constrangimento de caminhar novamente pelas ruas com elas, mas para evitar que as empregadas vissem, para poupar seu Domingos. Era inútil — elas que arrumavam a casa, tiravam o lixo, seria inevitável que descobrissem. Carregar uma mala também dificultaria todo percurso do Centro ao Jardim América-Europa, que ele tinha tanto prazer em fazer a pé. Levou-as na mão, recebendo olhares de escárnio pelas ruas, ou o que ele imaginava serem olhares de escárnio. E, já na porta, Cláudio teve a péssima surpresa de encontrar dona Beatriz, acompanhada de um enfermeiro-bicha de meia-idade.

"Cláudio..." A senhora olhou das fraldas para o olho inchado, do olho inchado para as fraldas. "Parece que a sexta-feira foi animada..."

"Ah, desculpe, dona Beatriz, sofri uma tentativa de assalto quinta à noite."

"Não há o que se desculpar por isso. Está tudo bem?"

"Sim, sim. Nem conseguiram levar nada."

"Você deu uma examinada nesse olho?", perguntou o homem vestido de branco. "Posso dar uma olhada para você. Com visão não se brinca..."

"Hum, Cláudio, deixe eu te apresentar", dona Beatriz se adiantou, "este é o Virgílio. Ele é enfermeiro e vai cuidar do meu tio na maior parte do tempo. De modo que você só vai precisar cobrir as folgas dele, as noites em que ele não dormir aqui e coisas assim..."

"Essas fraldas são para o seu Domingos?", questionou o homem. Cláudio antipatizou com ele na mesma hora, com aquela postura ereta, aquela homossexualidade *vintage*, de quem ainda morava com a mãe, aquele cabelinho que, se não era peruca, pegava emprestado dos lados para cobrir a calvície.

"Também é novidade para mim", comentou Beatriz, num tom severo.

"Sim, ia conversar com a senhora... Ele teve um pequeno acidente e achei melhor trazer, por precaução..."

"Certo..." A senhora manteve os olhos em Cláudio por um instante, então se voltou para Virgílio. "O senhor vem na segunda, não é?"

"Isso. Pode deixar que segunda assumo. Este fim de semana infelizmente já tinha compromisso marcado..."

"Tudo bem, esperamos o senhor então." Eles se despediram e dona Beatriz chamou Cláudio para conversar na sala.

Quando acordei no dia seguinte, não tinha certeza de que o diálogo com o carneiro não havia sido sonho. Mas contei os animais, fui cuidar de minhas tarefas e, quando saímos enfim para os campos, repeti a contagem. Havia um a menos.

Pastoreamos como todos os dias. Eu agora com a convicção de que Vartan estava desaparecendo com os animais. Queria dar a ele a oportunidade de se confessar — éramos armênios, quase irmãos, havíamos perdido nossas famílias, sofríamos os mesmos perigos — se Vartan estava roubando carneiros para alimentar a outros, se estava apenas querendo prejudicar o *efendi*, eu precisava saber. O que não fazia sentido era eu ser castigado pelas artimanhas de meu companheiro.

"Talvez devêssemos contar os carneiros agora", eu sugeria, dando a deixa a meu amigo.

"Espere quando estiverem todos juntos", respondia Vartan.

"Talvez devêssemos contar todas as manhãs, antes de sair."

"Eles não têm como escapar durante a noite, com o estábulo fechado."

"Eles estão desaparecendo, de qualquer forma. Estou quase certo de que há um a menos hoje."

"Vire essa boca para lá. Vamos apenas ficar atentos, que mais nenhum desaparece."

E no final do dia, obviamente, nossa contagem registrou a falta do animal. "Já são quatro a menos nos últimos dias. Não tem como o *efendi* não perceber", me disse Vartan.

"Sim, não tem como ele não perceber", respondi, apelando para que meu amigo tomasse juízo.

Vartan pensou por alguns instantes. As ovelhas e carneiros já iam seguindo para casa, Muselin latindo para que os acompanhássemos, não adiantava conter o rebanho.

"Vá com eles", o garoto disse. "Vou encontrar os animais que faltam."

Achei aquilo uma grande piada. "Encontrar os *quatro* animais que faltam? Agora? É impossível…"

"Vá, *enguêres*!", Vartan disse vendo que os animais já se distanciavam. "Segure o passo dos animais o máximo que puder. Use Muselin para distraí-los. Vou fazer tudo o que puder para recuperar os que sumiram." E assim correu em disparada pelo campo.

Eu me perguntava se havia batido o remorso, a culpa, a razão, e agora Vartan iria trazer os animais de volta, de onde quer que os havia escondido. Ou se iria fugir de vez, para não ser pego. De todo modo, eu ficava com o rebanho todo para apresentar ao *efendi*, que nos esperava a poucos quilômetros dali. Eu chamava Muselin, tentava frear o passo dos animais, que seguiam em seu trote costumeiro — conseguia retardar um ou outro, e a massa continuava no ritmo instaurado pela rotina.

Logo avistava a porteira e o *efendi*, com sua barriga que se estendia além de sua propriedade. Virava para trás e nem sinal de Vartan. Meu deus, teria de tratar daquilo sozinho. O *efendi* podia ser péssimo de conta, mas não teria como não dar pela falta de um dos seus pastores. Se bem que... a fuga de Vartan me eximia da culpa. Sumiram quatro animais e Vartan — eu voltava fielmente com o restante.

Ao avistar-me, o *efendi* se adiantou. "Onde está Vartan?"

Eu balbuciei, ainda não seguro de minha resposta. "Vartan foi buscar... o campo... os animais que..."

"Tire essa maçã da boca! Onde está Vartan?"

"Ele sumiu com quatro carneiros, *efendim*", despejei, com os sentimentos conflitantes de um vômito, entre o aliviado em botar para fora e a tristeza pelo que me intoxicava.

"Com quatro carneiros?"

"Contagem exata, *efendim*. Eu não perderia um único de vista..."

O *efendi* coçou sua longa barba, ponderando, e perguntou: "Então por que levou quatro dias para me relatar o sumiço desses quatro carneiros?".

Na mesma hora engasguei, balbuciei, inspirei fundo repensando o que dizer. *Quando não sabe o que dizer, diga apenas a verdade*, vinha a fala de meu irmão.

"Ou vai me dizer que os quatro desapareceram juntos hoje, com Vartan?" Dito isso, o *efendi* apontou com o queixo, e vi Vartan voltando logo atrás, sem nenhum dos carneiros perdidos.

"Eu... Bem... os carneiros... acho que...", eu tentava ganhar tempo.

O *efendi* retomou a palavra, dirigindo-se a Vartan. "Seu colega aqui me dizia que você havia sumido com quatro carneiros. O que tem a dizer sobre isso?"

Vartan olhou para mim, me fazendo abaixar a cabeça. Seu olhar era um misto de incredulidade, decepção e rancor.

"Eu estava procurando pelos carneiros, *efendim*. Eles têm sumido a cada dia e não entendo como."

O *efendi* assentiu. "Muito bem, Vartan. Agradeço sua honestidade, sua lealdade. Os carneiros têm sumido há quatro dias porque há quatro dias que pego um deles, a cada manhã, e vendo para a vila. Queria saber quando dariam pela falta e, acima de tudo, quando contariam a mim. Você está perdoado pela sinceridade. Agora, seu colega aqui, o que acha que ele merece por tentar colocar a culpa em você?"

"Quando pretendia me contar sobre as fraldas?", perguntou dona Beatriz. Cláudio olhava para o carneiro-campainha na mesa de centro da sala de visitas. Tinha vontade de fazer soar o alarme para seu Domingos vir salvá-lo.

"Hoje... quer dizer, quando visse a senhora. Seu Domingos mesmo não sabe. Não conversei sobre isso com ele. É que... tipo, tenho notado pequenos acidentes, respingos. Trouxe a fralda por precaução, via das dúvidas, tipo, nem sei se ele vai querer usar, se precisa realmente. Por isso ainda não tinha avisado a senhora."

"Cláudio... Eu sou a responsável pelo tio Domingos. Sou a mais próxima da família, eu que te contratei. Preciso saber de tudo o que acontece com ele."

"Sim, sim, claro... Me desculpe. É como eu disse, tipo, as fraldas foram só uma ideia..."

"Passei o dia ontem aqui com meu tio", ela o interrompeu. "Percebi que ele está bastante deteriorado, muito mais do que eu pensava. Por isso me apressei em arrumar outro cuidador, um enfermeiro de verdade..."

"Bem, dona Beatriz... eu conheço o seu Domingos há poucas semanas, então não tenho como avaliar o quanto piorou. Mas posso dizer que, para a idade, ele me parece ótimo. Tipo, está lúcido, enxerga bem, ouve bem, se locomove com facilidade, teve aí só uns episódios de incontinência... Eu diria até que o estado dele é, tipo, excepcional."

"Eu não diria isso", rebateu Beatriz. "Mas vamos deixar a opinião para os profissionais, não é?" Aquilo fora dito para magoar. Até semana passada, ela considerava Cláudio um profissional. "Marquei médico para ele na segunda. E agora com o Virgílio aqui ficarei mais tranquila."

"A senhora é quem manda. O importante é que seu Domingos não se sinta infantilizado. Tipo, ele precisa ter o espaço dele, o tempo dele e tal. Ele não gosta de se sentir vigiado, gosta de ficar quieto, de escrever e anotar naqueles livros..."

"Sim, você também tem lido para ele, não é? Acho bom que ele se distraia, mas não foi só para isso que contratei você. Ou talvez devesse ter contratado um enfermeiro desde o início. Não é a primeira vez que cometo esse erro. O cuidador anterior era um rapaz que não tinha a menor experiência com idosos, era aspirante a poeta, meu tio adorou ele, ficavam discutindo literatura o dia todo. Teve também um que era historiador, que estudava a Armênia — deveria ter *pagado* para ficar com meu tio em vez de receber..."

Cláudio sentia-se ciumento, como se estivesse ouvindo sobre ex-namorados de seu atual. Um poeta, um historiador, discutiam sobre livros... Será que discutiam sobre o livro que seu Domingos escrevia? Será que, de alguma forma, o ajudaram a escrever? Todos seriam muito mais qualificados do que ele... ainda que ele fosse qualificado como cuidador. Ele era qualificado como cuidador, tinha de acreditar.

"Tio Domingos é muito... paternal", continuou dona Beatriz. "Acho que se sente culpado pelo filho. Ele se apega muito fácil a qualquer garoto que vem aqui cuidar dele."

Os golpes só pioravam, ele era só mais um, mas Cláudio aproveitou a deixa para perguntar: "Seu Domingos teve filhos? Tipo, não sei nada sobre o passado dele...".

"Ele teve um filho, Hampig. Eu não o conheci direito. Nunca fui muito próxima do meu tio, para dizer a verdade, só começamos a nos ver com frequência depois que todos morreram e me tornei a única que podia cuidar dele. Sei que a relação dele com o filho era complicada. Ele se casou com uma não armênia e meu tio ficou furioso. Uma bobagem, coisa de armênio, essa xenofobia: 'Se não preservamos nossa raça, o plano dos turcos para nos exterminar terá sucesso'. A mulher dele, minha tia-avó, Anahid, não era tão radical, ela manteve contato com o filho, com a nora. Anahid era uma madame, mas era mais próxima da família como um todo. Ficou muito magoada quando o filho morreu sem fazer as pazes com o pai. Não tiveram netos, o que só piorava as coisas, porque parecia uma maldição do tio, sabe, não misturar as raças. Ela morreu pouco depois. Acho que meu tio se arrepende muito do que fez."

"Do que morreu o filho dele?", Cláudio perguntou, entendendo agora seu Domingos tão melhor.

"Acho que foi derrame, ou problemas cardíacos... Ele já era um senhor de idade, de todo modo. Quando se passa dos noventa, como meu tio-avô, acontecem essas coisas, não é? De ter filho que morre de velhice..."

Acordei com uma mão feminina. Não precisava nem abrir os olhos para saber: a maciez, a delicadeza, o perfume de mel e flores secas. Não queria abrir os olhos. Tentei identificar o toque de minha mãe — minha mãe tinha um toque carnudo e cheiro de farinha e goma. Pensei que talvez pudesse ser o toque de Suvi — só que essa tinha um toque firme e cheiro químico de hospital. Mentalizei as mulheres que mais queria que estivessem à minha frente: minha avó, minha tia, minha amiga Sultan, e tomei coragem para finalmente abrir os olhos. Não era nenhuma delas. E surpreendi-me por ser uma mulher não exatamente desconhecida, mas não imediatamente identificável.

A mulher pareceu compreender-me, como pareciam compreender-me tão bem todas as mulheres, e explicou: "Sou Anna, a terceira esposa do *efendi*. Consegui uma cama para você se recuperar".

Nisso, vieram imagens de meus momentos antes de apagar. O *efendi* com a vara. Vartan dizendo que já bastava. O *efendi* passando a vara para que ele continuasse...

Sentia agora o corpo todo quente e inchado, como se picado por um enxame de abelhas. O cheiro de mel das mãos de minha enfermeira seria a recompensa?

"Está inconsciente há tantos dias... Precisa tentar comer um pouco." A mulher me estendeu um prato com carneiro, coalhada, arroz. Com o cheiro forte, quase vomitei.

"Por favor, coma. Está uma delícia."

Ainda que muitos prefiram um café da manhã frugal, preparando-os aos poucos para o dia dos acordados, parece ser um consenso que uma refeição substanciosa é recomendada ao se despertar; e provavelmente com essa mentalidade Anna me oferecia aquela comida, com um erro de conceito, todavia. Eu não acordava para o mundo como um pré-adolescente que crescera durante o sono, e sim renascia como um armênio condenado, que estivera morto nos últimos dias. Mais adequado seria comida de bebê. Aquilo era temperado demais, firme demais, duramente mastigável. A carne salgada ardia em minhas gengivas, meus dentes moles não eram capazes de parti-la, o arroz me fazia engasgar. Acabei engolindo apenas um pouco de coalhada e voltei a dormir.

Acordei no dia seguinte com outra mão em minha fronte. Essa era seca, áspera e tinha um cheiro fibroso, como lã ou madeira, nitidamente feminina pela ossatura fina, pequenina, firme, como as garras da águia. Ao abrir os olhos, entendi que era a primeira esposa do *efendi*, Fetye, a turca e mais velha.

"Você já dormiu demais. Gastou de cama mais do que vale como homem, se é que podemos chamá-lo de homem. Consegue ficar de pé?"

Eu mal conseguia assentir com o pescoço, mas fiz um esforço, que passeou por todo meu corpo e voltou ao cérebro com a resposta: não.

"Vamos. Um armênio de corpo mole é um armênio morto", e puxou meu corpo sentado na cama, que ficou ereto como um boneco de pano, voltou a cair quando ela me soltou.

"Muito bem. Fique aí então. Quando eu voltar, puxarei essa cama debaixo de ti."

Quando acordei novamente, era outra esposa que me cuidava. Percebi antes de abrir os olhos: essa tinha mãos gorduchas e oleosas, cheiravam a gergelim e especiarias — a esposa do meio, Bulbul, a curda.

"Trouxe uma sopa. Beba, você precisa se fortalecer."

E serviu colheradas que ainda ardiam na boca, mas desciam pela garganta como um caldo nutritivo. Eu quis agradecê-la, tentei sorrir, consegui regurgitar parte da comida.

"Logo você estará de pé", disse ela limpando-me a boca. "Tem de agradecer por isso."

E assim se revezavam as três mulheres: Fetye, Bulbul e Anna — a turca, a curda e a armênia. Cada dia uma vinha cuidar de mim. A diferença entre elas ficava mais perceptível conforme eu ia me recuperando: Fetye era imperativa, querendo jogar-me da cama; Bulbul era prestativa, cuidando-me com eficiência; e Anna mimava-me de forma despropositada. Para que eu me recuperasse, cada uma fazia de uma forma: a primeira queria me empurrar da cama, me fazer funcionar no tranco. A segunda me limpava e me alimentava com o essencial, sem se sensibilizar. A terceira me dava muito mais do que eu pedia...

Eu tentava relaxar enquanto ela me passava o pano úmido. Estava preparado para a dor ou ao menos para o incômodo, mas o toque de Anna era tão delicado que eu me questionava se cumpria de fato a função de limpeza. Quando ela deslizou a mão para minhas partes íntimas, o desconforto foi de outra natureza. E eu tive de me concentrar para não retesar, fracassando rigidamente.

"Ora, ora, um *hay* acamado ainda é mais potente do que um *efendi* saudável", piscou para mim.

A surpresa e o pânico que se apossavam de mim não eram suficientes para desestimular-me. E nem a ela. Concentrou sua limpeza na região, em movimentos rítmicos, que me concederam a primeira ejaculação de minha vida.

Quando ela partiu, observei por baixo dos lençóis meu próprio esperma, ralo e seco como água de coalhada — nem isso ela foi capaz de limpar —, cobrindo também os primeiros pelos, que eu nunca havia visto antes de apagar. Procurei limpar tudo com as mãos, os lençóis e a saliva, com medo de ser descoberto pela próxima enfermeira. Afinal, o dia seguinte era de Fetye, a turca castradora.

Quando Cláudio encontrou seu Domingos no escritório, pôde constatar como ele havia deteriorado. Foi só um dia sem vê-lo, mas algo havia se perdido, uma chama. O velho se sentava em sua poltrona, sem seu caderninho, lendo uma edição bilíngue de A *divina comédia*. Usava óculos de leitura, que Cláudio nunca vira nele antes.

"Bom dia, seu Domingos, como se sente?"

O velho levantou os olhos, pareceu examiná-lo sem reconhecê-lo, e respondeu: "Bom dia, meu filho. Estou bem, e você?".

Cláudio sorriu. O velho não perguntou sobre o olho inchado; ele fez questão de explicar: "Tive uma tentativa de assalto", apontando para o olho. "Queriam levar minha mochila. Mas nunca que eu ia deixar que levassem seu livro", Cláudio quis dar uma piscadinha para ele, sentiu o olho doer.

"Ahhh, que bom... Que livro era mesmo?"

Cláudio sentiu uma pontada. "O seu livro, seu Domingos, sobre a Armênia, o sobrevivente do genocídio..."

"Ahhh, sim..."

Cláudio não tinha certeza de que seu Domingos tinha se lembrado do livro, do livro que *ele havia escrito*. E o comentário seguinte deixou claro:

"Sabe que ainda quero escrever um livro sobre isso? Preciso registrar, enquanto ainda me lembro tão bem de tudo..."

Era Alzheimer. Cláudio reconhecia muito bem. Seu Domingos se lembrava do passado distante, tão distante, um século atrás, uma vida passada, mas não se lembrava do livro que escrevia fazia alguns anos, não se lembrava do cuidador que estava com ele havia quinze dias. Decidiu aproveitar para investigar mais:

"O senhor nasceu na Rússia, não foi? Em 1907?

"17 de julho de 1906. Embora o calendário fosse outro, então acho que hoje cai em agosto... Nasci numa pequena vila da Armênia."

"Achei que a Armênia não existisse no começo do século vinte...", comentou Cláudio, orgulhoso por entender um pouco do assunto e o velho não poder lembrar que ele mesmo era a fonte.

"Claro que a Armênia existia, só estava fragmentada entre o Império Russo, o Império Otomano e a Pérsia. Não era um Estado independente..."

"Entendo... E o senhor foi ainda pequeno para o lado Otomano, não foi?"

O velho o observou com atenção. "Sim, sim... Você leu mesmo sobre o assunto, meu filho."

Cláudio sorriu pensando rapidamente qual deveria ser a próxima pergunta, que traço do passado ele deveria elucidar... sem trazer *spoilers* ao livro. "E o que o senhor fez durante o massacre?" Droga! Aquela não era a melhor pergunta...

"Ahhh, meu filho... fiz tanta coisa... Fiquei um tempo escondido na casa de um turco cego, fui abrigado na casa de uma viúva... Depois trabalhei como pastor para um curdo..."

Cláudio refletiu um pouco. Era exatamente a história que ele lia, de forma bem, bem simplificada. Ele deveria... ele receou... ele deveria perguntar o final? Ah, que se dane.

"E como o senhor escapou da perseguição? Como o senhor chegou ao Brasil?"

O velho inspirou, tomou fôlego para contar, então deu uma piscadinha para Cláudio: "Bem, para saber isso você vai precisar ler meu livro".

Quando se faz parte de um grupo indesejado, num país em guerra, tudo o que se pode querer é fugir, seja no espaço ou no tempo — escapar para novos cenários ou apagar a consciência o bastante para que tudo passe, a segurança se estabeleça, ou para que suas pernas ganhem corpo suficiente para tirá-lo dali.

Com minha saúde se restabelecendo, o sono cada vez mais curto, eu temia ter de voltar ao mundo dos acordados, o mundo dos condenados, o mundo dos armênios em fuga. Não poderia continuar trabalhando para um *efendi* que me castigara tão severamente; ao lado de Vartan, a quem eu traíra; pastoreando animais pérfidos que me enganavam durante o sono.

As três *khanums* continuavam se alternando em minha cama: Fetye em visitas cada vez mais curtas, que prometia serem as últimas: "Quando eu voltar para este quarto, é bom que não esteja mais aqui"; Bulbul, pragmática, também sugeria que eu estava pronto para deixar o quarto: "Você já passou por coisa pior, vamos"; só Anna parecia querer ver-me ainda na cama, e passava cada vez mais tempo comigo.

"Como podem querer tirá-lo dessas cobertas?", questionava acariciando meu peito raquítico. "Uma criança que precisa de tantos cuidados, tanto carinho... Você não foi feito para trabalhar com aqueles animais."

O discurso de Anna era um tanto quanto contraditório, porque ao mesmo tempo que me infantilizava, me estimulava sexualmente. Fazia com que eu me perguntasse o que havia de errado com ela, pelo que passara, o que perdera, o que fora obrigada a fazer. Como muitas das mulheres convertidas forçadamente ao islã, as mãos de Anna estavam tatuadas com inscrições que eu não conseguia compreender, e que ganhavam conotações diabólicas por seu toque hábil. A habilidade não se restringia ao toque, no entanto, o olhar quirguiz, traço de beleza tão armênia, nela assumia contornos felinos, vulpinos. Eu já não sabia se sentia mais medo de ficar sozinho com ela ou com Fetye. E meu desconforto devia ser visível, porque Anna logo procurou consolar-me da forma mais constrangedora.

"Venha. Venha, meu menino, deixe a mamãe te amamentar..."

Contive um riso, pelo absurdo e pelo nervoso. "Anna, deixe disso... Anna, se alguém nos pega..." E ela já me sufocava com o seio, um mamilo escuro como uma ameixa cutucando minhas narinas, os braços ao redor de meu pescoço, as mãos como torniquetes. Entregar-me revelava-se mais fácil e silencioso, e fiz as vontades da mulher.

Era um seio oleoso, salgado, seco de leite. Aos poucos eu ia aceitando a transformação daquele prazer infantil em algo mais masculino.

"Isso, isso, meu menino, não se preocupe com nada..."

O ato despertou também memórias esquecidas, extrauterinas, imagens primitivas de minha mãe, e me perguntei se não a estava traindo — não é assim que todo menino se sente ao descobrir a sexualidade numa nova mulher? Imaginei-a observando de longe, seu fantasma, censurando-me: "Sua família morta, os armênios condenados e você fornicando…". A vida continuava, eu argumentava para mim mesmo, precisamos continuar a vida de algum modo, precisamos continuar procriando. Então minha imaginação tomou tons de pânico com a sensação concreta de que estava de fato sendo observado, da porta do quarto. Abri os olhos com receio… e constatei.

Tentando me desvencilhar de Anna, ela me apertou com mais força. "Pssiu, quietinho, quietinho…"

Quando por fim me soltei, e me sentei na cama esbaforido, olhando para a porta, não havia mais ninguém. Mas eu tinha certeza. Havia visto: Fetye e Bulbul, as duas outras mulheres — elas estavam lá espiando nós dois.

Seu Domingos tinha cento e dez anos de idade, prestes a completar cento e onze. Havia nascido na Armênia russa em 1906, mudado ainda pequeno para o lado turco. Aos oito anos de idade, em 1915, seus pais foram mortos, sua aldeia foi queimada e ele fugiu com seu irmão. Passou anos de peregrinação pelo leste da Turquia, a Anatólia Oriental, até conseguir escapar. Em 1921 chegou com o irmão ao Brasil, onde se fixou, formou família, fez fortuna no ramo do lanifício, até a família morrer. Ele sobrevivia. Era tudo o que Cláudio sabia sobre ele ao certo... Ao certo?

A própria sobrinha-neta não acreditava que Domingos podia ter cento e dez anos. O quadro dele era excepcional para alguém de noventa... de oitenta até. Seria muito, muito difícil alguém razoavelmente lúcido, com boa visão, boa audição e boa mobilidade ter cento e dez anos de idade...

Mas agora seu Domingos não estava mais tão lúcido, e dizia que sim, havia nascido em 1906. Inicialmente Cláudio tomou como um traço de honestidade senil, mas até que ponto poderia ser apenas senilidade? Se seu Domingos tinha uma biblioteca inteira do mesmo livro, será que não incorporava as histórias daquele livro? Escrevia um livro sobre mártires armênios. Tomava o passado dos mártires armênios como seu...

Enquanto Cláudio lia no escritório, sentia um cheiro pungente de algo leitoso, lácteo, azedo... como iogurte. Ele olhava ao redor procurando um pote aberto, restos numa tigela; não conseguia localizar. Questionava-se se o cheiro vinha de seu Domingos em si, não parecia com urina nem outro acidente. Não era totalmente desagradável, mas permanecia forte, insistente, inquietante.

Seu Domingos pediu licença para se deitar um pouco. O velho não era de tirar cochilos, ainda mais no começo da manhã. Quando foi se levantar de sua poltrona giratória, Cláudio percebeu que ele estava com dificuldades. Foi ajudá-lo.

"Deixe que eu te acompanho até o quarto, seu Domingos."

"Não, não, meu filho, me deixe, me deixe que vou sozinho."

Cláudio o soltou e viu o velho seguir lento pelo corredor, pronto para socorrê-lo caso ele caísse.

No almoço, Cláudio continuou a investigar:

"Seu Domingos... como é o trabalho de pastor de ovelhas?"

O velho manteve os olhos nele enquanto sugava de sua sopa. "Pastor? Você está pensando em trabalhar como pastor? Isso é um subemprego, é algo que pode ser feito por um cachorro..."

"Ou por deus num dia de pouco movimento?"

O velho riu. "Isso, ou por deus num dia de pouco movimento. Essa é boa..."

"Por que não anota para colocar no seu livro?"

"É, quem sabe. É uma boa frase."

"Mas então, deve ser complicado... manter as ovelhas sempre juntas, não perder nenhuma..."

"Não tem nada de complicado. Por que acha que 'ovelhas' são sinônimo de rebanho, daquilo que segue sempre o mesmo caminho? Ovelhas não divergem."

"'Ovelhas não divergem' é uma boa frase, o senhor deveria anotar…"

"Anote para mim, por favor…"

"Mas… Tá. Então, tipo, para que existem os pastores, e os cães pastores…?"

"Cláudio, o que está pensando em fazer? Criar um pasto de ovelhas no Parque do Ibirapuera?!"

Seu Domingos estava de volta.

Naquela noite, eu nem dormi. A tensão pelo castigo que poderia receber por ser flagrado com Anna se aliou a semanas de energia acumulada, tédio estabelecido, e eu me vi não apenas desperto, como pronto para correr. Levantei-me da cama, caminhei pelo quarto, olhei pela janela. Os campos prateados pelo luar ganhavam uma fina camada de neve. Ponderei se não poderia — se não deveria — sair imediatamente dali. Apenas descer as escadas, passar pela porta, seguir em frente como fizera tantas vezes. O uivo da fera indistinta que outrora me perseguiu me fez recuar. *Se ficarmos, morreremos. Se lutarmos, perderemos. Mas se fugirmos, deixaremos nossa alma. Se desistirmos, não haverá mais nada a perder* — ouvira meu pai discursar quando os massacres começaram, com seu habitual talento de poeta.

No começo da manhã, quando enfim tive meu primeiro instante de sono, Fetye entrou no quarto, devolvendo-me imediatamente a total consciência. Trazia um balde com água fumegante, uma escova áspera. Tomou assento ao lado da cama e abriu um sorriso malicioso.

"Acho que você está precisando de um bom banho. Mesmo deitado nessa cama, sabe-se lá que sujeira vem acumulando, e é melhor que eu mesma cuide disso."

A velha levantou minhas cobertas, mergulhou a escova na água fervente, e puxou meu camisolão. Senti a escova áspera, escaldante em meu peito e não pude conter um grito.

"Ora, ora, esses pulmões estão uma beleza, não é? Energia já não lhe falta. Você só precisa mesmo é desse bom banho", e me esfregava com tanta força que minha pele ia se pontilhando de vermelho. Porém, foi quando senti a mão calejada de Fetye dentro de minha calça que entrei em pânico.

Antes que eu pudesse reagir, ela apertou meus órgão e testículos com sua garra de águia, enquanto a outra mão descia com a escova...

"Vamos eliminar tudo o que estiver sobrando aí. Não há sujeira dos armênios que os turcos não possam limpar..."

Ao terminar o banho, eu estava exausto, suado, mais sujo do que antes, grudado aos lençóis. Fetye me contemplava satisfeita. "Veja só que maravilha. Já está pronto para viajar para o deserto de Der Zor."

Assim como eu me perguntava o que havia de errado com Anna e suas carícias abusivas, tentava entender por que Fetye era tão agressiva contra um pobre menino indefeso, um menino armênio que, embora de etnia diferente da dela, poderia ser seu filho. Que esperanças eu tinha, se nem as mães e avós tinham piedade de mim?

Talvez a culpa estivesse simplesmente em mim. Talvez eu merecesse. Toda criança merece o Inferno. E eu revirava internamente pecados tão distantes, de uma infância que parecia estar numa vida passada, avaliando se a soma deles resultava em condenação eterna ou apenas uma passagem pelo purgatório.

O dia seguinte era dia de Bulbul, a mais sensata das três, que, se não me tratava com um carinho maternal, também não me abusava fisicamente. Ainda assim, eu não me sentia seguro para pedir a ajuda dela na fuga — como curda, Bulbul mostrava-se resignada com seu destino e sua posição de segunda mulher e me aconselharia a também me resignar ao meu destino, mesmo que esse fosse a morte... talvez *exatamente* por esse ser a morte. "Não devo me afeiçoar a ele. Está condenado, como todos os outros. Melhor manter uma relação objetiva e impessoal", poderia ser seu pensamento.

Porém, quando Bulbul entrou no quarto, trazia mais um balde para limpeza e uma lâmina de circuncisão. Qualquer pensamento positivo que eu poderia ter sobre a presença da lâmina se esvaiu imediatamente, com a *khanum* sentando-se do lado de minha cama e indo direto para o órgão, um objeto de fixação que as três mulheres compartilhavam.

"Você está crescendo... A infância não irá mais protegê-lo. O melhor é aceitar o islã e esquecer seu passado armênio — ainda há tempo, sua vida está apenas começando."

Eu recuei na cama e fiz menção de implorar a Bulbul. Ela me silenciou.

"Shhh, não se preocupe. Sou filha de um *sunetchi*, eu sei fazer isso. Não digo que não vá doer, mas você já deve ter passado por coisa pior. Agora temos que circuncidá-lo. *Allahu akbar, Allahu akbar*."

Como um asno inconsciente, insubmisso por reflexo, reagi ao talho que sentia na cabeça do pênis com um coice no peito da mulher, que caiu para trás com um grito, derrubando o balde d'água.

Em guarda, preparado para as consequências de meu ato, observei sentado na cama a mulher caída no chão, de quatro, a cabeça baixa. Soltava um gemido baixo, um lamento, que foi se transformando em soluços entre o choro e o riso. Eu nunca havia agredido uma mulher... nunca havia agredido ninguém! Nunca havia contrariado a autoridade dos mais velhos. Mesmo com a ameaça de uma castração, balbuciei um pedido de desculpas. Bulbul permanecia de quatro, gemendo, procurei pela lâmina, me perguntei se ela não havia se ferido gravemente.

Então percebi: o balde virado, a água esparramada pelo chão do quarto, chegava até as palmas da mão de Bulbul, seus joelhos, caída sobre uma poça d'água, a mulher derretia...

Fechei os olhos. A mulher começou a berrar. Tapei os ouvidos. O quarto se enchia dos gases fétidos do corpo em decomposição. Segurei a respiração e rezei para que minha condenação terminasse ali, que desfalecesse e despertasse absolvido, pois não podia mais conferir sentidos àquela realidade. Assim apaguei.

Quando abri os olhos novamente, o quarto estava vazio. Meu pênis latejava em dor, o balde permanecia virado e uma mancha ocre no chão insistia que tudo fora real. Voltei a adormecer.

Se acordei poucas horas depois, ou no dia seguinte, eu nunca poderia dizer, porque aquele fora um dos meus últimos dias. Abri os olhos com o *efendi* em meu quarto, sabre em mãos, avançando rapidamente para minha cama. Num golpe certeiro, minha cabeça foi separada de meu corpo.

Velhas castradoras, cabeças decepadas — Cláudio terminava mais um capítulo, percebendo uma ereção. Um observador de fora poderia dizer que lhe sobrava saúde, transbordava juventude; ele mesmo se perguntava o que havia de errado, por que aquelas coisas lhe estimulavam... Ou não "por que", pois ele sabia o motivo, sua sexualidade sempre estivera envolta em violência, o sexo sempre fora razão para sofrimento, o sofrimento sempre lhe fora sexual — ele era homossexual, afinal, e ser homossexual não era isso, aprender a amar a dor? Mas "como", "como" era a pergunta que lhe perturbava; como ele conseguia sentir prazer naquela sexualidade tão sofrida, enquanto um relacionamento saudável e estável, como o que vivia atualmente, no fundo lhe provocava tédio.

O tédio não deixa de ser um sentimento reconfortante. O tédio é um sentimento seguro. Principalmente para quem, aos vinte e dois anos de idade, já passara por tantos percalços. Era bom poder aconchegar-se no tédio. Era aconchegante, mas não deixava de ser entediante. E ele não deixava de se sentir culpado em ver qualquer traço de negativo no tédio. Se ele não pudesse se contentar com isso, se ele não pudesse aceitar a *felicidade*, ele nunca conseguiria ser feliz.

De repente, era tudo mentira. De repente, era tudo propaganda: o prazer, a felicidade, o conforto. Ser feliz com o... vazio. Porque a felicidade não era o vazio? Ser feliz com nada. Ou ser feliz com a ausência, a ausência de dor. A ausência de confronto, de desafio, criando o bem-estar. Quem pode ser feliz assim? De repente, em todos, o prazer só nascia assim, do desafio, da superação. "Hoje é o Dia Mais Feliz da Minha Vida", dizia a mãe que recebia de volta o filho sequestrado. O sequestro é que proporcionou isso: o dia mais feliz de sua vida. Disso era feita a felicidade, a vida.

Largou o livro agradecendo que seu Domingos havia se retirado para o quarto, para descansar de tarde. Imaginou o que o velho pensaria ao vê-lo armado durante a leitura dos horrores do genocídio. Mesmo sob uma calça jeans, não era difícil de perceber. Seu membro não era lá grande coisa, mais longo do que grosso, nem tão longo assim, fino, liso, só que projetado sobre um esqueleto tão pronunciado, sob um jeans *skinny*, não poderia deixar de ser notado.

Ele seguiu para o banheiro, para se aliviar. Disso, não sentiria culpa. Já sentira. Já sentira tantas vezes (tantas outras, tantas mais). Em tantas vezes, em serviço, retirou-se a um banheiro, um lavabo, para se masturbar. No começo se sentia culpado — estava em serviço, afinal. Mas foram tantos dias em serviço, tantas noites, turnos de vinte e quatro, quarenta e oito horas, em que tinha de ficar à disposição, sem muito a fazer. E, se ele podia comer, dormir, sonhar, defecar e tomar banho no serviço, por que não se masturbar?

À luz amarelada de um banheirinho esquecido, Cláudio se observava. O pênis sumia entre seus dedos longos. Os dedos longos. A perna longa. Os calçados tamanho quarenta e quatro. O pênis não correspondia. Mas até que tinha uma bunda polpuda, considerando sua magreza geral. Era como se deus o condenasse, o abençoasse, o condenasse como *passivo*. Tinha que aproveitar as dores da natureza. O namorado não deixava por menos.

Às vezes ele pensava, às vezes ele tinha vontade, de experimentar outras coisas, de experimentar outras pessoas... mas seria ganância. Pensava em como seria começar de novo, revelar seu passado, e o que ele teria a oferecer? Quem aceitaria ficar com um menino como ele? Ele não era malhado. Ele não era dotado. Ele não era ativo e não tinha local...

Não era isso o que ele pensava quando ejaculou — forte, farto, ralo — nos azulejos da casa da avenida Europa. E, enquanto o esperma escorria — ele pegava papel higiênico para limpar —, pensava se aquele líquido poderia despertar fantasmas adormecidos, lembranças esquecidas, o sumo da juventude umedecendo uma casa havia tanto tempo sem vida...

Meu corpo despertou primeiro, depois a cabeça. É que o corpo estava encaixado entre rochas, e a cabeça descansava sobre a neve, anestesiada. Meu corpo se contorceu, estalou, testou as juntas e sentiu todas as juntas doerem, articulações desarticuladas. Encaixou um joelho no lugar, torceu o pé de volta para a frente, cambaleou apatoado, tentando retomar o controle da cabeça. Cabeça no corpo, o sangue voltando a circular, olhei para trás, para ver o quão longe estava da casa do *efendi*. Por todos os lados, apenas campos brancos de neve. Assim segui em frente.

O vento frio do vale soprava através de minhas roupas finas; minhas sandálias não protegiam meus pés da neve; passo a passo eu descobria que o Inferno também podia ser gelado e quase sentia saudades de torturas anteriores. Os uivos que ouvia através das montanhas Taurus iam ficando mais definidos, distanciando-se dos elementos e aproximando-se dos lobos, lobos que se aproximavam de mim. Entregar-me era uma alternativa, uma maneira de acabar com tudo aquilo sem render-me aos malditos turcos — *quem é jogado ao mar se agarra a uma serpente*, dizia meu pai. Afinal, os lobos também precisam comer, e quem sabe, ao se depararem com minha constituição raquítica que mal alimentaria um rato, não tomassem pena, pena que ninguém mais tivera, e me adotassem, me alimentassem, como a Remo e Rômulo, tornando-me assim uma criança selvagem, uma criança saudável. Os lobos, mais humanos do que os turcos. Será que ainda havia tempo? Poderia deixar para trás minha família, esquecer o Inferno da civilidade e entregar-me aos instintos primitivos, instintos lupinos?

Lobo: Dê uma chance a nós, menino, há tanto tempo o estamos seguindo... Agora não há mais ninguém ao teu lado, todos te abandonaram. Ainda assim, permanecemos fiéis, te acompanhamos a cada passo, a cada queda. Não dizem que o cão é o melhor amigo do homem? Pois o lobo é o melhor amigo do condenado.

Eu: Se fui condenado, já paguei minha pena, minha e de todo meu povo. Não tenho mais nada a oferecer, nem ouro nos bolsos, nem carne nos ossos. Não podem os lobos me deixar em paz, caminhando nestas terras esquecidas pelo homem?

Lobo: Ora, mas se não é apenas pelo esquecimento do homem que nós lobos ainda caminhamos? Somos expulsos de vales pela construção de cidades, varridos das colinas a favor do pasto, enxotados até da beira dos rios, impossibilitados de matarmos nossa sede. Só nos resta esta terra esquecida para chamarmos de lar. Ainda assim, está frio, e te convido. Aceite minha hospitalidade. Entre em minha boca e me faça feliz.

Perdido nesses devaneios, criando histórias para mim mesmo, seguindo em frente, vagando sem rumo, sem mais me preocupar com minha segurança, de repente eu me encontrava numa estrada aberta pelo homem, limpa de neve, sinalizando as cidades próximas. Longe de ser sinal de segurança — se era uma estrada feita pelo homem, era uma estrada feita para soldados turcos, bandidos curdos, e só poderia me levar a uma nova morte — era o caminho a se seguir — se uma estrada se abria diante de mim, que outra opção eu tinha além de segui-la? Aquele era meu destino. Seguia num passo lento, claudicante, sem urgência de chegar, sem pressa para morrer.

A estrada reafirmava-se como uma escolha por meu povo — recusar a oferta dos lobos, preferir morrer como *hay*. A cada passo que dava, os uivos ficavam mais distantes, misturavam-se novamente ao vento. Desistiam de mim.

Lobo: Ora, ora, ainda acreditas que poderás chegar a algum lugar por estradas abertas pelo homem... Ainda confias numa humanidade que cometeu contra ti e teu povo os mais desumanos dos atos...

Eu: Confio apenas em mim mesmo, e ainda sou humano. Confio em meu par de pernas e pés para seguir, e dessa estrada eles se beneficiam.

E entre meus pensamentos, meu par de pernas e pés ecoavam como quatro, depois como oito, meus passos se multiplicavam e eu me perguntava se estava mesmo sozinho, se deus ainda caminhava ao meu lado.

Não. O que eu ouvia eram passos humanos, cascos de cavalo, cânticos fúnebres que até reconhecia como armênios. Veja só, seu lobo, a estrada ainda pode me oferecer isso. Virando-me para trás, vi um homem surgindo na curva: velho, envergado, costelas à mostra no peito nu, pés sobre o chão gelado — um pedinte sem nada nem ninguém a pedir. Poderia me surpreender que insistisse, que caminhasse, que insistisse em caminhar, mas não era isso o que fazia de um armênio um armênio?

Então vi que não, que não era só um armênio, não era um armênio só. Pois nem mesmo um fantasma armênio poderia avançar muito longe sozinho. Logo atrás dele surgia o segundo: jovem, ereto, com pedaços faltando — um rombo onde deveria estar o ombro direito, o braço esquerdo só até o cotovelo. Então veio outro, literalmente apenas osso. E outro ainda menos, praticamente transparente. Surgia um homem feito de cinzas, um decapitado, um aleijado sem pernas, um manco com os pés pregados em ferraduras, um musculoso arrastando os intestinos atrás de si.

Logo eu estava rodeado deles, fantasmas ensimesmados, em seu cântico fúnebre, que seguiam pela estrada sem me dar atenção, nem sinal de que me viam. Ei, sou como vocês, queria dizer, sou armênio! Mais morto do que os fantasmas, eu me sentia, e me perguntava aonde iam com tanta pressa, deixando a vida para trás, me perguntava se deveria segui-los. Seria preferível ser criado por fantasmas humanos ou animais selvagens? Por lobos vivos ou homens mortos?

Eles cantavam:

Que nossa lira soe alto, que no mundo todo seja ouvido

Sobre nosso martírio, nosso assalto, nossos mortos e nossos feridos

Que suas notas sangue derramem, que sua letra lágrimas tragam

Pois se dessa dor nos esquecermos, que o mundo todo desonre os armênios

Eu queria acompanhá-los, tanto no cântico quanto na estrada, mas parecia estar sempre passos atrás. Quando me lembrava de um verso, eles já haviam passado para o seguinte; quando saltava para uma palavra, eles a alongavam. Era como nas brincadeiras da aldeia, as crianças batendo a corda de juta num ritmo contínuo, e eu nunca encontrando o intervalo certo para entrar.

Vi então um *vartabed*, um padre armênio montado a cavalo. Parecia mais sólido do que todos os outros, menos fantasma, um pouco menos morto, um sacerdote conduzindo as almas ao paraíso possível. Olhou para mim e me abriu um sorriso. "Faz bem em nos acompanhar."

Aquele sorriso em minha língua materna me despertou do torpor, um graveto frágil ao qual me agarrar. "Para onde estão indo? Qual será nosso destino? Ainda há chance de nos salvarmos?" As perguntas brotaram de minha garganta como uma adolescência desafinada.

O padre meneou a cabeça de maneira etérea e imperturbada. "Nosso destino é apenas permanecer de pé, de olhos abertos, seguir caminhando, até que deus olhe para cá e perceba que não desistimos. Que ele não desista de nós. Nossa morte é uma injustiça que não podemos aceitar. Seguiremos caminhando até sermos salvos. Sem a vontade de deus, nem as folhas das árvores se movem."

Eu queria dizer que aquela era a pior das torturas. A insistência armênia, de morrer e continuar. Permanecer vivo apenas para morrer outra vez. Eu não podia mais.

"Você pode", disse o padre. "Ainda é muito jovem. Ainda irá morrer tanto e tantas vezes levantar… Só cabe a você encarar isso como milagre, não maldição…"

O padre seguiu trotando e eu permaneci ali, sendo atravessado pela caravana fantasma. Reparei que eram todos homens — adolescentes, jovens, velhos —, nenhuma criança, nenhuma mulher, como havia na caravana em que eu estivera. Olhei entre os rostos para tentar reconhecer alguém, meu pai morto, meu irmão vivo. Era difícil dizer, com tantos corpos sem rosto, crânios sem olhos, rostos sem carne.

Então vi, acho que vi, reconheci um primo entre a triste multidão. Era quase o mesmo, apenas mais magro, um pouco mais velho, e com um enorme corte que dividia sua face em duas. Corri para ele.

"Primo, primo! Sou eu!" Não me continha de felicidade em localizar alguém da família. Alguém ainda de pé, mesmo morto. O primo com que dividi tantas brincadeiras de infância, que era quase um irmão, com quem cresci junto. Ele não me reconheceu.

"Desculpe, você está enganado. Não sou seu primo. Toda minha família foi assassinada. Sou o único ainda de pé."

"Não, não, sou eu", eu disse meu nome e o assegurei com um sorriso, nossa família ainda existia, eu estava lá, e meu irmão também estava, eu tinha certeza, em algum lugar daquelas montanhas. Eu estava ainda mais certo de que era meu primo, depois de ouvir sua voz. "Sou eu, sou eu, é que crescemos. Passamos tanta fome... Mas ainda somos os mesmos! Você não é Hampartzoum?"

Meu primo confirmou. "Sim, Hampartzoum Arakian, sei quem sou. E sei o que vi. Meu amado primo foi morto na minha frente. Sua cabeça rolou entre meus pés, seu corpo não pôde nem me acenar em adeus. Meu primo está morto, garoto. Por favor, me deixe prosseguir..."

Com lágrimas nos olhos, tive de lhe dizer.

"Mas você também, Hampig... Não percebe? Você também está morto. E continuamos aqui."

À noite, seu Domingos estava pior e não quis jantar. Disse que ia tomar um banho e nunca mais voltou. Cláudio o deixava fazer o que podia sozinho, era importante para manter a dignidade. Mas depois de mais de uma hora dentro do banheiro, Cláudio se sentiu na obrigação de entrar.

"Seu Domingos... Seu Domingos? Estou entrando."

O velho estava na banheira, olhos fechados, sem nenhum indício de alarde. Sua barriga dilatada mostrava a respiração, e quase se podia ver o coração pulsando sob um peito fino e pálido — confirmava-se ao menos que seu Domingos não era um vampiro. Cláudio teve de anunciar sua presença:

"Seu Domingos, estou aqui."

O velho abriu os olhos, olhou para ele como uma lenta lagarta sábia. "Você não ganha o suficiente para ter de ver essas coisas, não é?"

Cláudio corou, um pouco envergonhado, sorriu. "Eu podia ganhar melhor. Mas isso faz parte do meu trabalho. O senhor está bem? Está aí há uma hora..."

O velho levantou o pulso, tinha um relógio digital total anos 90. "Estou há quarenta e oito minutos, Cláudio. Minha esposa costumava passar a Semana Santa inteira aqui."

Cláudio riu. "O senhor sente falta dela?"

O velho fechou os olhos, voltou a relaxar na banheira. "Hum... Se me perguntasse se 'sinto saudades', esse sentimento que é considerado tão brasileiro, mas que todos os armênios conhecem tão bem, nosso *garod*, seria mais preciso. Sinto saudades, não sinto falta, não. Depois de tantos anos vivendo sozinho, não teria como acomodar uma esposa... Pense bem: não teria nem onde colocá-la nesta casa..."

Cláudio queria responder que se poderia abrigar vinte famílias naquela casa, mas ficou quieto. Olhou para o corpo nu de seu Domingos sob a água. Era um corpo de velho, pálido, magro, com suas veias pronunciadas, gorduras localizadas, a pele flácida, as manchas senis... Não tinha grandes cicatrizes, mas o pênis... o pênis longo e pálido ficava entre o circuncidado e o não circuncidado. Tinha a cabeça semiaparente, e uma metade de pele cortada num talho. Cláudio afastou o olhar.

"O senhor podia receber mais visitas, não é?" Cláudio o provocava, tentando fazer o velho sair do torpor, vociferar. "Chamar uns parentes, sobrinhos, tipo, o senhor tem netos? Esta casa teria mais vida com crianças correndo..."

"Sim, seria bom, Cláudio", o velho respondeu apático, com os olhos fechados.

Cláudio continuou no tratamento de choque, tentando despertar o velho. "Por sinal, seu Domingos, acredita que dia desses conversava sobre a Armênia com uma conhecida e ela veio falar que os turcos também sofreram, que foi coisa da guerra e tal..."

"Uma negacionista", o velho respondia parecendo cair no sono.

"Oi?"

"Uma negacionista", repetiu o velho. E abriu os olhos.

Cláudio lhe abriu os braços. Seu olhar perdido pedia *instrução*, reconhecia uma autoridade. O velho reconhecia a autoridade em si mesmo.

"Negacionista, quem nega o Genocídio. Se há na Segunda Guerra, por que não haveria na Primeira, que guarda menos registros? A Turquia até hoje não reconhece o Genocídio, não assume a culpa. E se não assume, não há arrependimento. É a grande causa armênia. Morreram turcos, obviamente, mas eles eram o poder, eles eram o Império, eles tinham o exército, quem declarou guerra contra os cristãos de seu próprio território foram eles. E se alguns armênios se defenderam, se alguns armênios atacaram, não foram os armênios que reuniram velhos, mulheres e crianças turcas para serem exterminadas. Anote esta minha resposta para dar para sua amiga, por favor."

Eu bem que tentei, mas é impossível acompanhar quem não tem nada a perder, peso algum a carregar. Não se pode seguir uma caravana de fantasmas. Logo estava sozinho novamente na estrada gelada, a neve caindo sobre minha cabeça, a noite caindo passos à frente.

Toda estrada leva a uma cidade, e aquela não era diferente. Luzes se acendendo ao longe indicavam civilização, que poderia estar tão distante quanto uma estrela, uma estrela morta. Se havia luz, havia pessoas; se havia pessoas, eram turcos; os armênios estavam todos mortos. Mesmo assim, eu seguia, pois só tinha a luz a me indicar, a estrada a seguir, a promessa de um novo capítulo.

Um crânio surgiu como alerta. Um crânio caído no chão, dissidente da caravana fantasma. Yorickian, não tinha nada a me dizer. Então outros ossos, ossos longos e aparentemente importantes, sem os quais nem um fantasma não poderia caminhar. Então braços, pernas, troncos, pés espalhados em suas ferraduras, como se a caravana tivesse desistido, desmanchado pelo caminho. No escuro da noite, eu via a poucos passos pedaços de corpos que não mais insistiam. Quem sabe se desmontaram a avistar luzes, quem sabe apenas dormiam — voltariam a se recompor quando o sol raiasse novamente para os armênios.

De todo modo, a quantidade de corpos berrava para mim que eu seguia o caminho errado, que aquelas luzes não levariam a nada, nada de bom. Ainda era algo, era o que eu tinha para seguir. E quando comecei a ouvir risadas na reverberação do vale, achei que valia a pena. Um povo todo era exterminado, mas as pessoas continuavam a encontrar motivos para rir. Tentei me lembrar se eu mesmo fora cúmplice, quem sabe numa risada com meu irmão, com Vartan, com Suvi, com Anna. Sentia-me digno por não conseguir me lembrar de um momento particular de diversão enquanto meu povo era morto; então me lembrei do banho no açude. Os crânios na estrada até que pareciam sorrir, sim, em silêncio, mas pareciam sorrir. Eu me questionava se era um sorriso de desafio a seus assassinos, ou a fisionomia natural do rosto quando não tem mais forças para conter. Com os olhos esvaziados, as lágrimas secas, as sobrancelhas esvaídas, nada restava além do crânio. E quando não restar mais nada, só restará sorrir.

Assim como os crânios se comunicavam, a linguagem das luzes também ia se tornando mais legível. De estrelas se tornavam chamas, chamas em fogueiras e lampiões. Era um acampamento militar em frente a uma cidade. Quem ria eram os soldados. Eu tentava avaliar se isso podia de algum modo ser positivo — soldados que me poupariam por estarem de bom humor ou que me matariam por diversão? O Império estava em guerra, e eu, ao mesmo tempo que fazia parte do Império, fazia parte do inimigo, um inimigo tão inofensivo, e ainda assim perseguido dentro de seu próprio território. Como eu queria que ao menos houvesse um exército armênio para justificar, um exército armênio para me salvar, e comemorar aos pés da fogueira. Mas eu sabia que não existia. Ainda que os armênios fossem vistos como inimigos, não tinham nem um exército próprio com que lutar...

Protegido pela escuridão das montanhas, escondido atrás de pedras, ia me aproximando do acampamento, da cidade, tentando avaliar o grau de perigo. A cidade era a possibilidade de encontrar um novo *efendi*, um pedaço de pão, um estábulo para dormir, se pudesse passar pelos soldados. Naquela noite fria, a atração do fogo era inevitável — e inevitável pensar na alegoria tão desgastada da *parvana*, a mariposa que acaba queimada.

Lembrei da história que ouvira sobre o surgimento do cachorro. Os lobos, em noites frias como essa, que se atreveram a se aproximar da fogueira dos homens por um pedaço de comida, e assim se iniciou uma domesticação que, após séculos, se tornou uma dependência, um parasitismo afetivo. Duvidava que aquela história fosse verdade, provavelmente o cachorro nascera de um *filhote* de lobo, que não se aproximara espontaneamente do homem, e sim fora *roubado* por ele — o lobo, tirado da matilha ainda filhote para se tornar uma fera a serviço do homem, se desprovera de sua ferocidade, surgindo o cachorro. Eu me encaixava nas duas histórias, de todo modo, era como um animal acuado, frio, faminto, que se arriscava a aproximar-se do inimigo. E era também um filhote, arrancado de minha família pela ferocidade dos homens.

Assim, quando me atrevia a espiar um pouco mais de perto uma fogueira de gendarmes turcos à frente, escutei um estalo. Virei-me num sobressalto para ver uma fogueira com soldados logo atrás de mim, militares alemães. Ainda que aliados dos turcos, pareciam não ter tanto a comemorar, pensativos, taciturnos, assando um coelho raquítico. Eu próprio, como um coelho, permaneci imóvel, olhos alertas, tentando passar despercebido. Não havia como os alemães não me notarem.

Mas se notaram, não se importaram. Continuaram cabisbaixos observando o fogo, pensando em suas vidas distantes. Eram quatro, loiros, jovens, que se encaixavam perfeitamente em seus uniformes. Eu me lembrava de vizinhos, que eram meninos como eu e de um dia para o outro ganharam uniformes de soldados como promovidos a homens. Não convenciam. Por trás daqueles uniformes eu ainda via crianças que brincaram comigo nos vinhedos, no riacho, a caminho da igreja. Porém aqueles alemães não. Ainda que jovens, pareciam ter nascido para isso, alimentados para caber em seus uniformes, impecavelmente asseados. Destituídos deles, vestidos em *zubuns*, os camisolões infantis, pareceriam ridículos. "Veja só, esses soldados, querendo passar por crianças..."

Bem, talvez fosse apenas por seus rostos exóticos e angulosos. Talvez porque eu só tivesse visto alemães como soldados, nunca à paisana.

Aproveitando-me do desinteresse deles, recuei entre as rochas, apenas para emergir diante de outra fogueira, dessa vez de gendarmes turcos. Esses conversavam, riam e bebiam, como se a guerra fosse uma grande festa. Também jovens, não cabiam perfeitamente em seus uniformes, as túnicas ficavam frouxas no peito, apertadas na barriga, as faixas dos ombros não pousavam no lugar certo, nem seus chapéus *serpuş* paravam na cabeça. Se eu tentasse vê-los como crianças, seriam os pivetes que me perturbavam a caminho da escola, xingavam-me de armênio imundo, sujavam minha roupa, roubavam meu lanche.

Agora, porém, nem me davam atenção. Depois de incendiar um formigueiro, que importância tem uma única formiga desgarrada? Novamente recuei sem ser notado.

E assim passei por fogueiras, barracas e tendas, de alemães e turcos que me desprezavam, fosse em reflexões silenciosas, fosse em comemorações embriagadas. Um sonhava com uma Frida distante, outro caçava pokemons em seu Game Boy Color. Eu quase me magoava, minha sobrevivência era tão insignificante assim? Minha morte sem significado. Ou fora promovido na condição de fantasma: não mais uma assombração perseguida e sim uma alma penada, vagando sem poder repousar. Um fantasma só faz sentido quando pode ser visto, tornado invisível um fantasma deixa de ser.

Então estava na cidade. Escura e silenciosa, ela tentava adormecer sob a galhofa dos gendarmes. Ninguém nas ruas, janelas e portas todas fechadas. Apenas um lampião aqui e outro ali, delineando seu mapa. Eu não sabia se tinha mais fome, frio ou cansaço — se os substantivos foram ordenados assim não foi por ordem de importância, apenas ritmo. Eu passava pelas fachadas tentando captar o aroma de pão assado, o calor de uma *ojakh*, o crepitar de fogo, mas não havia nada. Como alma penada, chegara a uma cidade fantasma, vagaria por ruas todas iguais, sem pessoas nem personalidade.

Encontrei ao menos uma olaria, com as paredes ainda quentes do trabalho do dia e um coberto com um monte de terra. Sem ter mais para onde seguir, aconcheguei-me e adormeci.

Só com seu Domingos na cama, calmo, pronto para dormir, Cláudio teve coragem de trazer o assunto:

"Seu Domingos... eu trouxe fraldas."

"Oh, vai ter um filho, Cláudio?", o velho brincou com uma voz rouca, sem muita energia.

"Eu já ouvi essa piada umas três vezes, só esta semana. Sei que é chato, mas é assim mesmo. Todo mundo na sua idade passa por isso. É normal. Tipo, o senhor tem sorte de não ter acontecido antes. E pior do que usar fraldas é passar vergonha, né? O Silvio Santos mesmo fez piada sobre isso outro dia..."

Seu Domingos suspirou. "Agradeço, Cláudio. Acho que vou ter que usar, mais cedo ou mais tarde. Me diga quanto é, para eu te reembolsar."

Dona Beatriz já tinha pagado, mas Cláudio não queria contar ao velho que ela já sabia. "Eu tinha esse pacote em casa, de outro paciente... Acertamos na próxima vez, se o senhor precisar mesmo..."

"Deve ser muito chato comprar essas coisas, não é? Muito constrangedor. É fácil de achar? Digo, no tamanho adulto…"

Cláudio amava muito aquele velho. "Qualquer farmácia tem. É algo muito comum, não só para idosos, para um monte de pós-operatórios…", ele se lembrou e riu: "Outro dia vi um filme em que um cara usava para poder dirigir horas sem parar e encontrar a namorada que estava traindo ele numa despedida de solteira…"

"Eu posso usar essa desculpa, não é?", disse seu Domingos, já fechando os olhos na cama.

"Claro, o senhor pode usar essa desculpa… ou nenhuma. Com toda sua história de vida, o senhor pode fazer o quiser."

O velho não respondeu e Cláudio sentiu aquela dor tão típica, tão costumeira em seu trabalho, torcendo para que aquela noite não fosse a última, para que no dia seguinte seu Domingos acordasse lúcido e disposto.

Sonhei que estava num navio. Trancado numa cabine apertada, com meu irmão, um primo e mais três rapazes que eu só conhecia de sonho. Apesar do calor, estávamos todos vestidos com terno, gravata, calças compridas, de maneira bem ocidental. Quis afrouxar minha gravata. "Aguente mais um pouco, *aghparig*, temos de chegar apresentáveis."

Eu não sabia aonde chegaríamos. Se aquela era a arca para escapar do dilúvio, nós éramos a família de ratos. Se estávamos sendo deportados pelos turcos, seguíamos para um campo de concentração. Mas, até onde eu sabia, o campo de concentração era no deserto, e num deserto pode se chegar de barco? Era um sonho, de todo modo, num sonho tudo é possível...

O calor, o suor, o fedor naquela pequena cabine já eram insuportáveis e dois dos rapazes ainda fumavam, bebiam *oghí*. Éramos prisioneiros? Pois se não éramos eu queria tomar um ar. "Estou passando mal", disse para meu irmão.

Um dos rapazes riu. "Rá! Esse aí deve ter passado o *tcharrt* na cama, testemunhado o massacre todo escondido debaixo da saia da mãe..."

"Sim, debaixo do cadáver de nossa mãe morta!", respondeu meu irmão, me defendendo. "Venha, vamos tomar um ar lá fora."

Não estávamos trancados. Meu irmão abriu a porta e saímos da cabine para o convés do navio.

Mas lá fora a situação era ainda pior. Fazia mais calor, o sol era forte demais, a luz muito clara, o céu parecia tão baixo sobre nossas cabeças que se o Diabo aparecesse o rasgaria com seus chifres. O mar também tinha um cheiro forte, de sal, de peixe; ondas revoltas, que mais pareciam feitas de óleo do que de água. Pássaros imensos voavam gritando um som agourento e ensurdecedor — mergulhavam e pegavam peixes enormes; peixes enormes saltavam e engoliam os pássaros imensos. Seríamos jogados naquele oceano selvagem, comida para peixe, para pássaro? Ou teríamos o navio interpelado por uma esquadra pirata, versão marítima dos *tchétes* curdos?

Foi quando avistei a terra, a poucas milhas, já inevitável. As montanhas, verdes demais para serem reais. As praias, com árvores e flores em cores abusivas. As frutas, brotando a cada metro como se não houvesse gente o suficiente para comê-las. Montanhas de bananas. Meus olhos doíam de ver toda aquela opulência. Eu não podia acreditar na parada final de nosso exílio. Como esperavam que sofrêssemos numa paisagem gritante daquelas? Como poderíamos viver nosso luto em tamanha claridade? Era uma nova visão do Inferno, o Inferno em uma nova versão, tropical e agressiva.

Olhei para meu irmão, para compartilhar o meu horror. Ele estava sorrindo. Virou-se para mim, me abraçou e disse: "*Aghparig*, bem-vindo ao Brasil!".

Era das sensações mais estranhas, ler o sonho de seu Domingos enquanto ele dormia, ainda mais pontuado pelos resmungos dele na cama. Os resmungos foram ficando mais altos e Cláudio se preparou para acudi-lo. Então ouviu as molas do colchão rangendo; seu Domingos se levantava. Cláudio largou o livro e saiu da saleta para o quarto do velho.

Seu Domingos estava de pijama no meio do quarto, com uma adaga em mãos.

"Yes badrsasder em, Assadur, Guernass irents essel vor kan."

Cláudio não entendia o que ele dizia, mas tinha certeza de que era em armênio.

"Seu Domingos, sou eu, Cláudio. O senhor está a salvo, no Brasil."

"Votch, dzughag men eh. Mez bidi havaken yev poloris bidi ayren, intchbess erin yegueghetsiin mêtche."

"Seu Domingos... Largue essa faca. O senhor pode se machucar..."

"Deghamarte arants zenkí, intcbess tsule arants godochí!"

"Por favor, seu Domingos…" Cláudio deu um passo em direção a ele, mas o velho brandiu a adaga com firmeza.

Cláudio recuou. Tinha tanto medo de ser machucado quanto de o velho se machucar. "Não sou obrigado a passar por esse tipo de coisa; eu desisto", outro cuidador pensaria-diria. Para Cláudio era o contrário: episódios como aquele só reforçavam como era importante que ele estivesse lá, como seu Domingos precisava dele, e como agora ele entendia, ele achava que entendia, ele achava que entendia pelo que o seu Domingos passava, do que eram feitos seus sonhos, lembranças e sonambulismos. Sem nunca ter ido além do Rio de Janeiro, Cláudio tinha o cenário das montanhas armênias em sua mente.

"Espere só um segundo, vou só pegar uma coisa", ele disse.

Cláudio correu de volta para a saleta, para sua mochila, tirou de dentro dela seu Playstation portátil.

De volta ao quarto, seu Domingos permanecia de pé, com o olhar de quem está do outro lado do vidro, do sonho, um espelho de duas faces.

"Vamos fazer uma troca, seu Domingos. Você me dá essa faca, eu te dou o PSP." Ele estendeu o aparelho para o velho, que recuou, intrigado. Cláudio ligou o videogame. "Olhe, sei que essa faca deve ser uma antiguidade, mas aqui tem doze jogos no cartão de memória… Acho que é um bom negócio."

O velho olhou para a tela acesa, ouviu a trilha sonora do jogo — era como se tivesse sido transportado instantaneamente de 1915 para 2017.

"Cláudio…? O que você está fazendo com esse jogo no meu quarto?!"

Pronto, ele estava de volta

"Ouvi o senhor falando… Quando fui ver, o senhor estava no meio do quarto com essa faca… Acho que estava sonâmbulo."

"Você me assustou! Quer me matar do coração?"

248

"Desculpe, vamos largar essa faca então e voltar a dormir?"

"Isto é uma adaga. Eu mantenho sob o colchão, como proteção."

"Proteção contra o quê, seu Domingos? O senhor está a salvo. Estamos no Brasil, em 2017."

O velho o encarou, confuso por um tempo, então vociferou: "Você está louco, Cláudio?".

Cláudio abriu os braços, sem entender.

"Escutou o que você acabou de dizer? Quem está a salvo? Estamos no *Brasil*! Em 2017!"

"Anahid! Venha, venha! Meu filho está de volta!"

Abri os olhos para encontrar uma velha debruçada com olhos brilhando sobre mim. "Levon, *mantchess*. Você voltou!"

Balancei a cabeça tentando identificar um mínimo traço de mãe naquela senhora que me tocava com tamanha intimidade. Não conseguia. Ponderava se havia ressuscitado como outra criança, se havia sido presenteado com uma nova vida, amaldiçoado como um novo armênio. Logo, outras mulheres arrulhavam ao meu redor, tocando meus cabelos, minha bochecha, puxando meus braços.

"Como cresceu, já é quase um homem!"

"Mas como está magro, parece um esqueleto!"

"Não está feliz de ver sua velha mãe? Venha, Aram, me dê um beijo!"

As velhas me beijavam e me puxavam cada uma para um lado, cada uma me chamando por um nome, o filho perdido.

"É meu filho, Levon!"

"Deixe de besteira, não vê que é meu caçula, Aram?"

"É Krikoress, só o cabelo que está um pouco diferente…"

Desvencilhando-me das mulheres, fiquei de pé. Elas me fitaram em expectativa, esperando que revelasse afinal de quem era filho. Observei uma a uma — não precisaria de tempo algum para reconhecer minha verdadeira mãe, mas queria avaliar qual seria a melhor opção, qual daquelas senhoras melhor poderia ocupar o posto. Não tinha como decidir. Sem querer magoá-las, ou querendo me beneficiar dos agrados de todas, soltei a frase universal que faz uma mãe se sentir em sua função: "Estou com fome".

As velhas voltaram a arrulhar, cada uma querendo puxar-me para sua casa.

"Tenho pão quentinho, venha, *mantchess*."

"Seu pão é duro como uma pedra; venha, você precisa de *basturma* e *madzun*."

"Todas aqui sabem que a melhor cozinheira da cidade sou eu."

E sem chegarem a um consenso aonde me levar, puxando-me pelos braços, pelas ruas, acabei entrando na casa que ficava mais próxima. "Viram! Eu disse que era meu Aram!" Satisfez-se uma das senhoras.

Sentado numa esteira na sala de uma humilde residência dilapidada, vi serem colocado diante de mim pães, *pilafs*, *hadig*, *herissah* e as melhores iguarias armênias. Era mais comida do que já vira fazia muito tempo — perguntava-me até se já havia visto alguma vez na vida tanta comida na mesma mesa. Ainda assim, as senhoras se desculpavam.

"Lamento não ter mais carne para oferecer, os turcos levaram tudo."

"Não quer esperar um pouco e tento arrumar uma galinha?"

"Se soubesse que estava voltando, teria preparado uma *pakhlava*."

Eu agradecia avançando timidamente, meus olhos pulando de um prato para o outro, avaliando a melhor maneira de fazer com que tudo coubesse no estômago, como um Tetris que eu teria de encaixar dentro de mim.

Uma das velhas então irrompeu porta adentro, esbaforida. "O Mudir Bey está aqui. Rápido, escondam o menino!"

Antes que pudesse engolir o primeiro pedaço de *lavash*, fui escondido no *tonir*, o forno cavado no chão da casa, para assar pão. Com o *tonir* apagado, eu me dobrei lá dentro entre as cinzas. No segundo seguinte, o Mudir, um poderoso senhor de terras turco e prefeito de região, corpulento e de cerrada barba negra, entrou na casa, fazendo as paredes tremerem com seus passos pesados.

"Onde está o menino?"

As velhas se entreolharam e sorriram.

"Menino? Que menino?"

"Ainda há meninos na vila? Há tanto tempo que não vejo um…"

"Eu também não. Não foram todos para a guerra?"

O Mudir inspirou fundo, provavelmente avaliando o grau de paciência que dispensaria àquelas infiéis. Apontou para a mesa. "O menino para quem prepararam esse banquete…"

As velhas cutucavam umas às outras buscando uma desculpa.

"Certamente seria um banquete para um menino", respondeu uma delas.

"Sim, imagine só um menino comer tudo isso sozinho…", disse outra.

E uma terceira completou: "Seria impossível. Mas veja quantas somos, esse é apenas nosso desjejum…"

Pegando uma costeleta de carneiro, o Mudir sorriu perversamente: "E as senhoras por acaso ainda têm dentes para mastigar tudo isso?".

Uma das velhas quis manter o sorriso como resposta, mas se percebeu traída pela dentição incompleta.

"Cortamos em bocados pequenos, *efendim*", adiantou-se uma.

"E a carne está tão macia, experimente."

"Praticamente desmancha na boca."

De dentro do *tonir*, eu tentava conter um espirro entre as cinzas. O Mudir mastigava falando.

"Folgo em saber que, enquanto nossos soldados passam fome, as velhas armênias desjejuam fartamente."

"Ah, não, não, antes fosse todo dia assim. Não é que o *bey* chegou num dia de sorte?"

"Nos acostumamos assim. Passamos trinta dias de fome para que, um dia ao mês, possamos sentir como se a guerra tivesse acabado..."

"Com o Império vitorioso, naturalmente."

"Combinamos de trazer cada uma o que conseguisse e veja só o que reunimos!"

"Estávamos inclusive combinando de levar para nossos valorosos soldados..."

O Mudir levantou a mão para que elas se silenciassem, então cuspiu no chão.

"A carne está uma porcaria. Dura como couro curtido, salgada como o suor de um *giavur*. Se ao menos vocês armênias soubessem cozinhar..."

Nisso todas se silenciaram, fervendo por dentro. Era preciso quase o impossível para que uma sofredora e resignada *mayrig* atacasse um turco, mas aquilo era quase o suficiente.

"Pois bem. Levem então essa comida para os soldados. E o menino... Quero o menino na minha casa até o meio-dia. Não me façam procurar por ele."

O café da manhã do domingo foi no "jardim de inverno", que Cláudio ainda não conhecia. Uma área entre a sala de jantar e o aposento das empregadas, com meia dúzia de arbustos que poderiam ter sido mais bem cuidados. Seu Domingos parecia um pouco mais disposto, comia sua torrada com papaia; Cláudio comia um pão com manteiga e bebia café. Fez a pergunta costumeira:

"Dormiu bem, seu Domingos?"

O velho mastigou, engoliu, refletiu. "Acho que tive um pesadelo."

"Pesadelo com o quê, com os turcos?"

O velho olhou feio para ele. "Você é monotemático, hein, menino?"

Cláudio riu; achava que sabia o que "monotemático" significava, mas não tinha certeza.

"Sonhei com aquele 'turco' que quer ser presidente e fazer um massacre no Brasil."

Cláudio pensou se ele não estava variando novamente. Turco que queria tomar o Brasil? Ele não entendia nada de política... Não tinha o Turco Louco? Turco Louco era político, era ele? Ou Haddad? Haddad é sobrenome de turco?

"Aquele militar, que acha que as minorias têm de se curvar às maiorias... Que diz 'estupra, mas não mata'."

Cláudio lembrou do meme. Era Maluf. Maluf ainda era candidato a presidente? "Acho que quem disse isso foi o Maluf... Maluf é militar?"

"Maluf é vizinho. Mora aqui atrás. A esposa dele, a Silvia, vivia de fuxicos com minha mulher..."

"O senhor sonhou com o Maluf?"

"Deus me livre, não. Mas agora que me lembrou, quem sabe se não vou sonhar? Por que me lembra de uma coisa dessas? Podia me lembrar da Gina Lollobrigida!"

Cláudio ficou perdido. Não fazia ideia de quem era. Seu semblante o denunciou.

"Bem", emendou o velho, percebendo o estranhamento, "a Madonna, que fosse... a Cher."

Cláudio sorriu. Eram duas velhas que ele conhecia bem. E não sabia se seu Domingos as citava porque eram seus exemplos mais jovens de "mulher bonita" ou porque eram duas divas do mundo gay. Talvez por ambos os motivos?

"Gosto da Cher", Cláudio comentou.

"Ela é armênia!", o velho se apressou em informar.

"Sério?", Cláudio respondeu, se arrependendo de questionar o velho; a autocensura despertada o fez refrear um comentário sobre as Kardashian, já que estavam falando sobre o universo pop-gay armênio.

"Mas não sonhei com ela, Cláudio. Sonhei com esse asno nazista que o Brasil conseguiu gerar... Em pleno 2017, eu não acredito!"

Ainda que Cláudio tivesse conhecimentos precários sobre política, tinha um palpite evidente.

"Bolsonaro?"

"Esse! Não gosto nem de lembrar o nome."

Cláudio riu. "Acho que 'Bolsonaro' é nome italiano, não é?"

"Não importa, o espírito é de turco!"

"É espírito de porco!"

"Isso!"

"E acho que a frase dele foi: 'você não merece ser estuprada'."

"Piorou."

Cláudio adorava cada vez mais aquele velho, que dizia ter pesadelos com o Bolsonaro. Seu Domingos havia acordado de madrugada falando em armênio, brandindo uma adaga — Cláudio estava certo de que ele havia sonhado mesmo é com os turcos, mas oferecia uma versão atualizada, mais próxima da realidade de Cláudio, fazendo média com ele. Um velho branco, heterossexual, rico, a classe dominante no Brasil, mas que tinha como ninguém o conhecimento do que era ser uma minoria, um cidadão de segunda classe.

Eu emergia das cinzas, não como mais uma desgastada ave alegórica, e sim literalmente, saindo do forno, todo manchado de carvão. As *mayrigs* já tiravam a mesa, levando a comida para os soldados, e eu mal consegui agarrar um charutinho *patat* para discutir minha rendição.

"Talvez seja melhor para ele, o Mudir certamente lhe dará um trabalho, teto e comida."

"Um menino já desse tamanho? Será morto assim que o virem."

"Deixem disso, é apenas uma criança. Podemos mantê-lo escondido."

Eu queria tanto poder deixar meu destino ser decidido pela escolha confiável de uma mãe, passar de fato o *tcharrt* debaixo de uma saia, mas já não via aquelas senhoras como autoridade e sabia que dependia apenas de mim mesmo para minha salvação — um sinal flagrante de uma maturidade quiçá precoce, que só se conquista em tempos de guerra. Voltar a caminhar me trazia imenso desânimo — e para quê? Caminhar para onde? Se os caminhos só poderiam me levar a uma nova cidade e nas cidades eu era perseguido. Melhor apostar no otimismo — quando não se encontra solução, só se pode esperar por um milagre.

"Irei até o Mudir. Certamente ele me dará um trabalho, teto e comida."

"Certamente: trabalho, teto, comida, é para isso que serve um Mudir."

"Está louca? Se for ao Mudir ele dará trabalho e um teto de terra, sem cabeça!"

"O que ele dará não importa, o que importa é o que ele poderá pegar. Já é um homem! E armênio! Temos que deixá-lo ir!"

Me explicaram que a casa do Mudir ficava a meia hora dali, saindo da cidade. Prontificaram-se a me acompanhar, como uma procissão, para garantir que eu chegasse inteiro ao destino. Limparam meu rosto das cinzas; me ofereceram roupas e calçados de seus filhos — eu preferia que elas tivessem guardado o banquete. Uma delas colocou uma adaga em meu cinto. Eu a encarei preocupado — o que ela esperava que eu fizesse com isso? Ela me respondeu: "Um homem sem uma arma é como um touro sem testículos". Eu já havia ouvido esse dito de meu pai, mas era *um homem sem arma é como um touro sem chifres*. Afinal, um touro sem testículos é um boi, e um boi tem muita serventia; agora um touro sem chifres... é melhor que perca também os testículos. Mas eu não a corrigi.

Seguindo pelas ruas, portas e janelas se abriam.

"É mesmo um menino! Há tanto tempo que não vejo um!"

"Não seja tola. Isso aí é uma menina de cabelo curto e roupas masculinas."

"Ora, mas o que é um menino senão isso?"

E como o Flautista de Hamelin, eu ia seguindo em direção à propriedade do Bey, minha procissão aumentando, atraindo toda uma aldeia de senhoras viúvas, sozinhas, deixadas sem filhos pela guerra.

Quando chegava à extremidade norte, o oposto do caminho por onde entrara, comecei a ter sentimentos incômodos de dèjá-vu. Via as casas desocupadas à margem da cidade, uma igreja com a cruz em X; virei-me para o morro à minha direita e confirmei: lá no sopé estava o moinho, o sobrado, o terreno onde me abrigara com Arminê e os meninos da aranha-rainha.

Parei no mesmo instante. Lembrei-me dos tempos felizes que passei lá, naquela comunidade livre de crianças anárquicas, trabalhando sem rédeas, servindo a um *efendi* invisível, como um deus, que, ainda que intolerante e rigoroso, guardava o castigo apenas para o final. Fazia meses ou anos? Impossível saber, quando se morre tantas vezes e se desperta em novas vidas. A duração relativa do tempo está sempre sendo reajustada.

Pensava se não havia sido injusto com Arminê, que mantinha a aranha-rainha sob controle para nos preservar. Que se vestia como menino como única alternativa para preservar a si própria. Me senti egoísta. Principalmente por ter partido em maus termos, sem me despedir.

Avisei a procissão: "Antes preciso visitar um amigo...".

As velhas me olharam intrigadas enquanto eu já seguia a trilha que levava morro acima. Ao perceberem para onde eu me dirigia, se adiantaram, me pegaram pelo braço, acariciaram meus cabelos, riram tratando-me como uma criança travessa.

"Não, não, por esse caminho não. Você não tem nada a fazer aí."

"Seu amigo não está aí, tenha certeza."

"Vamos, melhor não deixar o Bey esperando."

Mas eu finquei o pé. "Já morei naquela casa. Fiz bons amigos. Me deixem, que quero saber como têm passado."

As velhas olharam de mim para a casa e da casa para mim. Balançaram a cabeça.

"Você morou naquela casa? E conseguiu sair?"

"Não há mais menino algum lá, *mantchess*."

"Todos que por lá passaram nunca mais voltaram."

Naquele instante as nuvens taparam o sol de inverno e toda a manhã tomou um tom acinzentado, como para enfatizar o clima de perigo estabelecido pelas velhas. O casarão no topo do morro parecia mais assombrado, vazio, a arquetípica casa da vizinhança que as mães falam para os filhos evitarem e ainda assim os filhos espreitam com uma curiosidade mórbida, jogando pedras nas janelas e correndo ao menor sinal de movimento. Eu sacudi a cabeça.

"Não se preocupem. Passei bons momentos lá. Deixei bons amigos: Djivan, Kêrop, Armin…"

Ao ouvir o nome de Armin, as velhas recuaram.

"Armin não é seu amigo."

"Ele não é quem parece ser, não se engane."

"Esqueça o que você passou lá. Vamos embora, por favor…"

Mas eu estava irredutível. E o pânico flagrante das velhas em relação à casa só me incitava mais a seguir para lá. "Me deixem apenas dar uma olhada. Conheço *bem* Armin, não se preocupem. Volto em meia hora."

"Cláudio, o que você sabe sobre a história do seu povo?"
Agora era seu Domingos que interrompia a leitura para perguntar sobre o passado de seu cuidador. Cláudio não entendia exatamente. Quanto a "seu povo", ele se referia a quem, ao povo brasileiro como um todo? Aos gays? Cláudio se questionava até que ponto seu Domingos sabia sobre sua homossexualidade — aquilo era sempre um tópico latente e velado no seu trato com os pacientes.

"Meu povo, você diz... os brasileiros?"

"Sim, os nativos, indígenas. Você me disse que era descendente, não é isso?"

"Ah, sim. Por parte de pai."

"Você conhece bem a história, a cultura do seu povo, sabe as origens?"

"Hum... Não muita coisa. Não é tão distante, tipo, minha avó paterna ainda mora numa aldeia até... Mas nada muito exótico. É uma tribo Guarani aqui de São Paulo mesmo."

"Verdade?" Seu Domingos parecia genuinamente curioso. "Eu nem sabia que havia guaranis em São Paulo."

"No interior, né? No caso, no litoral, em Boraceia. Eu fui quando era bem pequeno, não me lembro de quase nada."

Cláudio foi antes de o pai morrer, antes de a favela ser incendiada, e só sabe disso porque seu irmão mais velho, Alisson, teve uma fase, na pré-adolescência, de se assumir como índio — ou uma versão bem americanizada de índio de faroeste —, e fazia questão de lembrar do passeio deles pela aldeia. Cláudio tinha imagens da tribo — das mulheres de peitos de fora, as crianças com rosto pintado — que nem sabia se eram lembranças reais ou imagens genéricas de tribos indígenas. De todo modo, ele sabia que as raízes eram flagrantes em seu rosto, em seu tom de pele, seu cabelo liso e grosso.

"Você devia valorizar mais isso", prosseguiu seu Domingos. "Se os indígenas se unissem mais, sua cultura teria mais força."

Cláudio deu de ombros. "E para que a cultura indígena precisaria de ter força?"

O velho se exasperou. "Porque é isso que faz um povo, Cláudio! A história, a cultura, a língua. Se isso desaparece, o povo desaparece."

"Não tenho certeza se ainda faz sentido a cultura indígena nos dias de hoje…", disse Cláudio com sinceridade. "Tipo, eles querem viver de cocar na selva, mas com antena parabólica nas ocas…"

"Nenhuma cultura é estática, meu filho. 'Tipo', o ser humano evolui, troca informações. O importante é não esquecer das tradições, do essencial…"

"Tá. Mas o senhor mantém contato com a cultura armênia? O senhor já *foi* à Armênia?" Aquela pergunta só ocorria a Cláudio agora. O velho deixara claro que, quando nasceu, a Armênia não existia como país, mas desde então as coisas mudaram e a

Armênia era um país pequeno e independente. De todo modo, ele devia se censurar — não estava lá para confrontar seu Domingos. Notou no semblante do velho certo constrangimento.

"Essa Armênia que existe hoje não tem nada a ver com nossa antiga terra. É um país mais influenciado pela cultura russa, soviética, do que por nossa cultura milenar."

"Ahhh", Cláudio não conseguia se conter, "não foi o senhor que acabou de dizer que nenhuma cultura é estática?"

O velho parecia corado. "Cláudio... Você tirou o dia para me ratazanar?!"

"Ratazanar? O certo é *atazanar*", Cláudio não pôde deixar de sentir prazer em corrigir o velho.

"Volte para seu livro, moleque!"

Cláudio segurou o riso, mas espezinhou: "Foi o senhor quem começou...".

Aproximando-me do sobrado assombrado, eu me perguntava se as velhas não tinham razão. Misteriosa a casa sempre foi, com suas janelas fechadas e sua imponência fora de lugar, mas o fluxo constante de meninos a tornava mais inofensiva, como um *komech*, um enorme búfalo d'água sobre o qual as aves pica-boi pousam. Agora estava completamente silenciosa, ninguém à vista no celeiro, no moinho, no pomar. Não havia mais menino algum lá, as velhas avisaram, engolidos pela Guerra, ou pela aranha-rainha.

Também não havia mais animal algum no estábulo, não havia frutas no pomar, nada a colher na horta, até o poço de onde tiravam a água estava seco. Era triste, não exatamente preocupante. Uma casa vazia num terreno abandonado pode assustar crianças inocentes que se aconchegam à presença humana, mas ao sobrevivente de um massacre só transmite paz e segurança. Se não há gente, não há perigo.

Havia então a casa a explorar. Eu duvidava de que algo de valor restasse lá dentro, fossem bens, alimentos ou amizade; restava apenas a curiosidade sobre o interior, que eu nunca havia visitado.

Porta aberta, pisei lá dentro; pequenos animais escuros se refugiaram nas sombras. A sala estava completamente vazia, sem móveis, sem tapeçaria. O ar era ao mesmo tempo frio, úmido e empoeirado. Mesmo assim, era possível imaginar como a sala pôde um dia ter sido majestosa, com peles de ursos na parede, tapetes no chão, no teto, uma mesa com doze lugares onde o *efendi* recebia autoridades — o que foi feito dele? Quem foi e que fim teve esse turco? Como um turco com uma propriedade daquelas pôde deixar seu lar, sua viúva abandonada, obesa, alimentando-se de crianças? Talvez a tivesse abandonado exatamente por isso. Prosperando com o fim dos armênios, roubou deles uma nova propriedade, uma nova esposa, uma esposa mais nova, deixou para trás aquela mulher miserável, deixou miserável aquela mulher. E, obesa e abandonada, ela se vingou dos homens como pôde, colhendo direto do pé, ceifando pela raiz, alimentando-se deles ainda meninos.

Lembrei-me então de Arminê contando: "Ela passa os dias num quarto no segundo andar, com as janelas fechadas, sem querer ver o que se passa com seu país". Bem, eu queria ver o que se passava com ela. Duvidava que estivesse viva, largada daquele jeito sem mais meninos a servi-la, meninos a alimentá-la. Mas Arminê também não dissera que ela "não conseguia levantar da cama e nem conseguiria ser levantada de lá"? Então seu corpo, vivo ou morto, continuava no segundo andar.

Subindo a escada, me lembrei de outras palavras de Arminê: "Nenhum menino consegue entrar na adolescência sem tentar descobrir o mistério que há por lá". Eu agora tentava — seria esse um novo marco da puberdade? Mais do que os primeiros pelos, mais do que a ejaculação precoce, a busca pela aranha-rainha é o que separava homens de meninos.

No segundo andar, dei de cara com três portas fechadas. O Inferno está lá fora, pensei, nada que haja aqui dentro pode me assustar. Tocando a maçaneta, a primeira porta estava trancada. Partindo para a segunda, a porta se abriu. E lá dentro eu a encontrei, ou o que sobrou dela...

A viúva era uma enorme massa derretida sobre uma cama. Poderia se dizer que o corpo estava nu, porém a nudez implica uma revelação e uma transparência que aquela figura não tinha. Tudo era disforme e escondido por dobras e camadas. Não havia corpo, apenas pele. E sua pele estava coberta de feridas, hematomas, equimoses, dobras eram obscurecidas por grupos de insetos. O cheiro no quarto era indescritível e quis na mesma hora sair dali.

Nesse instante, a viúva abriu os olhos. Até suas pestanas pareciam ser duplas, dobradas, com uma camada extra de pele. Mas seus olhos eram benevolentes e, quando me viram, ela sorriu.

"Você voltou..."

Dei um passo à frente, senti o fedor do quarto com toda sua intensidade, então dei um passo atrás novamente.

"Não tenha medo", ela prosseguiu. "Estamos só nós dois aqui... Eu me cobriria se pudesse, mas... oh, há tanto a se cobrir."

Eu não tinha medo, tinha nojo. E nem havia me ocorrido que poderia haver algo de impróprio em estar naquele quarto, com aquela mulher nua, se é que aquilo poderia ser chamado de uma mulher nua. Como bem descrevera Arminê, a morbidez da obesidade também conferia uma androginia mórbida.

"Oh, veja meu estado. Há tanto tempo não tenho companhia, e quando alguém aparece me apresento assim. Releve, meu menino. Sente-se. Sente-se ao meu lado."

Eu me lembrei de outras frases de Arminê: "Ela é sedutora e convidativa, carinhosa e aparentemente impotente. Quando o menino chega próximo o suficiente, é pego em seu abraço, incapaz de se soltar".

"Não, obrigado", respondi, apalpando a cintura em busca da adaga com que as *mayrigs* me presentearam. Um homem sem arma é como um touro sem chifres, afinal.

A viúva sorriu. "Entendo. Sei o que já falaram sobre mim... Mas agora não há mais perigo, não é? O que resta de mim além desse esqueleto, incapaz de destrinchar um pintinho?"

Corri os olhos pelo imenso corpo da viúva e não pude me conter. "Me desculpe, mas a senhora está longe de ser um esqueleto." Queria contar a ela que já vira esqueletos se levantarem e continuarem marchando ao som do chicote, que toda aquela gordura acumulada, toda aquela carne tirada dos ossos de meninos armênios levaria uma vida para ser queimada. Ela poderia nunca mais se levantar daquela cama, ainda assim teria gordura para abastecê-la até a Terceira Guerra Mundial.

"Oh, não, não", ela respondeu sempre com seu sorriso benevolente. "Não vê que tudo isto é apenas pele, a pele que sobrou esticada sobre meus ossos? Veja." E num movimento pude vislumbrar costelas, uma tíbia, clavícula, pronunciando-se como a mão dentro de um fantoche. Era mesmo uma mulher derretida: uma poça de pele sobre um esqueleto diminuto.

Nisso, eu me aproximei por pena. Havia algo mais. Algo nos olhos dela era familiar. Talvez fosse o sofrimento, um martírio incomunicável que nós dois compartilhávamos. Ou talvez fosse algo mais concreto.

"Sente-se, por favor. Estou quase morta. Eu mesma acreditava que já estava. Deus foi bom o suficiente para não me deixar morrer sozinha. Trouxe você de volta para eu poder confessar meus pecados. Sente-se."

Eu queria dizer a ela que não era padre nem tinha autoridade alguma para redimi-la naquele momento, nem sabia se o deus dela era o mesmo que o meu. Seria uma armênia cristã? Ou era apenas um subterfúgio para fazer que eu me aproximasse? Procurei um canto da cama para me sentar, não havia. O colchão transbordava com a pele excedente do corpo da viúva. Então me sentei sobre uma ponta da colcha de pele, que ainda era úmida e quente, pulsante e pegajosa. Ela podia ser só pele e osso, mas a pele ainda respirava.

"Você é um menino tão bonito…", ela me disse. "A beleza pode ser um fardo para as mulheres, mas para os homens é sempre uma bênção, sempre uma bênção, porque nunca é uma obrigação."

Eu não contestei aquele discurso, porque, mais do que nas palavras, estava interessado no tom e expressões daquela que me falava. Por que me pareciam tão familiares?

"Não se preocupe por ser armênio", ela continuava. "Os governos mudam, até as nacionalidades mudam. Você se converte e se torna muçulmano. Você aprende turco e quem pode dizer que não é? Mas homem, homem você sempre será, e um homem desgraçado ainda é mais agraciado do que uma mulher de sorte."

Então eu a reconheci. Nariz empinado, olhos verdes, quirguizes. Sim, era ela, ou havia algo dela, o esqueleto se mexendo, por baixo de toda aquela pele, era Arminê?

"Armin?… Arminê?"

A viúva me sorriu novamente. "Pode coçar meu nariz? Está me incomodando há dias e meu esqueleto não consegue levantar esse braço."

"Sim, mas…"

"Por favor…"

Mesmo por trás de pestanas duplas, cravados num couro de javali, os olhos ainda eram sedutores, e eu levei a mão até o nariz da viúva para coçá-lo. "Aqui?"

Mais num menear bovino do que no bote de uma serpente, a viúva elevou os lábios e boqueou a ponta do meu indicador direito.

"Ei!"

Fiz menção de puxar, quando ela cravou o dente. Sentia um corte no dedo, queria tirá-lo, mas a viúva me lançava não um olhar de triunfo, e sim de súplica. Tentei recuar com a mão e senti não apenas o dedo se movimentar, como o dente que o segurava. Se eu quisesse tirar o dedo dali era só um rápido puxão sem esforço. A viúva implorava para que não. "Só um pouquinho", ela me comunicava com o olhar, "só algumas gotas."

Sem saber o que fazer, apenas fiquei parado lá, com o dedo na boca da viúva, a viúva sugando meu sangue, em gotas diminutas. Lembrava-me tanto de Arminê — seria sua mãe? Teria Arminê ao final tomado o lugar da viúva? Seria meu sangue o suficiente para lhe restituir a velha forma, a boa forma, o alimento como uma forma de restituir uma forma menos obesa?

Antes que eu pudesse me aprofundar nesses pensamentos, a viúva largou meu dedo. Sorrindo, em seu sorriso faltava um dente, estava cravado no meu dedo indicador. *"Chnorhagalutyun"*, ela me agradeceu em armênio, deixou de respirar e o esqueleto todo se desmontou dentro daquele imenso saco de pele.

Era domingo. E agora que seu Domingos parecia muito mais disposto, Cláudio sentia que tinha de se empenhar em tirá--lo de casa.

Era sempre assim, o idoso podia viver uma vida de ócio, todos os dias da semana livres, mas era imperativo que se tratasse o domingo como tal. Ele já sabia por experiência prévia que era o pior dia para museus, parques, concertos — tudo lotado, um público se acotovelando, torcendo o nariz para idosos com preferencial, uma preferencial que não protegia da lotação. Pensar no que fazer, de acordo com o perfil do paciente, era sempre um desafio. Tinha a Paulista fechada-aberta para pedestres — com suas passeatas e seus caminhões de som de "armas pela vida", com a foto do juiz Sérgio Moro. O Minhocão era ainda pior — aquela passarela de concreto que remetia a um apocalipse zumbi, com *hipsters* dispersos passeando com seus *pugs*. Ele teve uma paciente, dona Zilia, que gostava de passear no shopping — o médico recomendou que ela caminhasse mais, e ela achou que os corredores do Iguatemi eram o suficiente —; não era o tipo de passeio que ele podia imaginar seu Domingos fazendo. Uma vez ele até foi a um pesque-e-pague, com o seu Nelinho — o velho ficou melancólico por não estar pescando de verdade, como costumava fazer na juventude, e pediu para ir embora. Muitos pediam para ir à igreja, claro, a missa de domingo. Porém seu Domingos não parecia nada religioso — por mais que os armênios fossem a primeira nação cristã do mundo, por mais que muito do que tivessem sofrido fosse por causa do cristianismo; será que era isso que afastara seu Domingos da Igreja? Melhor deixá-lo decidir o programa.

"Seu Domingos, o que vamos fazer? Não vou deixá-lo ficar dentro de casa. Hoje é domingo! Hoje é seu dia!"

O velho bufou. "Cláudio... Sou 'Domingos' há cento e dez anos, quantas vezes você acha que já ouvi essa piada?"

Pego no pulo! Mesmo em um momento de lucidez, seu Domingos havia confirmado sua idade. Cláudio não deixaria passar. "Hum, quer dizer então que o senhor tem mesmo cento e dez..."

"Quê? Ah... Cláudio, não me amole... É lógico que não tenho cento e dez. Foi só força de expressão."

"Me disseram que isso se chama 'ato falho'. O senhor tem cento e dez anos e nasceu na Armênia russa."

O velho bufou... "É, sabichão? Se eu tivesse nascido na Armênia russa há cento e dez anos, não seria com o nome de 'Domingos', não teria esse nome há tanto tempo, pois esse é um nome brasileiro..."

Ponto para ele. "Então tá, como é seu nome armênio?"

"Se eu nasci no Brasil, por que eu teria um nome armênio?"

"Ahhh, então o senhor nasceu no Brasil? Mas seus pais eram armênios, tipo, o senhor deve ter um nome armênio..."

"E você tem pai indígena, então deve ter nome indígena..."

"Sim, tenho, é Aquendaê, que quer dizer 'pássaros de plumas de cristal'!" Cláudio disse aquilo e se arrependeu na mesma hora. Era uma piada velha, para quando os amigos gays diziam que ele parecia índio. Não costumava soltar a franga assim com os pacientes. Ou não costumava soltar seu "pássaro de plumas de cristal".

O velho balançou a cabeça. "Ah, Cláudio…" E Cláudio estava tão acostumado com aquela decepção, que significava coisas tão diferentes em cada paciente. "Ah, Cláudio, a vida deve ser tão difícil para você." "Ah, Cláudio, você é um menino tão bonzinho, como pode ser gay?" "Ah, Cláudio, se eu tivesse setenta anos a menos…" Para seu Domingos, Cláudio temia que tivesse um significado mais doloroso:

"Ah, Cláudio… estou me esforçando tanto para gostar de você como um filho, para tratá-lo como o filho que perdi, como um neto que nunca tive. Por que você não facilita as coisas para mim?"

"Leve um agasalho, que vai esfriar." Aquela frase materna universal nunca fez tanto sentido e nunca foi tão bem-vinda quanto agora. Eu estava de volta à estrada. Depois de sair da casa da viúva, sem encontrar mais minhas *mayrigs*, vagava sem rumo, sem saber a direção da casa do Mudir, tinha apenas a roupa do corpo para me proteger do cruel inverno, mas até que estava bem agasalhado, com os trajes herdados de seus filhos mortos. Já caminhara com bem menos roupa, pés descalços, e sobrevivera... ou ao menos morrera para ressuscitar novamente. Agora eu me sentia capaz de caminhar pela neve até onde fosse preciso — mas onde seria? Agora que eu estava disposto a me entregar ao julgamento de um turco, o Mudir desaparecia. As vilas iam e vinham e em todas elas eu seria morto, perseguido, escravizado. Que fronteira eu teria de cruzar para enfim estar a salvo?

Apesar do frio e da neve, era um dia claro de sol e inicialmente isso me elevou os ânimos. A Guerra tinha de terminar alguma hora, quem sabe não era agora? A neve tão branca, sem uma mancha de sangue me comunicava que nada mais fora derramado, nada mais havia a se derramar, as estações passavam e um novo solo estaria pronto a germinar.

Só que a neve tão branca logo se revelou meu novo tormento.

Era um dia claro de inverno, e não foi à toa que deus fez com que os dias claros de inverno fossem raros. Tudo coberto de branco, o sol iluminando, meus olhos iam se queimando sem que eu me desse conta — *tsuynguyr*, era o termo. Com menos de uma hora de caminhada, eu não conseguia mais distinguir nada, todo lugar para onde olhava parecia uma explosão em meus olhos, que permanecia mesmo quando eu piscava. Eu tentava me concentrar no azul do céu, mas até esse já estava contaminado, impregnado, tomado pelo branco que dominava tudo.

Implorando por alguma cor, captei o leve tom rosado de uma *tut*, uma amora caída a uma dúzia de metros à frente. Deu uma direção a mim e eu segui ávido como um X premiado no mapa. A amora oscilou, virou-se para mim e saiu saltando como o focinho de um coelho branco na neve. Desapareceu.

Sem mais poder prosseguir, ajoelhei-me e tapei os olhos com as mãos. "Se nem mais olhar para a minha terra deus permite..."

Em minha mente eu visualizava as imagens do Inferno: quente, escuro, amaldiçoado em diferentes tons. Era uma bênção. Eu poderia voltar para lá? Segurei o calcanhar das mãos pressionado firme nos olhos, pois não achava que teria resposta. Via borrões de cor tentando vencer o branco.

Quando enfim abri os olhos, vi olhos escuros diante de mim. Me perguntei se era o Diabo. Só havia eu e os olhos na neve, como um espelho que só refletia o que olhava para si mesmo. Passei as mãos na frente do rosto, para ver o que comunicava ao reflexo, e os olhos negros se movimentaram revelando um focinho da mesma cor, então, em sombras tênues um contorno de uma raposa branca.

Raposa: Que sofrimento todo é esse, minha criança?

Eu: *Vakh, vakh!* O dia… está claro demais. Não consigo enxergar!

Raposa: Ooooora, vocês armênios… Se acostumaram tanto com o período de trevas que, quando deus os presenteia com um dia claro desses, seus olhos doem…

Eu: Para você é fácil falar, um animal da neve…

Raposa: Se um animal, como eu, pode falar, quem dirá que um menino como tu não pode sobreviver na neve?

Eu: Me ajude então… O que eu faço?

A raposa permaneceu alguns instantes em silêncio, parecendo ponderar.

Raposa: Bem, se tu só segues em frente pelo sofrimento, se só és capaz de seguir os rastros de sangue, faça isso. Ou, como diria o imperador Jigsaw: "Quanto sangue tu derramarias para permanecer vivo?".

Dito isso, a raposa se afastou correndo pela neve. Em dois pulos seu branco se mesclou ao ambiente e ela desapareceu.

Era óbvio o que ela queria dizer, mas levou alguns minutos para eu entender. Senti então a adaga em meu cinto — o chifre de meu touro. Derramar sangue para permanecer vivo, dissera tal imperador. Eu faria isso.

Abrindo uma veia no braço, fez-se o primeiro rastro. Vermelho na neve, esguichava o caminho em frente. Espalhando meu próprio sangue, eu formava meu tapete vermelho.

Cláudio sugeriu a F.A.A.R.R.A. apenas como uma opção a mais, mais uma opção para seu Domingos dizer não, além do Instituto Butantã, a feirinha do Bixiga e até uma sessão de cinema com um filme sobre o Genocídio Armênio.

"Não quer ir mesmo ao filme? É com o Batman!"

"Que ótimo, Cláudio, depois de um Hitler zumbi, temos Batman enfrentando os turcos..."

"É com o *ator* que faz o Batman, eu digo."

"Como diria Bartleby: preferiria não. Por sinal, sabe que há um afluente do rio Tigre chamado Batman? E parece que a antiga vila de Iluh também recebeu seu nome."

O velho topou ir à F.A.A.R.R.A. — que era um acrônimo para algo como "Feira de Artes Alternativas Recriagem e Reciclagem Aleatórias — e Cláudio se arrependeu; queria dizer que não era uma sugestão séria, não era um passeio agradável para seu Domingos, com as barracas de tatuagem, de piercing, moda, artesanato e toda uma fauna gay rondando.

"Me parece antropologicamente interessante. Vamos experimentar", disse seu Domingos.

Meia hora depois ele estava vestido, e apareceu no escritório virando-se para Cláudio. "O que acha?"

Se fosse menos experiente, Cláudio poderia entender que o velho perguntava sobre a roupa, se estava elegante ou trajado adequadamente para o programa, mas identificou na hora que, por baixo dela, o velho estava usando fralda e perguntava se estava aparente.

"Está ótimo, seu Domingos. Arrumou tudo direitinho? Precisa de ajuda?" Cláudio colocou de forma delicada, para não perguntar diretamente se seu Domingos precisava de ajuda para colocar a fralda.

"Posso estar usando fralda, Cláudio, mas ainda não estou vegetativo. Acho que está tudo no lugar."

Chamaram um táxi e seguiram para a Barra Funda. Antes de descerem, no trânsito da chegada, Cláudio já queria ir embora. Via os meninos de cabelos descoloridos, de mãos dadas, um deles vestia apenas uma *sunga* dourada.

"Acho que estamos chegando ao Carnaval", comentou seu Domingos. Cláudio temia que a piada fosse para disfarçar o constrangimento. Na feira seria pior.

O som era alto demais, o local cheio demais, o povo muito exótico para um senhor de idade — e o senhor de idade andando de braço dado com ele mais exótico ainda para o povo. "Olha aquele curuminzinho fofo com o *sugar grandpa*", Cláudio ouviu de um grupo de travestis. "Está com o olho roxo. Deve ter se comportado mal e levado umas palmadas." Claro, eles não aparentavam nada serem da mesma família, e na dúvida sobre o que unia aqueles dois, o povo preferia concluir com malícia.

O tempo todo ele observava seu Domingos, que não conseguia esconder um olhar embasbacado. Cláudio não era dos meninos mais populares, mais sociáveis, nem mesmo no meio gay, mas havia um ou outro conhecido ali, ex-ficantes, amigos do namorado, que o cumprimentavam com um beijinho, perguntavam sobre o olho roxo, e não sabiam ao certo como se dirigir a seu Domingos, então o cumprimentavam com um beijinho também. Cláudio já havia passado por algumas situações de ter de apresentar um paciente aos amigos — embora não para um público como aquele. Já havia pensado muito naquilo. Hesitava em apresentar como "meu paciente", para não expor o idoso e porque, a rigor, não era o termo mais correto, uma vez que Cláudio não era nem médico nem enfermeiro. Meu "amigo" podia ser lisonjeiro, dependendo do idoso, alguns não queriam tamanha liberdade, e também permitia interpretações maldosas. Meu "cliente" era o pior de todos, não dava nem para considerar. O mais seguro era "meu patrão" — era isso que seu Domingos era, afinal —, embora quem quisesse, quem quisesse mesmo, ainda poderia interpretar com malícia.

"Seu patrão? Que fofo!", uma amiga trans infantilizava o velho.

Havia rapazes seminus — ou *praticamente* nus, com tangas mínimas sobre dotes máximos. Havia drag queens com visuais assustadores. Havia homem puxando homem com coleira. Havia pencas de meninos de mãos dadas, se beijando, se comendo. Cláudio se sentia constrangido por seu Domingos, se sentia constrangido por estar constrangido; o velho observava tudo em silêncio.

Até que deram com seu namorado, acompanhado de um amigo — a bicha má do CineSesc.

"Claw, que surpresa! Achei que estava trabalhando... Quer dizer, está trabalhando, né?", disse o namorado tateando perdido. Fazia algo de errado? O menino não deu tempo de o mal-estar se estabelecer.

"Seu Domingos, esse é o amigo que mora comigo, que falou com o senhor no telefone."

Eles se cumprimentaram com um aperto de mãos. A bicha má se adiantou: "Foi para ele que você comprou as…", então se conteve antes de dizer "fraldas", vendo o olhar fulminante de Cláudio, "… as pílulas? O viagra?" Tentou fazer graça. Não tinha sido a melhor das correções.

"Felizmente não estou precisando atualmente, meu jovem", disse seu Domingos, um pouco seco no humor. "Mas com certeza já tive mais experiências do que vocês todos juntos."

Todos sorriram amarelo. E se despediram. O passeio acabou logo depois disso.

No táxi de volta para casa, seu Domingos estava silencioso. Cláudio se sentia péssimo. Aquele não era seu avô, não era alguém a quem ele devia mostrar seu mundo, abrir os olhos, se assumir. Seu Domingos era um senhor de mais de noventa anos e seu *patrão*; que ideia era aquela de levá-lo à *farra*? Bem, foi ele quem quis, ele quem quis. E no íntimo Cláudio se constrangia não por revelar *seu mundo*, e sim por serem dois mundos, dois mundos seus que colidiam.

Do branco ofuscante, para o vermelho em que me esvaía, mergulhei numa escuridão inescapável, na qual acreditei que poderia enfim me esconder, me esquecer, ser esquecido e enfim ter o descanso derradeiro do vazio — não mais armênio, não mais cristão, não mais pecador condenado ou mártir em provação, apenas a nulidade que se apresenta pela fé exclusiva na natureza.

No entanto, da grata inconsciência, dedos pontiagudos ressurgiram para me cutucar. Então o som:

"Homem não é... Também não é bicho. Será que podemos comer?"

"Com essa pele dura, nesse tom azul, só pode ser um *tev*. Bem que dizem que esses espíritos trevosos aparecem na noite mais fria do ano."

"Se for isso, melhor levarmos de volta para a neve. Eu disse que não devíamos tê-lo trazido para cá."

Comecei a sentir então o calor do fogo. Uma luz bruxuleante dançava diante de minhas pestanas.

"Veja, parece que ainda respira. Será que é armênio?"

"Se respira, não é armênio. Os turcos não deixariam…"

"Se for turco, melhor jogarmos de volta na neve."

Um hálito lácteo soprava em meu rosto. Cheiro doce de pão. Azedo de suor, de cinzas. Tentei expulsar novamente o ar de meus pulmões para retornar ao nada.

"Já não está tão azul assim; é mesmo um menino."

"Maior do que nós, menor do que um adulto."

"Ei, não toquem nele, foi o que *mayrig* disse. Vamos esperá-la voltar."

Um dedo melado tocava minha bochecha e se grudava nela. Então minhas pestanas se abriram em fendas e se depararam com olhos grandes, escuros, emoldurados de longos cílios, brilhando de tristeza. Olhos tão reconhecíveis — de meu povo —, como não me reconheciam como um deles? Eu me perguntava em que estado me encontrava, e se me encontrava. O que restava de meu corpo além de uma consciência — tato, audição, olfato, visão, que iam retornando pouco a pouco. Por trás dos olhos que me espiavam havia rostos talvez pequenos demais, apagados, manchados de carvão.

"Ei, os olhos dele estão se abrindo. Como é seu nome?"

"Não fale com ele em armênio! *Mayrig* cansou de nos alertar!"

"Quem disse que ele pode nos entender? Foram os olhos que se abriram, não os ouvidos…"

Espiei por aqueles olhos, todos tão iguais, todos tão reconhecíveis, mas cada um tão único. Todos tão grandes, em tamanhos diversos. Todos escuros, em tons diferentes. Todos famintos.

E por trás deles, no pano de fundo, duas fileiras atrás, abrindo e fechando, olhos silenciosos que piscavam para mim, como minha mãe; olhos que desviavam, voltavam e voltavam a se perder, como os de meu pai.

Meu irmãozinho caçula?

Eu reconheceria aqueles olhos até fechados, no escuro, pintados de carvão. Olhos de minha família. Agora estavam de pé. Dois olhos ainda de pé. Minha família, ainda não toda caída. A última vez que avistei o pequeno Guiragos, ele ainda engatinhava. A última vez que o vi ele mal tinha cabelo. Não chamava meu nome, não me reconhecia como *agha yeghpayr*. Me reconheceria agora?

Tentando recuperar minha voz, me esforçando para chamar por ele, meu interior sólido voltava a derreter, se umedecer; lágrimas foram as primeiras a brotar.

"Hum, acho que é mesmo um menino armênio, apenas um menino armênio."

"Ah, mais um para dividir nosso pão..."

"Eu disse que devíamos tê-lo deixado na neve."

"Cláudio, tenho uma pequena surpresa para você." Seu Domingos o chamava na saleta, onde o menino lia mais um capítulo do livro.

Chegaram da "farra" no final da tarde, e Domingos foi direto para o quarto. "Preciso descansar um pouco." Cláudio não respondeu, sentia-se um idiota por ter submetido o velho àquele passeio. Porém na hora do jantar o velho emergiu do quarto novamente com um sorriso no rosto.

Na sala de jantar, Cláudio encontrou a mesa posta com uma pizza marguerita e docinhos diversos: bombas, tortas de morango, trufas. "Achei que você fosse gostar de um cardápio diferente no domingo, ainda mais porque a Hilda está de folga", disse seu Domingos. Cláudio recebeu aquilo como um gesto de extremo carinho e deu um beijo na bochecha do velho.

Sentados à mesa, Clarice os servia à francesa, e Cláudio tinha vontade de assumir a autoridade, dispensar a velha, dizer a seu Domingos que eles podiam muito bem se servir de pizza. Ele também era empregado, afinal-porém. E os dois comiam em silêncio, parecendo ambos ensaiarem o que dizer, como dizer, como resolver aquela tarde.

"Gostosa essa pizza, hein? Eleita a melhor de São Paulo", o velho se adiantou.

"Uma delícia", Cláudio dizia. E não mentia. Mas existiam "melhores pizzas" em todas as esquinas, os paulistanos nunca conseguiriam chegar a um consenso sobre isso. Pessoalmente, ele não gostava de pizza tão boa assim. Para ele, pizza era do tipo de coisa que era melhor quando era pior — massa grossa, pesada, recheio farto. Aquela pizza fina, rica, perfumada era sutil demais para cumprir sua função. Mas a bela bandeja de doces completava a demonstração de carinho.

"Pedi os doces da Ofner", continuou o velho. "Não deixe de provar a tortinha de morango."

"É muita comida, seu Domingos", respondeu Cláudio.

O velho abanou com a mão. "O que sobrar você pode levar. Eu não vou comer mesmo e ficaria tudo para as empregadas..." Clarice ouvia logo ao lado.

"Divide então comigo, Clarice?", Cláudio sorriu olhando a velha índia. Era daqueles dilemas, daquelas horas em que achava que deviam estar sentados todos juntos, patrão e empregados, todos dividindo a mesma comida.

"Eu não como doce", respondeu seca a velha seca.

O velho entortou a cabeça como se dissesse para Cláudio: "Vê?". Então fez sinal para ela. "Pode ir, Clarice. Eu toco o sino quando for para tirar a mesa."

A mulher deixou a sala de jantar. Cláudio sentiu que o velho pedia um espaço para conversar a sós com ele. E a conversa veio:

"Cláudio..." O velho tocou sua mão e parou no começo da frase, como se estivesse pensando muito bem no que iria dizer, ou como se tivesse esquecido do resto. "O passeio de hoje foi muito instrutivo. Um pouco pesado para mim."

"Eu sei, seu Domingos, e peço desculpas…"

O velho levantou a mão, silenciando o menino.

"Eu ainda estou vivo, Cláudio. Estou vivendo neste país, neste ano, e quero fazer parte, ainda que seja difícil e que minha função seja tão… bem, ainda que eu não tenha muita função."

Cláudio queria lhe responder que ele tinha uma função, ele ainda era seu patrão, e que tinha muito a ensinar, a compartilhar…

"Você é um bom menino", o velho dizia isso olhando bem nos olhos de Cláudio. "Gostei muito de você. E sei que tem outra vida fora daqui, é outro Cláudio, com outros hábitos…" Nisso o velho parou, parecendo ponderar como continuar. "Eu admito que não tenho condições de *julgar*. Não porque você não é meu filho, não é da minha família, não é da minha conta, simplesmente porque eu não *entendo*. E essa é das maiores conquistas que tenho na velhice, à beira da demência, imagino, poder admitir que muitas coisas eu não entendo e nunca entenderei. Então, como é o ditado? 'O que não tem solução, solucionado está?' O que eu não entendo, só me resta aceitar. Você está aqui, sei que está sendo pago, mas está sendo um jovem exemplar comigo, uma ótima companhia, e eu o aceito como você é. E só estou falando tudo isso porque quero que você mesmo tenha em mente: não se perca de quem você é. Você é um grande menino."

Cláudio se esforçou ao máximo para manter as lágrimas nos olhos. Detestava ser tão emotivo assim, ainda mais em serviço. "Também gosto muito do senhor, seu Domingos. Para mim é mais do que um trabalho. Tenho aprendido muito."

"Eu fiquei pensando em algo que você disse de manhã… Sobre visitar a Armênia. Acho que você está certo. Eu tenho de conhecer o país que me resta, mesmo que não seja exatamente o país de onde eu vim. E eu vou precisar de uma companhia."

Primeiro, mataram os homens. Depois, estupraram as mulheres. E, por mais que a aldeia estivesse repleta de cultura, de história, de valores, não acharam nada de valor para levar, então incendiaram as ocas.

Os índios tentavam fugir. Os índios tentavam se salvar. Os índios tentavam salvar seus pertences e suas famílias, carregar os bebês, arrastar os mais velhos. Sem a mínima piedade, ou menos que isso, empolgados com a diversão, os *tchétes* atiravam nos alvos móveis; desafiavam-se para acertar a cabeça de crianças; zombavam uns dos outros quando atingiam os velhos, alvos fáceis.

Cláudio estava lá entre eles, entre os índios, correndo desesperado. Tentando gritar que não tinha nada com aquilo, que era um "homem branco", que vivia num mundo civilizado com banda larga, que estava apenas de visita, de passagem, como os homens que atiravam. Estranhamente, usava uma camiseta do Real Madrid, e esperava que isso o destacasse dos selvagens. Mas via os outros meninos índios com a camiseta do Barcelona, Manchester City, Manchester United... Por acaso torciam para os times errados?

Lembrou-se do PSP, na mochila. Pegaria o videogame e tudo seria esclarecido, mostraria a eles, seria transportado de volta à civilização.

A mochila estava dentro de uma oca, que queimava como o resto da aldeia.

Naquela hora Cláudio lamentou não ser um índio de verdade, não ter arco, flecha, zarabatana, não saber se defender. Sua tribo fora seduzida pelas antenas parabólicas, pelas promessas do Império, e agora estava desarmada e impotente, desprovida e submissa, dispersa e desunida.

Sem ter mais o que fazer, Cláudio apenas se ajoelhou, fechou os olhos, rezou pela sua vida. E nem em sua reza encontrava salvação; em sua reza, não sabia a que deus chamar, o que pedir, que religião seguir — o jesus dos homens brancos, de olhos azuis e nariz empinado, o enxergaria como um ser de alma?

Ajoelhado, Cláudio recebeu o tiro na nuca.

Abri os olhos e estava no hospital. Nenhum corpo à minha esquerda, nenhum corpo à minha direita. Até onde eu podia ver, os leitos estavam todos vazios. Só sobrara eu deitado numa cama e, uma dúzia de metros à frente, um médico loiro fazendo sudoku no jornal. Pigarreei. Ele se levantou na mesma hora e veio até mim com o jornal em mãos.

"Ah! Acordou, finalmente! Como se sente?"

Olhei para ele e tive a mais estranha das sensações. Os cabelos loiros, lisos, os olhos claros, as bochechas coradas e rechonchudas, era uma cópia perfeita da minha enfermeira Suvi em versão masculina... Bem, nem tão masculina assim, uma versão andrógina.

Vendo-me calado, ele continuou. "Encontraram você na neve, pulsos abertos, quase congelado. O corpo congelado ajudou a conter o sangramento, e o sangramento ajudou o corpo a não congelar completamente. Você teve sorte!" E abriu o mais animado dos sorrisos.

Eu continuei olhando-o calado, tentando conjurar a imagem de Suvi, tentando afastar a imagem dele, para entender qual era a diferença entre os dois. Constrangido com meu silêncio, ele prosseguiu no mais jovial dos tons:

"O que importa é que você está vivo! E amanhã será um novo dia. E um novo dia para os armênios!" Nisso ele brandiu o jornal, talvez referindo-se a alguma notícia que eu desconhecia.

"Suvi?", arrisquei.

"Ah! Ela está de folga hoje. Não estamos tendo muito movimento por aqui… Deixe que me apresente, sou o dr. Valkkonen." Ele era fluente no turco, mas soava completamente estrangeiro quando dizia o próprio nome em staccato: *Valk-konen*. Não explicava por que se parecia exatamente com Suvi. Só podiam ser irmãos gêmeos.

"O senhor se parece muito com ela…" arrisquei.

Ele riu. "Acha mesmo? Puxa! Suvi é minha noiva!"

"Achei que fossem irmãos…"

"Bem… para nós, vocês orientais também parecem todos iguais." E me deixou com uma piscadinha.

Fiquei naquele salão vazio de hospital, imaginando em qual mundo eu havia despertado. "Um novo dia para os armênios", o doutor dissera. Bem, se a Guerra acabara, não tínhamos como sair vitoriosos. Fazíamos parte de um Império que declarara guerra a nós mesmos — o Império Otomano perdendo ou ganhando, seríamos os derrotados. Quem sabe eu não poderia me conformar de já termos hospitais vazios, de eu sair do hospital… Ou quem sabe os hospitais estivessem vazios porque estavam todos mortos. Quem sabe talvez todos tivessem desistido. Os hospitais existem para os feridos que querem ser remendados e seguir em frente — ninguém mais queria. Eu ainda insistia, eu ainda queria, eu não tinha força de vontade o suficiente para abrir as veias e simplesmente abandonar aquela caminhada.

Fechei os olhos. Lembrei-me das crianças que me cutucavam. Os meninos de grandes olhos que me observavam descongelar. Provavelmente as crianças do orfanato alemão. Meu irmãozinho estava entre eles? Meu irmãozinho ainda estava vivo? Tirado dos braços de minha mãe, levado para o orfanato, esperando por uma nova família, um novo destino, uma nova identidade. Sem nada para ligá-lo a mim, lembrá-lo de mim, além dos olhos, os inegáveis olhos armênios, que nenhuma aculturação poderia negar.

Quando acordei novamente, estavam os três diante da minha cama: Dr. Valkkonen, Suvi e *mayrig* Grüne. Me olhavam com expectativa. *mayrig* Grüne foi a primeira a se pronunciar. "Então está pronto para se levantar?"

Akh! Meu Senhor! Mais uma morte da qual ressuscitar. Será que não poderia descansar em paz, reencontrar minha família, rever meu irmãozinho? Até onde teria de se estender meu martírio? *Vakh, vakh!* Danação eterna dura tempo demais. Não há pecado em vida que justifique uma condenação infinita. Nada que se faça aqui faria sentido após séculos e séculos de castigo, os pecados já esquecidos, seria puro sadismo. O Inferno não faz sentido.

"Realizamos uma transfusão sanguínea", disse o dr. Valkkonen. "Um procedimento revolucionário que usa a corrente de um indivíduo saudável para abastecer o sujeito acamado. Mas, sabe como é difícil encontrar indivíduos saudáveis em tempos de guerra, então tivemos de pegar o sangue de um porco…"

Suvi tapou a boca com a mão, contendo um risinho. *mayrig* Grüne olhou para eles atravessado. Eu não respondi, indisposto a participar novamente do mundo dos vivos.

"Estou brincando", continuou o doutor. "Foi o sangue de um turco…"

Nisso Suvi caiu na gargalhada e deu uma cotovelada nas costelas do noivo. "Mikko! Pare com isso!" Ela pronunciava o nome dele com o mesmo staccato finlandês: *Mik-ko!*

Os dois se afastaram e *mayrig* Grüne permaneceu, colocando a mão na minha testa, em meus braços, testando minhas juntas.

"Meu... Meu irmão?", ensaiei perguntar a ela sobre o orfanato, sobre meu caçula.

"Ah, sim, te avisaram? Seu irmão já sabe que está aqui. E está a caminho."

O convite para viajar à Armênia era tentador, surpreenden-te, e um pouco assustador para Cláudio, que nunca havia saído do Brasil. Já fizera muitos planos de ir a Buenos Aires com o namorado, mas nunca conseguiam arrumar tempo e dinheiro, as duas coisas juntas. Ele duvidava que essa nova viagem pudesse acontecer — na idade de seu Domingos, com seu estado de saúde oscilante, não seria muito arriscado? Ele só esperava que o velho sobrevivesse às próximas semanas.

Aquela semana começava sem seu Domingos. Ele ficaria nas próximas quarenta e oito horas com o "enfermeiro", seu Virgílio, a bicha velha, que era um *profissional de verdade*. Cláudio teria menos dias de serviço ao todo — o que também significava que ele receberia menos, e que tinha de pensar em procurar outro paciente. Ele encontraria outro paciente, mas os horários não bateriam e ele teria de optar pelo paciente que precisasse mais, que pagasse mais, que não seria o seu Domingos, porque o seu Domingos ficaria a maior parte do tempo com Virgílio. Era sempre assim. Era uma dinâmica de trabalho tão cruel...

Antes do namorado "artista", Cláudio saiu por um tempo com um rapaz que trabalhava com educação infantil, um professor da pré-escola. Ele achou que poderia funcionar, porque os trabalhos tinham muito em comum. Em ambos eles tomavam uma função muito pessoal, muito íntima, que logo era desfeita: no caso da educação infantil, porque as crianças cresciam e passavam para outra turma, no caso de Cláudio, porque os idosos morriam. De todo modo, não funcionou. O professorzinho era muito careta e surtou ao descobrir o passado de Cláudio. A ele só restavam os artistas...

Na segunda, quando Cláudio chegou em casa até que disposto, encontrou a quitinete vazia, o apartamento tranquilo, com um bilhete do namorado na geladeira.

Trabalhando na exposição do Santander. Volto tarde. Bjxxxx

Cláudio admirava o namorado... ou "se" admirava com o namorado, que podia escrever uma peça, um roteiro, atuar num curta, dirigir um clipe. Agora "trabalhava numa exposição". Tinha virado artista plástico? Fotógrafo? Ajudava um amigo?

A verdade é que, se o namorado parecia ocioso, escrevendo, vendo peças, vendo filmes — "Se estou vendo um filme, estou trabalhando" —, de repente caía um cachê de cinco mil reais, que eram dois meses de salário de Cláudio, virando noites, limpando bunda de idosos.

Cláudio tinha é que agradecer por ser gay, concluía. Ser gay havia sido sua salvação. Pobre, pardo, periférico, com um histórico de abusos e condenações, a homossexualidade em si é o que o salvava, não o que condenava. A homossexualidade lhe abria portas, lhe dava a carteirinha de um clube exclusivo, onde ele conhecia pessoas de outras classes, de outras origens, pessoas com mais bagagem que o aceitavam como um igual. A homossexualidade, afinal, era o único ponto que ele tinha em comum com seu namorado.

Ele se deitou na cama e ligou a televisão. Rezou para que a Netflix não estivesse cortada por falta de pagamento. As contas na casa de um artista eram algo que não fazia sentido.

O que restaria de um armênio nascido em pleno Genocídio? Uma criança nascida quando não deveria ter nascido: ainda que desejada pelos pais, amada pela família, indesejada por todo um império?

Separado dos irmãos, com os pais mortos, mandado a um orfanato, o que restaria de armênio que ele teria de esconder, esquecer, sufocar? Anos depois, o que ele teria a lamentar? Que história ele teria para contar? Se ainda havia armênios que insistiam, resistiam, teimavam, aqueles que nasciam nesses tempos já faziam parte do plano dos turcos? Sem um povo, cultura, família, os filhos dos armênios nasciam como párias, como turcos, condenados?

Eu esperava a chegada de meu irmãozinho como um novo emprego, com salário menor, mas responsabilidades redobradas. Ele reconheceria meu papel? Ele seria um armênio como eu? Eu teria de carregá-lo por essa terra desolada, alimentando-o de meu sangue e meu suor? Eu sentia como se fosse entregue em meus braços todo o futuro do meu povo.

Depois que *mayrig* Grüne me falou de meu irmão, não consegui mais dormir. Fiquei sozinho naquele hospital de leitos vazios, olhando para paredes rachadas, esperando, quem sabe, ao menos a visita do Pequeno Príncipe. Nem carneiros eu poderia contar, porque me traziam más lembranças.

Então percebi a chegada. Pelos passos na escada, eu já conseguia identificar. E identifiquei que interpretara errado. Meu irmão *mais velho*, meu *agha yeghpayr*, surgiu no fim do salão, abriu um sorriso, chegou até meu leito e me abraçou. Tinha o mesmo cheiro de sempre. Quando se afastou, com lágrimas nos olhos, se deparou com meu olhar intrigado.

Quanto tempo se passara desde a última vez que o vi? Muitos meses? Um par de anos? Muitos meses que formavam mais do que um par de anos? Eu estaria pronto para avaliá-lo com cuidado, antes de declarar "não, esse não é meu irmão", porque eu sabia que ele podia já ser um homem formado, barba na cara, cicatrizes no rosto, emaciado por anos de sofrimento, marcado por mazelas que o deixariam irreconhecível. Mas não. Quando ele se aproximou de meu leito, era surpreendentemente a mesma pessoa que eu deixara na casa do velho cego.

"O que foi, *aghparig*? Não reconhece mais seu irmão? Passou tanto tempo… Você já é praticamente um homem!" E me deu um tapinha amistoso no ombro.

Queria dizer a ele que já não sabia o que esperar em matéria de irmãos, se teria de cuidar de um mais novo, se poderia contar com um mais velho; estranhava exatamente ele não ter mudado. Resolvi investigá-lo com cautela antes de me entregar ao prazer do reencontro.

"Você está igualzinho…", eu disse, "o que fez todo esse tempo?"

"Ah…" suspirou meu irmão como se sua jornada fosse longa demais para me explicar num único parágrafo. Resumiu:

"Depois que você foi embora, fiquei pouco tempo com o velho. Ele faleceu. Acordei uma manhã e ele simplesmente estava morto ao meu lado. Voltei a caminhar por mais alguns dias, até que encontrei uma cidade com *mayrigs* que me mimaram e me alimentaram, depois me levaram ao Mudir, que precisava de um assistente que soubesse ler e escrever. Trabalho para ele desde então. E você? Me conte!"

A história dele me parecia uma versão suave e bem abreviada da minha. Parecia que tinha percorrido os mesmos passos, com melhores resultados. Eu tinha vontade de perguntar: "Mas não morreu nem uma vez? Nem umazinha? Não conversou com lobos nem encontrou fantasmas? Nenhuma vez tentaram te cozinhar?".

"Fiquei abrigado por um período na casa de uma viúva. Depois trabalhei como pastor para um curdo", simplifiquei. Meu irmão se mostrou satisfeito.

"Que bom! Parece que tivemos sorte! Deus não foi tão generoso com todos os armênios… Mas os tempos estão melhorando."

Saí do hospital com ele. Na rua, ele quis me dar a mão, mas o encaixe de seus dedos parecia estranho nos meus, porque a minha mão já era bem maior. Notando meu desconforto, ele me deu o braço, como caminham os cavalheiros armênios, e sorriu para mim. "Já é mesmo um homenzinho, hein?"

Ele me levaria para seu Mudir, que eu desconfiava ser o mesmo que pedira por mim quando as *mayrigs* me esconderam. Era um turco, mas um bom turco, dizia ele — aquilo me soava como um paradoxo. Como jovens armênios, tínhamos de agradecer por nos aceitarem como escravos, porque as ordens oficiais eram a deportação (e as extraoficiais, a morte). Certamente o Mudir teria trabalho para mim e eu ficaria sob sua proteção. "Você é convertido, não é?", meu irmão perguntou.

"Convertido?"

"Ao islã, pergunto. Foi circuncidado?"

Olhei para meu irmão em choque. "Circuncidado? Você se converteu?"

Meu irmão devolveu o olhar surpreso. "Claro que tive de me converter! Não diga que você conseguiu sobreviver todo esse tempo sem renunciar ao cristianismo?"

Franzi a testa para ele. Dei de ombros como se fosse óbvio.

"Meu senhor! E não foi circuncidado?"

Fiz que não com a cabeça.

"Que coisa… Você é mesmo engenhoso. Bem, para o Mudir Bey você se apresentará como convertido, certo?"

Relutei em responder, em aceitar.

"É só para satisfazê-lo. No íntimo ainda sou cristão, óbvio, mas ninguém pode saber. Eles já fazem um grande esforço para nos aceitar como convertidos… Provavelmente teremos de dar um jeito de circuncidá-lo o quanto antes…"

Naquilo larguei o braço de meu irmão. Como ele podia propor aquilo? Como podia renunciar ao cristianismo, aceitar a religião de nossos inimigos, os assassinos de nossos pais, deixar que me cortassem em nome de Alá?

"Posso trabalhar para um turco. Posso esconder minha fé. Mas jamais aceitarei o islã de cabeça baixa!" Retruquei agressivo e orgulhoso.

"Deixe disso, *aghparig*. Temos que fazer o que for preciso para sobreviver. Você teve sorte de escapar até agora sem se converter; não tem ideia pelo que os armênios têm passado. Por sinal, temos que arrumar um nome muçulmano para você. Eu agora me chamo Haji."

"Convertido? Foi circuncidado?" Essa foi a primeira coisa que o Mudir perguntou quando meu irmão me apresentou.

"Ainda não, Mudir Bey. Esperávamos que o *efendi* pudesse nos ajudar nisso o quanto antes...", ele respondeu.

Eu queria acotovelá-lo, dizer que eu não aceitaria aquilo. Nosso combinado havia sido ganhar tempo, me apresentar ao Mudir como convertido e ver como ficava a situação dos armênios nos próximos meses. Havia os boatos de fim da guerra, o "perdão" por parte dos turcos, até mesmo de independência em Van. Para mim era só questão de arrumar uma cama e um prato de comida até que tudo fosse confirmado.

"Quantos anos ele tem?", perguntou o Mudir coçando a barba.

"Doze, Bey", respondeu meu irmão. "Ainda não é um homem para ser deixado à própria sorte, mas também não é uma criança incapaz de trabalhar."

Doze anos... Quando nossa aldeia foi queimada eu estava entre oito e nove. Então havia se passado três anos, dois anos, dois anos e meio? Ou quatro? Meu irmão aumentava minha idade para me mostrar mais produtivo ou a diminuía para que eu parecesse inofensivo? Ele mesmo saberia melhor do que eu? Eu não sabia. Difícil contar. Durante toda minha jornada o calendário diário não fez muito sentido; o tempo era marcado pela natureza, as estações, o sol que se punha e se levantava. Não havia com quem comemorar meu aniversário, não poderíamos nem pensar nos feriados religiosos, e sabe-se lá quantos dias, semanas, meses desse tempo não permaneci inconsciente, numa cama de hospital, numa vala na estrada. Uma nevasca que eu testemunhava podia ser o auge do inverno, o fim do outono ou uma primavera frígida; um dia quente demais podia ser uma bênção ou uma maldição.

O relógio de meu corpo também não era confiável. Estava desregulado, mas aquilo em si poderia ser um indicativo da adolescência. Minha voz era a mesma de sempre, acho, ao menos soava a mesma para mim... meus braços e pernas com certeza estavam bem longos, mas ainda não tinham pelos. Eu tinha os pelos púbicos, sim, resta saber se eram precoces ou tardios, pois isso não era algo que eu tinha muitos parâmetros e possibilidade de comparação. Levando tudo em conta, acho que sim, poderia se dizer que eu estava com doze, ou onze, ou treze.

Foi combinado então que o Mudir traria um *sunetchi* para minha cerimônia de circuncisão. Eu esperava sair de lá antes disso.

Meu irmão me levou ao meu abrigo — um celeiro, como de costume. Me apresentou aos outros armênios que trabalhavam para o Mudir, todos convertidos e com nomes muçulmanos: Ali, Ismail, Muselin...

Reconheci Muselin assim que pus os olhos nele. Era Vartan, meu antigo companheiro no pastoreio das ovelhas — que na época havia batizado o *cachorro* de Muselin. Estava mais alto, mais velho, o rosto marcado de espinhas, mas se eu tivesse alguma dúvida de que era ele, seu olhar evasivo o denunciaria. Ele me cumprimentou seco, evitando meus olhos; perguntei a ele se não o havia visto antes, de onde ele vinha, qual era seu nome armênio. Ele não quis falar sobre seu passado cristão, desconversou numa voz bem mais fina do que costumava ter, e eu me lembrei da voz com que ele chamava meu nome, ou nome de seu irmão, de noite durante os sonhos. Aquele era Vartan, sem dúvida.

Meu novo nome era Hassan, escolhido pelo Bey, bem a calhar, e desse nome islâmico, com o qual foi batizado um dos netos de Maomé, também nascera a palavra *assassinato*. Como eu tinha experiência como pastor, fiquei encarregado das cabras — por sorte Vartan-Muselin cuidava dos cavalos, eu não sei se daria certo outra temporada no pasto com ele. Meu irmão trabalhava diretamente com o Mudir, então eu só o via de noite antes de dormir e de manhã logo ao acordar, isso quando ele não estava fora em missão com seu Bey.

Os outros meninos eram boa companhia. Armênios convertidos, mantinham secretamente a fé e o espírito de vingança. Através deles recebia notícia sobre o avanço dos russos, da independência dos armênios no Cáucaso, do enfraquecimento do Império. O horizonte dos armênios se estendia além do que eu imaginava. Apesar de todos os esforços, nosso povo estava longe de ser extinto.

"Que bom que você voltou", disse Clarice recebendo Cláudio na quarta-feira. "Não confio nesse enfermeiro novo que dona Beatriz arrumou para seu Domingos…"

Aquilo era novidade, a empregada do lado dele. Será que a birra era com qualquer estranho, qualquer novo funcionário? Cláudio agora já podia se considerar "de casa"?

"Aconteceu alguma coisa?", perguntou Cláudio entrando pela cozinha, a entrada de serviço.

A velha índia balançou a cabeça, bufando. "Nesses dois últimos dias, seu Domingos envelheceu mais do que nos últimos dez anos. Aquela bruaca vai finalmente conseguir se livrar dele."

"Dona Beatriz?", perguntou Cláudio. "Por que ela faria isso?"

A velha olhou para ele com a cara franzida, como se ele não batesse bem da cabeça.

"Ela é a herdeira dele", explicou Hilda, a empregada negra. "Quando ele morrer, ela fica com tudo."

"Essa velha nunca ligou para seu Domingos", continuou Clarice. "Nunca veio aqui quando dona Anahid estava viva. Depois que o filho deles morreu, que morreu a esposa, que morreram os sobrinhos, ela de repente se interessou pela saúde do seu Domingos..."

"Bem...", tentou justificar Cláudio, "não sobrou ninguém para cuidar dele, né? Acho que ela não teve escolha..."

"Ih, meu filho, aquela lá não cuida de ninguém. Ela não está preocupada em cuidar da saúde do seu Domingos, não. Sempre contratou uns rapazinhos que nem você, sem a menor qualificação, esperando que ele morresse logo... Quando viu que isso não estava funcionando, resolveu contratar um profissional para acabar com a saúde dele."

"Eu também sou profissional, Clarice. Posso não ser enfermeiro formado, mas tenho cursos na área, e seis anos de experiência."

A velha abanou com a mão, num gesto de desdém idêntico a seu patrão. "Sabe há quantos anos eu trabalho com seu Domingos? *Cinquenta e oito*. Desde 1959."

"Uau", Cláudio virou-se para a outra. "E você, Hilda?"

"Eu estou só há vinte e cinco..."

"Vinte e sete, Hilda", corrigiu Clarice. "Você está aqui desde janeiro de 1990."

"Isso."

"É uma vida... Mais do que uma vida. Será que você não está é com ciúmes, Clarice?"

"Eu? Da dona Beatriz? Aquela lá mal passa aqui. Sexta passada foi a primeira vez que ela ficou a tarde toda com seu Domingos, e olha como ele está."

"Não, digo. Será que não tem ciúmes de quem vem aqui cuidar dele?"

"Pfff", a velha bufou novamente. "Meu filho, se viesse alguém aqui realmente cuidar do seu Domingos eu ia era agradecer, que a casa é muito grande e tenho muita coisa para fazer..."

303

"Bom, me diz uma coisa, Clarice, tipo, quantos anos exatamente tem o seu Domingos?"

"Ahhh, menino, aquele lá tem mais de cem. Ele não gosta de falar nisso, mas, quando eu vim trabalhar aqui, eu tinha vinte e ele já era velho."

"Acho essa apresentadora tão bonita, seu Domingos. Tem cara de mulher fina, não tem?"

Ao chegar no escritório, Cláudio não acreditou no que viu. Murcho e abatido, agora seu Domingos de fato aparentava ter cento e dez. Estava sentado em sua poltrona giratória, assistindo TV com Virgílio; ao seu lado, havia uma cadeira de rodas.

"Ah, Cláudio! Estava só esperando você chegar", o enfermeiro se levantou. "Você dorme hoje aqui, não é? Volto amanhã cedo."

Cláudio olhava embasbacado para seu Domingos. "O que aconteceu com ele?", perguntou ao enfermeiro. "Para que essa cadeira de rodas?"

"Fomos segunda ao médico. Seu Domingos está com muito problema de locomoção, de equilíbrio. O dr. Antranik achou melhor ele passar a usar a cadeira de rodas. Mudou também a medicação. Deixei tudo anotadinho aqui..." E passou para Cláudio uma folha de caderno com meia dúzia de medicamentos e horários.

"Mas… Semana passada eu ainda estava passeando com ele aqui pelos Jardins… Domingo mesmo… demos uma volta!"

O enfermeiro deu de ombros. "Nessa idade é assim, de um dia para o outro os anos cobram seu preço." Olhou Cláudio de cima a baixo, num gesto que ele não entendeu se era de soberba, de menosprezo, ou mesmo uma cantada.

Quando o homem foi embora, Cláudio permaneceu de pé, olhando de seu Domingos para a televisão — na tela, Ana Hickmann e Aracy anunciavam a iogurteira Top Therm.

"Seu Domingos, quer que eu desligue a televisão? Quer que eu pegue seu caderno, para o senhor escrever? Posso ler também um pouco para o senhor…"

O velho disse baixo, com uma voz rouca. "Estou assistindo esse programa…"

Cláudio se sentou em seu lugar costumeiro no sofá; assistindo ao velho sem que ele questionasse "o quê?". Olhou para as prateleiras de livros todos iguais, a lata solitária de amêndoas drageadas e pensou se o velho seria capaz ainda de morder uma, sugar uma, se ao mastigar uma amêndoa não desmontaria.

Eles assistiram à programação da Rede Record a manhã toda. Cláudio não fazia isso desde os dezesseis anos, quando saiu da casa da mãe. Agora mais assistia a seu Domingos assistindo TV. Havia algo de muito errado com ele, uma expressão ausente, senil — onde estava o senhor que lia Dante, discutia sobre a Armênia e escrevia as memórias de um sobrevivente? Só podia ser a medicação. Cláudio pegou a folha de caderno que Virgílio lhe deu. Clarice devia estar certa, dona Beatriz estava querendo apressar as coisas…

Então algo ocorreu a Cláudio. "Dona Beatriz sempre contratou uns rapazinhos como você", disse Clarice. Será que ela conhecia o histórico dele? Será que ela o havia contratado não pelos anos de experiência, mas por sua ficha criminal? Queria apressar a morte do tio contratando um assassino?

"ASSASSINO! SEU ASSASSINO!"

A mãe gritava com ele. Cláudio melado, coberto de sangue. Faca nas mãos. O irmão caído, sem vida.

Ela havia ficado lá, em choque, vendo tudo, como se não compreendesse. Então, quando Cláudio começava a recuperar o fôlego, a mãe assimilou a cena, percebeu que seu filho Alisson estava morto e se pôs a gritar com o mais novo.

Agora era Cláudio quem não entendia — por que ela o condenava assim? Ele a havia salvado. Havia salvado a todos. Seu irmão enfim estava morto, e ele só queria sentir alívio.

O sangue sobre a pele era uma sensação nova, que poucas pessoas podiam aproveitar, especialmente aos dezesseis anos. Era grudento, mas endureceria, esfarelava, se tornando uma pintura que ele queria entender exatamente o que comunicava. Era como uma criança num traje de guerra, um traje indígena, que ele usava apenas como fantasia.

Largando a faca no chão, deixando a mãe a gritar, Cláudio deu as costas e saiu da casa. Poderia ter cruzado montanhas, poderia ter atravessado rios, mas dificilmente conseguiria chegar tão longe todo coberto de sangue; foi só até a esquina. E tocando a campainha do pastor, Cláudio percebeu que tremia, que chorava, que ainda estava morrendo de medo.

O ato deveria ter sido libertador. Depois de uma vida sofrendo calado, parado, passivo, Cláudio cruzara a fronteira, deixara de ser a vítima. Ele agora era um assassino, cometera o mais violento dos atos, tinha na testa o sinal de deus, que o amaldiçoava e o protegia — ninguém mais poderia tocá-lo.

Mas ainda se sentia o mesmo, ainda sentia medo, ainda era o cordeiro esperando pelo sacrifício. Esperava por seu pastor, ele lhe diria o que fazer.

Quem abriu a porta, porém, foi a mulher do homem: "Cláudio... O que aconteceu? Que sangue é esse?".

De trás dela surgiu o pastor. "Cláudio!" Contemplando boquiaberto o menino, se dirigindo à esposa: "Querida... por favor, me deixe conversar com ele a sós".

A mulher permaneceu um instante olhando para o marido, para o menino, incerta se devia proteger o marido, se devia ser protegida dele. Então entrou.

"Cláudio...", o pastor repetiu, observando seu cordeiro ensanguentado, sem saber o que dizer. "O que você fez, meu filho?"

Cláudio queria ser abraçado por ele. Queria ter o sangue lambido do corpo. Queria ter seu perdão e sua absolvição, ouvir que fizera bem, que tudo ficaria bem, que ele não teve outra escolha, e que era mais do que justificado. Queria que o pastor prometesse cuidar dele, amá-lo, assumir um amor que já viviam em segredo. Cláudio queria se sentir digno.

"Eu resolvi tudo. Está tudo resolvido." Cláudio disse mais para si mesmo, para se convencer. Fora um ato impulsivo, sim, mas ele não poderia se arrepender. Tantas vezes pensara naquilo, tantas vezes tentara reunir coragem, se convencer de que tudo ficaria bem, que era justificado, que era legítima defesa, que ele era menor de idade. Agora, que enfim cometera o ato, no calor do momento, com dezessete facadas, as mesmas dúvidas, o mesmo medo de sempre rondava sua mente.

"Cláudio, onde está sua mãe?" Na voz do pastor também havia medo, dúvida e uma... impessoalidade, como ele tratava Cláudio socialmente, na frente de todos, na congregação. Nada do tom doce, caloroso, protetor, que reservava ao menino nos momentos em que se encontravam sozinhos. Agora eles se encontravam sozinhos, não? Embora na frente de casa... Será que agora o pastor negaria tudo, até para si mesmo? Será que agora que Cláudio tinha a marca de assassino o pastor negaria qualquer envolvimento com ele? Será que agora Cláudio era outro, tão outro, tão pouco inocente que nem o pastor o aceitaria em seus braços?

"Minha mãe está em casa", Cláudio respondeu sem entender a pergunta. A resposta lhe parecia óbvia. Será que o pastor acreditava que ele também a matara?

"Você precisa ir para casa. Trocar essa roupa. Precisa ligar para a polícia."

Cláudio achou aquela sequência de ações tão estranha. Ir para casa, trocar de roupa e ligar para a polícia. Aquilo nem lhe havia passado pela cabeça. Depois de cometer o assassinato, de ser condenado como assassino pela mãe, a primeira coisa que Cláudio pensou foi em procurar o pastor, buscar seu apoio, sua absolvição, para ter certeza de que tudo ficaria bem. Depois de matar o inimigo final, Cláudio esperava que uma porta, um portal se abrisse, e ele recebesse o cristal que zerasse todas suas dívidas, que apagasse todas suas dúvidas. Mas o pastor parecia não querer ter nada com aquilo, o pastor queria entregar o caso às mãos da polícia.

Cláudio tentou mais um pouco, deu um passo à frente, chorando, buscou os braços do pastor. O homem deu dois passos atrás, como se enojado, como se não quisesse se sujar do sangue, das lágrimas, do suor de um adolescente que ele tanto sorvera.

"Cláudio, vá para casa. Não piore as coisas fugindo da cena do crime. Você pode alegar que foi legítima defesa, mas precisa assumir as responsabilidades, precisa estar lá. Contar como seu irmão abusava de você, de sua mãe, que você fez isso num ato de desespero, de autopreservação. Acima de tudo, você tem de nos preservar, pensar na minha família, na *sua* família. Você sabe que eu não tive nada a ver com isso."

Ao ouvir aquilo, Cláudio foi lançado novamente no abismo. Ele estava sozinho. Mais sozinho do que nunca. Sem pai, sem mãe, sem irmão nem pastor. Pelo resto da vida Cláudio se perguntaria como não conseguiu antever esses desdobramentos tão óbvios. Cláudio havia assassinado seu irmão, seu grande agressor, apenas para ser entregue, para ser trancado, para passar os próximos dois anos com uma fundação inteira deles.

Em 15 de março de 1921, em Berlim, o jovem revolucionário armênio Soghomon Tehlirian assassinou Talaat Paxá, ministro do Interior do Império Otomano, que já havia sido condenado à morte por crimes de guerra e estava foragido na capital alemã. O julgamento de Tehlirian expôs ao mundo as atrocidades cometidas pelos turcos durante a Primeira Guerra Mundial, e ele foi absolvido. Crime sem castigo. Um assassinato justificado. Quando Cláudio descobriu essa história, quase quis se confessar a seu Domingos, ganhar sua admiração, sua absolvição, como herói justiceiro. Não era o caso — o velho era seu patrão, Cláudio não podia se esquecer disso. E se Cláudio fizera justiça, vingara apenas a si próprio, nem a mãe o reconhecia como herói. A mãe nem o reconhecia mais como filho, desde então. Cláudio nunca mais a viu.

Mas agora, até o tema Armênia parecia distante de seu Domingos. Tudo parecia distante de seu Domingos, Cláudio não conseguia mais conversar com ele. Era assustador como o velho agora era apenas um *velho*.

Pouco antes do almoço, seu Domingos desviou pela primeira vez o olhar perdido da televisão e fez sinal para Cláudio, sem conseguir verbalizar o que precisava. O menino se levantou e foi até ele.

"Pois não, seu Domingos?"

O velho falava rouco e baixo; Cláudio teve de se abaixar para escutá-lo.

"Ajuda... para ir ao banheiro..."

Levantando seu Domingos da poltrona, o menino percebeu que ele de fato mal conseguia se manter de pé. Precisaria da cadeira de rodas. Agradeceu pela casa ser térrea.

Ajudou seu Domingos a ir ao banheiro. Mais do que isso, era ajuda para trocar a fralda. Por mais que tivesse feito isso dezenas de vezes... ou *como* havia feito isso dezenas de vezes, sabia o quão constrangedor era, principalmente para um idoso que não estava acostumado. Seu Domingos ficou quietinho, apático, frouxo, largado, deixando Cláudio fazer o serviço. Ele não sabia o que era pior, o que seria melhor: que seu Domingos estivesse lúcido, para fazerem piadas enquanto trocava as fraldas, e ter consciência de que tinha fraldas trocadas; ou que ficasse assim, sem poder demonstrar vergonha por seu estado, sem poder expressar seu orgulho ferido.

"Prontinho, seu Domingos, como um recém-nascido." Cláudio soltou a frase que reservava para os momentos mais vergonhosos de seus pacientes. E, como seus pacientes mais vergonhosos, seu Domingos não respondeu. Ele teve de puxar o velho, vesti-lo, colocá-lo de novo na cadeira de rodas.

Nessas horas ele se questionava se tinha o mínimo talento para aquele trabalho. O que era preciso para cuidar de um idoso — empatia ou indiferença? Ele sofria, e não era a primeira vez, era sempre assim. Mesmo com os velhos mais agressivos, ele se compadecia. Na Fundação, foi elogiado por isso, sua psicóloga *turca* apontou que ele poderia ter talento nesse ramo, e ele seguiu, fazendo a única coisa que aprendera a fazer na adolescência. Agora se perguntava se não precisaria ser uma pessoa mais fria, se não seria melhor se não se importasse tanto, se fosse um homem de semblante apático e braços fortes, que pudesse passar por cima das limitações dos pacientes.

Ele tinha vinte e dois anos. Ensino médio precário, terminado entre Fundação e supletivo. Não conseguiria nenhuma faculdade que prestasse, nem sabia que faculdade queria. A ideia de prestar enfermagem, uma escolha natural para continuar naquele ofício, se tornava cada vez mais incerta. Ele não queria terminar como Virgílio, não queria continuar para sempre naquela vida. Pensou em design, design de games, nada indicava que ele tinha o mínimo talento para isso. Por que tinha de decidir? O mundo o colocou ali. E se ele não tivesse talento para nada, teria de morrer de fome?

Enfim as notícias deixaram de ser rumores circulando secretamente apenas entre nós e ganharam caráter oficial. O Império libertava os armênios, que podiam voltar para suas casas e não mais sofreriam ameaça e deportação. Recebemos a notícia com cautela — podia ser uma armadilha. Nós, que trabalhávamos para o Mudir, permanecemos discretamente sob sua proteção, apenas observando.

E de todos os cantos vieram os armênios.

A cidade já tinha o privilégio de ter permanecido de pé, com suas *mayrigs* dentro das casas, não tendo sido esvaziada e queimada como a minha aldeia, e agora voltava a ganhar vida. Homens em idade militar, de meia-idade, jovens, velhos, surgiam das montanhas, das cavernas, de dentro de *tonirs*, *khazans* e baús. Covas eram reabertas e mártires voltavam a respirar; mães enlutadas davam novamente luz a seus filhos adolescentes. E, como consequência, lojas abriam suas portas, oficinas voltavam a trabalhar, restaurantes serviam, padarias perfumavam o ar.

Sabendo de tudo, eu ficava cada vez mais ansioso, cuidando das cabras. Ali, Ismail voltavam a ser Alexan e Khatchadur. Meus colegas convertidos, não tão convertidos assim, aproveitavam a oportunidade para se libertar do Mudir, retomar suas vidas, sua língua e sua fé cristã.

Mas, assim como Vartan-Muselin, meu irmão relutava. Como os outros, esperamos alguns dias, para que as boas-novas se confirmassem, os receios se esvaíssem, e quando tudo estava seguro, quando podíamos partir, meu irmão titubeou.

"Não sei se é uma boa ideia. Para onde vamos? Nossa aldeia foi queimada, nossos pais estão mortos. Aqui temos trabalho, abrigo, comida; o que mais podemos querer?"

Eu não conseguia acreditar naquilo. Meu irmão se conformava em ser um cidadão de segunda classe, de terceira classe, menos do que um cidadão, um escravo. Abria mão de voltar a estudar, ganhar seu dinheiro, gozar sua liberdade por uma segurança tão mesquinha.

"Como você pode continuar trabalhando para quem matou nossos pais, queimou nossa casa, nos obrigou a renunciar a nossa fé?", eu o questionava indignado.

"O Mudir não pode pagar pelo erro de todos os turcos. Ele sempre me tratou com respeito e me aceitou em sua casa quando ninguém mais o faria. Ele se arriscou por nós. Não podemos ser ingratos."

"Ingratos? Ele não nos fez nenhum favor! Trabalhamos para ele em troca de um pão duro, um chão úmido e um teto furado."

"E o que mais teríamos, *aghparig*? O que mais teríamos sem turcos como ele? Você se esquece que esta é a terra deles?"

Engoli em seco, áspero e duro, quase engasgando. "A terra, deles?! Como esqueceu que esta é a *nossa* terra, roubada por eles há tantos anos? Onde deveríamos estar? Onde poderíamos ser livres…"

"Liberdade é algo a ser conquistado…"

"*Não!*", retruquei. "Liberdade é algo que nos é roubado!"

Mas era inútil discutir. Meu irmão não estava disposto a abandonar aquela segurança. Eu teria de partir novamente sem ele. Ao menos agora tinha meus companheiros e todo meu povo a seguir. Estava certo de que logo meu irmão recobraria a razão e se juntaria a nós.

Na incerteza de como o Mudir receberia nossa demissão, ou alforria, apenas acordamos cedo e partimos, sem avisá-lo. "Não vem mesmo com a gente?", perguntei ao meu irmão, que fingiu continuar a dormir, sem me responder nem se despedir. Era um domingo e fomos nos juntar a todos os nossos em comemoração na cidade.

Depois do jantar, depois de mais uma troca de fraldas, Cláudio levou seu Domingos para a cama; o velho queria dormir. Cláudio quase implorava para que não, para que ele ficasse acordado mais um tempo, lúcido mais um tempo; temia que com mais uma noite ele se apagasse de vez ou, mesmo que se apagasse em parte, que se apagasse o suficiente, deixasse de ser um sobrevivente.

"Não quer que eu leia um pouco para o senhor, seu Domingos? Quer discutir sobre o livro da Armênia?"

O velho mal balançou a cabeça, fechou os olhos.

"Ou então trago outro livro pro senhor. Como era aquele que o senhor estava lendo dia desses, um de comédia?"

O velho não despertou com a menção da *Divina comédia*. Cláudio foi descendo no repertório.

"Então podíamos sentar e assistir mais um pouco de televisão, o que acha? Acho que hoje tem A Fazenda…"

"Cláudio, me deixe apenas descansar…"

Com aquela menção, Cláudio ficou em parte aliviado. O

velho o reconhecia, lembrava de seu nome. Mas a total falta de ânimo era algo preocupante. Ele não sabia se devia ligar para dona Beatriz, acionar Virgílio, levá-lo direto ao hospital. Seis anos cuidando de idosos e cada um conseguia ser uma experiência totalmente nova.

"Tudo bem. Estou na saleta ao lado, então..."

Em seu sofá-cama, com o livro em mãos, Cláudio não conseguia se concentrar na leitura, pelo silêncio. Estava acostumado com os resmungos do velho, seus sonhos perturbados pontuando a leitura, como a sonoplastia dos acontecimentos de um século atrás. Agora não ouvia nada. De tempos em tempos se levantava, ia verificar seu Domingos, se ele ainda respirava. Era um sono pesado e pacífico, como um sono da morte.

Cláudio foi vagar pela casa. Era uma casa que já devia ter algumas mortes no histórico — a esposa de seu Domingos, ao menos, quem sabe seu filho. Porém, naquela madrugada, caminhando pelos corredores, Cláudio não temia topar com nenhum fantasma. O fantasma era ele, invasor de outro tempo, outra época, visitando um cenário ao qual não pertencia.

Os banheiros tinham louças tão antigas, sólidas, pesadas, levemente manchadas como não se faziam hoje em dia. Banheiras, bidês, lava-pés; Cláudio sabia para que serviam, claro, ele trabalhava com velhos, mas não cansava de se surpreender. Ele não era um menino ganancioso, consumista, mas pensava que se algum dia tivesse dinheiro na vida, teria um banheiro com bidê...

Entrou num dos quartos vagos. Pilhas de jornais, de revistas tomavam as superfícies: *Folha de S.Paulo*, *Veja*, *Caras*, guias de programação de TV a cabo. Ele não cometeria a tolice de classificar seu Domingos como *acumulador*; entendia muito bem que aquele termo era completamente banal na velhice, ainda mais sem parentes jovens para coordenar um descarte, principalmente com tanto espaço para se acumular. Cláudio já encontrara situações bem piores, em espaços muito mais restritos.

Em outro quarto: bibelôs empoleirados, ursinhos de pelúcia, bonecas de cera (Robert, Brahms, Anabelle). Abrindo armários: os vestidos da esposa morta. Cláudio ponderava o quanto uma inspeção mais cuidadosa poderia revelar: haveria algo que seu Domingos poderia ter carregado de 1915 até lá? Em décadas e décadas de peregrinações? Por montanhas, mares e continentes? Várias vidas e mortes depois? Num terceiro quarto, deu com pilhas e pilhas de cadernos de anotações, agendas, álbuns de fotografia: jovens em preto e branco; meninas trajadas como senhoras. Todos bem vestidos e alimentados. Em casamentos e comemorações. Nenhum registro de quando os armênios sofriam. Nenhuma sobra do genocídio. Cláudio entendia, mas ainda se decepcionava de não encontrar seu Domingos menino; no pasto entre as ovelhas; com uma raposa na neve; numa caravana, com sua vila queimando ao fundo.

Talvez outro povo, talvez outros sobreviventes comemorassem de maneira mais festiva. Sobreviventes de outros massacres poderiam se permitir beber, comer e cantar até perder a voz. Com a morte do Dragão, um vilarejo poderia festejar tão alto e por tanto tempo, até que uma nova fera fosse despertada. Mas não os armênios.

Enlutados, aleijados, órfãos, sem filhos, não conseguiam recuperar o ânimo para uma devida celebração. Alguns apontavam que era mais prudente assim, não convinha provocar os turcos. Séculos de opressão não mudariam com uma anistia temporária. Do que não se abriria mão era da fé. E da religião.

Assim, apostólicos e *protes* se uniam numa mesma celebração, unidos por um mesmo deus, ou salvos de um mesmo Diabo. Arrumaram a cruz torta da igreja, que estava mais parecendo um X, varreram e limparam o salão, refizeram o melhor que podiam o altar e, naquele domingo, ressuscitaram-se numa procissão. Era bonito de se ver: todos os armênios reunidos, sofridos, debilitados, silenciosos, caminhando juntos. Era uma prova de resistência de nosso povo e nossa fé, e eu os acompanhava.

Ressentia meu irmão não ter vindo comigo. De tempos em tempos olhava para trás, procurava na multidão para ver se ele não se juntaria mesmo a nós. De tempos em tempos achava que o localizava, e então me sentia culpado por ser outro menino armênio e por eu alimentar a crença de que todos os armênios eram iguais. Eu havia perdido toda minha família, e ter meu irmão como muçulmano tornava a perda mais dolorosa. Eu teria de pedir perdão por ele na igreja.

Logo estávamos todos lá, todos de pé, amontoados numa igreja sem assentos, e éramos o bastante, éramos o suficiente. Se naquela cidade, que era pouco mais do que vilarejo, tantos armênios ressurgiram para celebrar, eu me perguntava como estaria em Kharpert, Malatia, Bolis. Pensava como estaria minha própria aldeia, Lurplur, se algo restava do fogo, se seria possível varrer o chão da igreja e retomar seus propósitos. Eu duvidava. Teria de me contentar em fazer de lar onde quer que estivesse meu povo. Meu povo agora era minha família.

Quando o padre Balakian tomou o altar e abençoou a todos em armênio, meus olhos se tomaram de lágrimas. Eu estava nos fundos da igreja, perto da porta, ainda na esperança de ver meu irmão se juntando a nós, mas as palavras daquele homem ressoavam claras por todo o salão e além, soavam como se pudessem ser ouvidas nos vales, nas montanhas, chegando até o Céu. Se deus estivera dormindo para nossas súplicas, ele agora iria despertar. Se não tivera piedade até então, ele agora teria *orgulho* de nós.

Então vi a movimentação. Ao lado da porta, espiando em busca de meu irmão, vi os cavalos chegando: gendarmes turcos. No mesmo instante o sangue se esvaiu de meu corpo. Como pudemos nos iludir? Estávamos todos lá, os armênios da região, reunidos sob o mesmo teto: homens, mulheres, velhos, crianças, sobreviventes. O fato de estarmos numa igreja, em terreno sagrado, não nos protegia em nada, não significava nada para os perversos muçulmanos. Era mais uma vantagem para eles. Facilitávamos aos turcos terminar sua missão.

Eu tinha duas alternativas... e escolhi as duas:

Na primeira, por impulso, eu saí correndo pela porta, passando pelos turcos, que olharam para mim com escárnio, como se eu fosse um inseto pequeno demais para eles se preocuparem. Depois de correr poucas centenas de metros, parei sob um toldo, ofegante, culpado. Via os soldados rodeando a igreja, fechando as portas. Eu tinha de fazer algo para salvar meu povo.

Na segunda alternativa, ao ver os soldados, avisei imediatamente a todos. "Os turcos!", gritei, meu grito incapaz de penetrar na massa humana. Alguns ao meu redor me olharam, entre a curiosidade e a censura. Deviam me considerar uma criança histérica, traumatizada, mas continuei gritando: "Os turcos! Os turcos! É uma armadilha!". Atravessava a multidão na igreja, que olhava para trás, uns para os outros, se perguntando se havia mesmo razão para alarde, ninguém capaz de enxergar lá fora, pela quantidade de gente.

Até que cheguei ao altar. Subi ao lado do padre, que me olhou feio como se eu fosse o próprio *djin* turco encarnado, e gritei: "Os turcos! Eles rodearam a igreja!".

Naquele instante, todos se viraram ouvindo as enormes portas sendo fechadas. Estávamos presos.

Esse episódio foi mais uma prova de que os armênios podiam ter se salvado se tivessem se mantido unidos, se lutassem todos para um bem comum, na mesma direção. Se tivéssemos todos investido juntos contra as portas principais da igreja, elas cederiam, nós sairíamos, e talvez as poucas dezenas de gendarmes turcos não dessem conta de nós todos. Poderíamos derrubá-los, vingar nossos familiares, reivindicar com nossas próprias mãos a liberdade que nos prometeram.

Mas não, naquele instante, com as portas fechadas, com o pânico, os armênios se dispersaram. Alguns investiram contra a porta, é verdade, muitos apenas choraram plantados no lugar. Alguns se ajoelharam e pediram a deus, outros procuraram fugir pelas pequenas portas laterais, também fechadas. Apostólicos investiram contra protestantes, homens condenaram a presença das mulheres. O padre, em vez de aproveitar sua posição de liderança e seu posto privilegiado no altar para coordenar os fiéis porta afora, apenas pedia calma, pedia ordem, como se quisesse simplesmente continuar seu sermão.

Confesso que fui daqueles que buscaram uma das portas laterais, ao menos nessa versão dos fatos. Depois, como muitos dos outros, cambaleei em círculos, sem saber para onde ir, até ouvir as explosões. Os turcos explodiam a igreja, jogavam bombas pelas janelas, incendiavam tudo. Uma das *mayrigs* me agarrou. "Levon, *mantchess*, não tenha medo. Vamos enfim encontrar *hayrig*. Vamos enfim encontrar a paz!"

Desvencilhando-me dela, já via os armênios pegando fogo. Alguns se debatiam tentando apagar as chamas. Outros queimavam em silêncio, ajoelhados, se é que isso é possível. Khatchadur, meu colega de trabalho com o Mudir, se debateu, depois caiu de joelhos, então assumiu uma expressão resignada, com chamas consumindo seu corpo. "Ao menos morremos como armênios. Ao menos morremos em nossa igreja."

Do lado de fora, sob o toldo, eu via as labaredas consumindo a igreja, ouvia os gritos abafados, nos intervalos entre as gargalhadas dos gendarmes. Quando a igreja já começava a desmontar, a cruz novamente torta como um X, depois como um traço, a grande porta de entrada se despedaçou, e os armênios começaram a sair em chamas. Davam poucos passos, suas pernas se desfaziam em cinzas. Alguns insistiam, mas eram soprados pelo vento. Aos que conseguiriam sobreviver mais algumas horas com sofrimentos terríveis, o corpo todo queimado, os gendarmes demonstravam um inédito sentimento de piedade, e os matavam com suas baionetas.

Demorou para eu perceber que aquela figura nua, sem roupas e sem pele, sem pelos nem cabelo, o corpo vermelho e negro, era eu caminhando queimado para fora da igreja. Vinha em minha direção, lentamente, como receoso de partir as próprias pernas. Eu não sabia se corria até mim, para me ajudar; se gritava para eu desistir, descansar; se mandava voltar para igreja. "Morra lá dentro, morra enfim em solo sagrado, para poder descansar. Morra com os seus." Eu não disse nada. Meu corpo queimado deu seus últimos passos então, como os outros, caiu de joelhos. De longe, com a garganta queimada, em meio aos gritos dos armênios, eu não consegui ouvir com clareza. Mas acho que as últimas palavras que disse, olhando para mim, foram: "Não se esqueça".

"Ele vai tomar o café hoje no quarto", avisou Cláudio às empregadas, preparando-se para ir embora.

"Estou falando, seu Domingos não está bem! Ele nunca faz isso!", disse Clarice.

"Olhe, no estado em que ele está, já fico feliz de ele ter acordado e querer tomar café...", argumentou Cláudio.

"O que você acha que aconteceu com ele?", perguntou Hilda.

"E o menino é médico por acaso?", intrometeu-se Clarice. "A velha está envenenando ele, só pode ser!"

"Ele está estranho, sim. Mas daí a acusar dona Beatriz de alguma coisa..."

"Se não foi ela, foi você!"

"Credo, Clarice!" Cláudio percebeu sua voz aguda e se conteve. "Você mesma disse que ele piorou foi nesses dias que eu não estava..."

"É aquele Virgílio", disse Hilda. "Aquele homem não tem uma cara boa..."

"E o que esse Virgílio ganha com a morte do seu Domingos?", continuou Clarice. "Só se ele estiver a serviço da dona Beatriz mesmo. Olhe, menino, essa mulher tentou porque tentou colocar seu Domingos num asilo, tentou fazer ele vender a casa, fez ele vender os carros, dispensar o motorista. Tudo o que ela pode fazer para que ele gaste o mínimo de dinheiro antes de morrer, ela faz. Se bobear daqui a pouco diz que ele é incapaz e passa a cuidar de todo o dinheiro dele."

"Ela já faz isso, não faz?", disse Hilda. "O dinheiro aqui de casa é ela quem traz…"

"Eles estão com uma conta juntos. Mas ela tem de prestar as contas para o seu Domingos. Vai por mim, daqui a pouco ela pega tudo para ela…"

Já era o suficiente para Cláudio. Ele não queria continuar naquela fofoca sórdida, na cozinha com as empregadas. Só queria ter certeza de que seu Domingos ficaria bem, nos próximos dias que não estariam juntos.

"Então, Clarice, eu devo voltar só segunda. Qualquer coisa você me liga, tá? A hora que for. Para mim isso é mais do que um trabalho, é como se seu Domingos fosse meu avô."

"Xiii, Hilda, olha aí. Outro de olho na herança do velho."

Se aos oitos anos Alisson já chamava Cláudio de "arromba-do", era porque Cláudio de fato era, pelo próprio irmão. Ele já dera sinais, claro, e por isso se sentia culpado. Achava que, mais do que seus trejeitos, do que seu modo afeminado, suas próprias *vontades* é que haviam causado isso. O irmão podia sentir, fare-jar, sabia o que Cláudio realmente era, e, assim que Alisson en-trou na puberdade, fez questão de praticar no caçula.

Uma coisa dessas os pais nunca descobrem. De uma coisa dessas os pais nunca desconfiam. Os meninos dividindo o mes-mo quarto. Os meninos dividindo a mesma cama. Os meninos com suas brincadeiras de meninos, a que os adultos não tinham acesso. *Contar* não era uma opção, seria como entregar a si mes-mo, assumir a culpa, e uma sexualidade que o menino ainda não entendia. Como ativo, o irmão mais velho se eximia, se impu-nha, apenas exercia seus direitos sobre o caçula afeminado.

Quem pode dizer que Cláudio não sentia prazer, vez ou outra? E isso só complicava as coisas. Ainda mais quando Alisson insistia, quando dizia que era Cláudio quem estava pedindo, que ele gostava, que ele queria. No fim, Cláudio aceitava sem resistência.

Quando os abusos terminaram, foi apenas no aspecto sexual. Quando Alisson avançou na adolescência, teve acesso ao sexo oposto, o irmãozinho perdeu o atrativo, justo quando tudo aquilo começava a fazer sentido. Cláudio nunca descobriu o sexo oposto. Cláudio não pôde desfrutar das etapas graduais do despertar sexual: os bailinhos com as meninas, o primeiro beijo, um amor platônico-não-impossível pela menina mais bonita da classe. Muito cedo ele já sabia que não era como os outros, e demoraria muito para descobrir que havia iguais, da mesma idade, passando pelas mesmas coisas.

Cláudio buscou refúgio na igreja — um prazer mais do que permitido, *imposto*, pela mãe e pela avó. Não que os meninos lá não fossem cruéis e não zombassem dele, não que ele achasse que realmente pertencia, e não mantivesse um segredo. Cláudio se esforçava, Cláudio queria, Cláudio até tinha fé e, mesmo assim, ou talvez por isso, não deixava de acreditar que já estava condenado ao Inferno.

Mas o pastor o aceitou como ele era. Ofereceu abrigo, ouvidos, tempo e carinho. E se nem para ele Cláudio foi capaz de confessar pelo que passara, o que sentia, o pastor foi capaz de enxergar dentro dele, ver quem ele era, e amá-lo mesmo assim. Desde os catorze anos, depois do culto, nos retiros de final de semana. Eles sempre tinham oportunidade de ficar sozinhos, e ninguém via mal nisso. Era um homem casado, com filhos, pai de família exemplar. Se alguém investigasse um pouco, saberia que ele já tinha um histórico, até uma condenação, mas uma desconfiança jamais passaria pela cabeça dos fiéis, e a igreja era bem permissiva em relação ao passado de seus pastores. "Salvos por Cristo", eles diriam. Afinal, a igreja se orgulhava de arrebanhar drogados, mendigos, marginais.

Eu estava morto, mas meu irmão não. Eu podia voltar para ele, na casa do Mudir, contar sobre o incêndio da igreja e vê-lo se vangloriar. "Eu bem que avisei. Você devia ter ficado aqui comigo", como se ele tivesse deixado de nos acompanhar por suspeita, e não acomodação.

A cidade agora estava tomada de gendarmes, que invadiam as casas, pegavam os alimentos das *mayrigs* mortas, os tesouros que os armênios escondidos trouxeram consigo. Se comemorávamos nossa sobrevivência respeitosamente, em silêncio, os *lagods* turcos comemoravam o massacre ruidosamente, com risadas e muito *raki*. Pareciam todos bêbados, ou era a violência que os inebriava. Eu me escondia nas sombras, sob toldos, entre valas, tentando sair da cidade até a casa do Mudir.

Quando chegava, percebi que havia algo de errado. A casa silenciosa demais, os lampiões apagados. Não duvidaria que o Mudir pudesse ser cúmplice do massacre, mas ele não tinha nada a lucrar com isso em sua propriedade. Para que mataria seus escravos armênios? Quem faria o trabalho no lugar?

Então, chegando ao estábulo, vi Vartan-Muselin.

Estava sentado no chão, de pernas cruzadas, olhos fechados, como se meditasse. Tinha as faces coradas, o semblante calmo, me perguntava se ele tinha consciência do que acabara de acontecer na igreja com os armênios. Chamei seu nome: "Vartan?"

Ele abriu os olhos. "Oi? Ah... Você... Conseguiu voltar da igreja."

Assenti. "Era uma armadilha."

Ele assentiu. "Era de se esperar, não? Fomos tolos, tolos demais..."

"Mas vocês fizeram bem", toquei o ombro dele. "Fizeram bem em ficar. Onde está meu irmão?"

Vartan-Musselin voltou a fechar os olhos, balançou a cabeça. "De nada adiantou ficarmos. Os *saptiehs* vieram aqui, levaram o Bey preso, acusado de conspirar contra o Império por empregar armênios. Se tivéssemos ido, ao menos morreríamos com os nossos, na nossa fé. Agora estamos todos mortos. E nós como covardes."

"Do que está falando? Você está bem vivo." Eu o observei com cuidado. Estava acostumado a noções relativas de morto e vivo, mas Vartan-Musselin não tinha nada que indicasse assassinato.

"Eu ainda estou vivo. Talvez estivesse esperando por você. Talvez quisesse pedir perdão. Tive de me esforçar bem aqui, concentrar toda minha energia nas funções vitais, na respiração. Você demorou..."

"Você não tem nada a que pedir perdão. Fui eu que te traí naquele pasto, que te acusei de roubar os carneiros... Eu é que agradeço se me perdoar..."

Vartan-Musselin abriu os olhos novamente. "Não me lembro disso. Talvez eu não esteja mais raciocinando, mas não me lembro dessa história de carneiros. Eu queria pedir perdão por ter renunciado à minha fé por minha salvação terrena. Fui fraco. Pensei só na minha sobrevivência. E agora morro como um traidor. Sei que você não pode me absolver, mas ao menos posso me confessar e me arrepender. Você é um armênio como eu, tem o mesmo nome que eu, recebido seja do Santo Arcebispo ou do Lavrador, o nome com que meus pais me batizaram, que eu reneguei..."

"Como? Não entendo... Seu nome é Vartan, não é? Vartan? Fomos colegas no pastoreio de ovelhas para um *efendi* curdo. Não é possível..."

Musselin sorriu..."Vartan era meu irmão. Espero que ele também me perdoe. Espero poder reencontrá-lo..."

E dizendo isso, deu uma golfada de sangue, sangue brotou de sua barriga, seu rosto se tornou lívido, como se ele não pudesse mais conter um assassinato que acontecera minutos atrás, como se enfim aceitasse sua morte; ele incorporou um semblante sem vida, caindo para trás. Morto.

Só com todo o sangue derramado percebi quem de fato ele era. Idêntico a Vartan, com o mesmo nome que eu... Claro! Era o irmão gêmeo, que Vartan dera como morto.

Queria poder ter contado a ele que conheci Vartan. Que ele estava vivo, que trabalhamos juntos por meses no pasto, que dormimos lado a lado todas as noites. Que ele adotava uma voz grossa durante o dia. E chamava pelo irmão todas as noites durante o sono.

Esse homem é maravilhoso. Como eu amo esse homem. Esse homem se chama jesus. E morreu dependurado numa cruz.

Junto à sua mãe, seu irmão, e toda uma congregação, Cláudio cantava aquilo em voz alta, olhando para o homem que amava. O pastor vez ou outra cruzava olhares com ele, então dissimulava. Cláudio se contentava em poder declarar seu amor por outro homem, até porque não amava o pastor tanto assim. O amor que viviam provavelmente só era possível pela força da fé, o pastor como emissário da fé, veículo carnal para o amor de jesus, que isolado também não seria o suficiente. Cláudio reconheceria aquele relacionamento mais tarde, no mundo gay: o parceiro com quem se tem um relacionamento aberto apenas porque facilita a entrada de terceiros. Mas naquela época, aos catorze-quinze, sua visão não era tão cínica, tão realista. E aqueles amores se confundiam, ao ponto de ele considerar o amor pelo pastor como verdadeiro. O verdadeiro amor por jesus.

O pastor nunca lhe prometeu nada: "Você tem uma visão muito confusa, Cláudio, por tudo o que passou com seu irmão.

Estou aqui para ajudá-lo; se não consegue controlar os seus desejos, é melhor que faça comigo do que com outro qualquer na rua, que pode desviá-lo da fé, contaminá-lo com doenças físicas e espirituais. Eu sou um homem de deus, um pai de família. Só faço isso pelo seu bem. Mas você tem que me prometer que não fará isso com mais ninguém, não contará isso a mais ninguém, aproveitará esse sacrifício que faço a você como uma forma de sossegar, e se dedicar à sua fé, à igreja, à família."

O pastor era bom. O pastor era bom o suficiente. Cláudio prometia. E sentia-se melhor em poder se satisfazer sob a absolvição da igreja, com amor a jesus, pensando no irmão, tentando afastar ideias de que poderia ter um relacionamento de verdade, um amor de verdade, recíproco e frutífero, entre dois iguais.

Meu irmão também poderia ter reunido todas as forças, toda a calma, ter se sentado com as pernas cruzadas e esperado por mim. Não para me pedir perdão, não por isso, podia ter esperado para ir comigo. Como *agha yeghpayr*, irmão mais velho, ele poderia, ele deveria, ele tinha o dever de agarrar minha mão e me conduzir: "Vamos, *aghparig*, não seja teimoso, já é hora de reencontrarmos nossos pais".

Eu concordaria. Eu iria com ele. Eu teria a segurança do *agha yeghpayr* decidindo nosso percurso e acabaria com essa bobagem de vagar sem rumo, morto-vivo.

Porém, uma lição que todo homem tem que aprender, cedo ou tarde, é que não podemos deixar a decisão, a responsabilidade na mão de ninguém. Nem no irmão mais velho, nem nos pais, nem em deus. Se ele nos deu o livre-arbítrio, foi para que escolhêssemos sozinhos, e depois pagássemos por isso. Pois bem, eu estava pagando sozinho, desde os oito anos.

Meu irmão poderia ter esperado por mim, talvez tenha tentado, mas não conseguiu. Depois de encontrar o irmão de Vartan vivo na porta do estábulo, encontrei meu irmão morto lá dentro. Deve ter sido um sangramento feio que ele não pôde conter, porque os cães já comiam seu corpo. Me aproximei dele, tentei enxotá-los, os cães rosnaram para mim. Olhei para as ferramentas de trabalho: a foice, o martelo, a enxada, o machado, pensei se poderia salvá-lo com elas. Ao menos, salvar seu corpo e realizar um enterro digno. Ou deus ficaria mais feliz em alimentar seus cães? Cães de deus ou do Inferno?

O corpo carcomido de meu irmão não me disse nada.

Eu me afastei. Pois bem, estavam todos mortos, eu insistia, e não me esqueceria. Se era meu destino continuar, eu faria como o padre daquela caravana me instruíra, trataria mais como uma benção do que uma maldição.

O Mudir havia sido preso, seus criados estavam mortos. Eu aproveitaria que a casa por ora era só minha e pegaria o que pudesse levar. Por infinitas vezes turcos e curdos saquearam os lares dos armênios deportados, agora era a minha vez. Tudo o que eu pudesse tirar de lá seria um mínimo do que fora roubado de nós.

Só que, quando irrompi apressado na casa do Mudir, tive uma surpresa.

Um gendarme cochilava embriagado no tapete luxuoso da sala. O cheiro de *raki* era opressivo. Esses infiéis muçulmanos não podiam seguir nem a própria fé, obedecer às próprias regras, embriagando-se assim. Como lamentei não estar carregando a foice, o martelo, uma faca de cozinha que fosse para cortar sua garganta. Mas era deus novamente reafirmando meu caráter de mártir. Eu não conseguiria vasculhar a casa por preciosidades. E, antes que tentasse sair, o gendarme abriu os olhos.

"Hum... er... Quem? O que faz aqui, *giavur*?"

O que eu poderia responder a ele? Estava apenas passando? Vim saquear a casa? Sou um escravo do Mudir que ficou para trás e vocês deixaram de matar? Tudo já havia acontecido comigo, e me permiti dizer não exatamente a verdade, mas minha maior vontade.

"Vim cortar sua garganta, *efendim*."

O turco sorriu para mim. "Nem minha terceira esposa é tão sincera assim comigo. Aproxime-se, rapaz."

Com apenas a integridade a manter, me aproximei. Ele buscou no cinto e tirou uma faca. "Tome, fique com essa. Será mais fácil cortar minha garganta com isso do que com essas suas unhas sujas."

Peguei o objeto e quase agradeci. Então senti a baioneta em minhas têmporas. "Você corta a minha garganta e eu fuzilo sua cabeça, combinado? Na contagem de três."

Não sei por que esperei a contagem, obedeci a qualquer formalidade, eu não devia respeito algum àquele homem. Mas assenti.

"Muito bem. Um... dois..."

Não posso dizer com sinceridade quem dos dois se antecipou. Antes do "três" eu cortava a garganta dele e ouvia o som da arma engasgando. "Malditas armas franquistanas", reclamou o turco.

Dei um passo atrás, como um caçador tentando evitar a mordida de um Rathalos. E, ao vê-lo agarrar a garganta ensanguentada, corri para a porta. Ele ainda tinha disposição para me deter. "Espere! Me dê mais uma chance."

Parei no batente da porta, não sei se por burrice, pirraça, medo ou desafio. O gendarme ainda organizou os pensamentos, o sangramento, retomou a posição da arma e apontou para mim.

"Vamos, você me acertou em cheio. Agora me dê uma chance." E disparou.

Errrooooul!, quase pude ouvir Fausto dizendo a Mefisto. O tiro acertou na parede longe de mim. Se eu não morresse, podia humilhá-lo em seus últimos segundos de vida.

"Espere... Mais uma chance? Tenho boa mira, juro por Alá, é que esse maldito *raki*..."

E disparou a segunda vez, praticamente no teto em cima de sua cabeça.

Eu poderia até achar divertido, mas me sentia humilhado que o massacre dos armênios fosse realizado por gente tão incompetente.

"Esse não valeu", o gendarme insistiu. "Foi um soluço. O Profeta, que a paz esteja com ele, bateu nas minhas costas quando eu estava prestes a atirar. Um gesto solidário, entendo, mas em má hora. Desta vez eu juro que acerto."

Então ele atirou pela terceira vez. E dessa vez acertou em cheio.

O nome de Beatriz na tela do celular, no domingo, era preocupante. Durante todo o fim de semana, Cláudio pensou em ligar, perguntar como seu Domingos estava, se precisavam dele, mas preservou o orgulho. Dona Beatriz havia contratado um "profissional", seu Virgílio, enfermeiro formado, que ficaria com ele dias e dias seguidos. Na semana seguinte, Cláudio teria segunda, quarta e domingo, sempre em jornadas de 24 horas, mas temia que algo de pior acontecesse até lá. Se seu Domingos aguentara firme até os cento e dez, àquela altura parecia estar nas últimas. Cada dia com ele era precioso.

Então o sangue se esvaiu de seu corpo quando ele atendeu a sobrinha-neta do velho. "Dona Beatriz, está tudo bem?"

"Boa noite, Cláudio. Desculpe estar ligando a essa hora, mas como você vinha amanhã cedo…" (Ela disse *vinha* amanhã cedo. Cláudio não sabia se torcia para apenas estar sendo dispensado, para que nada de pior tivesse ocorrido.)

"Sem problemas. Como está o seu Domingos?"

"Internado, Cláudio. Ele teve um AVC. Está no Sírio Libanês..."

Meu deus, era o que Cláudio temia. Um AVC aos cento e dez anos de idade... Não tem como escapar dessa. Bem, seu Domingos sobreviveu a um genocídio, à Primeira Guerra Mundial (e à Segunda!), levou um tiro, vários tiros, foi decapitado, incendiado, congelado, caiu das montanhas, foi comido pelos lobos... Ele sobreviveria a mais essa, sim, sobreviveria a mais essa... Ou estaria em sua última vida?

"Ele... está bem? Está vivo?!"

"Ele está vivo, ainda. Mas obviamente é um estado muito delicado..."

"Claro... nossa... Meu deus... Vocês precisam de alguma coisa? Eu... eu posso visitá-lo?"

Dona Beatriz bufou do outro lado. Havia um tom na voz dela, não era de preocupação com o tio-avô, nem de alívio, nem tristeza, era uma... irritação. E a irritação se dirigia a Cláudio.

"Não precisamos de nada. Agora é com os médicos. E quero pedir que não apareça mais, nem em casa, nem no hospital. Ele não pode receber visitas e, mesmo que pudesse, você não é mais bem-vindo."

Aquilo era um baque a mais. Cláudio não era bem-vindo. Não podia acreditar que a mulher colocaria nele a culpa pelo estado do velho. Eles passaram dias ótimos, as conversas, os passeios... Verdade que teve o problema da incontinência, e seu Domingos às vezes parecia distante, com a mente um pouco confusa. Porém ele piorou de vez foi na última semana, quando Beatriz contratou Virgílio. Cláudio ensaiava mentalmente como dizer tudo isso a ela.

"Desde que você começou a cuidar do meu tio, o estado dele piorou muito...", ela invertia as coisas. "Não estou te acusando de nada especificamente, porque, se eu fosse fazer isso, seria na justiça. Mas um dia você é levado pela polícia, no outro aparece de olho roxo… Dei uma pesquisada melhor no seu histórico, Cláudio. E sei do seu passado. Não posso deixar meu tio-avô nas mãos de um assassino. Então, para que encerremos esse caso sem maiores complicações, peço que deixe minha família em paz. Deposito amanhã o restante do seu pagamento."

Eu andava em círculos havia anos. Isso já estava claro para mim. Reencontrava as mesmas pessoas, os mesmos cenários em configurações diferentes: a casa do velho cego, o hospital alemão, a cidade das *mayrigs*, a casa da aranha-rainha... Naturalmente eu acabaria reencontrando minha própria aldeia. Não sei por que demorou tanto.

Lurplur, minha casa, agora parecia a cidade de Pompeia depois da erupção. Tudo estava coberto de cinzas, fuligem, tudo era do mesmo tom de grafite. Eu sentia como se caminhasse numa fotografia de meu antigo lar. Não havia mais nada a ser saqueado, nenhuma casa a ser ocupada, não havia motivos para haver turcos ou *tchéte* algum por lá. Eu mesmo percebia que seria impossível até passar a noite, não conseguiria dormir respirando aquele ar fuliginoso. Mas ao menos poderia ver o que restava de meu antigo lar.

As ruas estavam tomadas por uma neblina de fumaça, nevasca de cinzas. Eu seguia, estendendo a mão de tempos em tempos, para dar aos meus olhos alguma cor de referência, para afastar a ilusão de que minha visão havia perdido a capacidade de identificar cores. Aqui eu nem poderia abrir uma veia e lançar um tapete vermelho à minha frente; o sangue seria absorvido pelas cinzas e se tornaria do mesmo tom ocre de tudo.

Logo eu estava na praça, e seria mais fácil me localizar. A igreja à esquerda: cinza. O mercado com suas tendas cobertas: cinza. Vendo a bomba d'água, percebi como tinha sede, como minha garganta estava seca e pegajosa de toda aquela fuligem, mas não tinha grandes esperanças. Bombeando, consegui o que esperava: uma fumaça poeirenta saiu no lugar.

Continuei em direção à minha casa, por nostalgia ou morbidez. Sabia que não encontraria nada lá, não havia nada a encontrar. Meus pais não morreram dentro de casa, nem seus fantasmas eu poderia visitar. Mas havia um certo consolo em saber que a cidade não seria ocupada, que os turcos não deitariam em nossas camas, que minha casa não seria desonrada. Ela morria junto conosco.

Passei pela janela onde vi Sultan pela última vez. Amiga de infância, alguns anos mais velha do que eu, um dia foi tomada como noiva e desapareceu por completo de minha vida. Quando a avistei pela janela, quis cumprimentá-la, mas minha avó me repreendeu: "Ela agora é uma mulher, *mantchess*. Não fica bem…".

Cheguei a nossa casa. Não havia porta. *O que faz de nosso lar um lar, se não há porta para fechar?* Bem, havia o teto, as paredes, o chão, e montes de cinzas, fuligem e carvão, que deveriam ter sido móveis, roupas, comida. Era como se eu visitasse um sítio arqueológico, ocupado milhares de anos atrás por uma família primitiva — uma família primitiva que tinha um teto e dormia sobre colchões, enquanto hoje eu morava em estábulos e dormia sobre palha.

Então ouvi um ruído, um chiado, um som mínimo, só perceptível pelo silêncio absoluto. Era como o miado de um filhote de gato, ou o zumbido de uma abelha, o chiado da respiração de um moribundo, uma criança respirando por uma flauta. Vinha do *tonir*. O *tonir* ainda era um *tonir*, um forno ainda é um forno depois do fogo.

Tirei do cinto a faca com que o gendarme me propôs o duelo, o chifre de meu touro, ainda estava manchada de seu sangue. Fui até o *tonir*, espetei o monte de cinzas e revirei para entender de onde vinha o ruído.

Encontrei brasas vivas. Eram fracas, poucas, mas seu alaranjado contrastava absurdamente com o tom pétreo de tudo mais; emitiam seus últimos suspiros como para me dizer: "Veja, ainda estamos aqui, ainda podemos emitir luz, ainda podemos gerar calor; se encostar a ponta do dedo cuidadosamente, poderá sentir..." Curioso. Como brasas se mantiveram por tanto tempo acesas dentro do forno? Teria alguém voltado mais recentemente à casa, assado algo no *tonir*? Seria um indicativo de algo, de alguma coisa, uma chama acesa de minha família, que se recusava a morrer? Fiquei cutucando aquelas brasas, como hipnotizado com aquele ponto de cor tão viva em meio a tanta morte, esperando que me comunicassem algo além da própria existência, e percebi o ruído aumentar.

Se antes era um chiado, um miado mínimo, um suspiro moribundo, agora parecia que eu havia cutucado um vespeiro. As brasas ganhavam vida, queixavam-se da vida, acendiam furiosas. Dei um passo atrás. Uma enorme labareda se ergueu. Uau, quem diria que o *tonir* ainda tinha tanto a queimar. O fogo então estalou, pegou fôlego e se espalhou pela sala.

Recuei até a porta. A casa toda pegava fogo, como reencenando seu fim para que eu testemunhasse. "*Mantchess*, foi assim que se passou, foi isso o que os perversos turcos fizeram comigo, assim que queimei solitária, sem a mínima possibilidade de salvação. Onde estavam vocês, que me abandonaram? Fui fiel à

família por anos e não recebi nem um balde d'água de socorro."
Saí para a rua e vi o telhado desmoronar.

Logo o fogo se alastrava. Na casa vizinha, e na outra, atravessava para o outro lado da rua, saltava para a rua de trás. Casas mais distantes também voltaram a se incendiar, como despertadas pelo ruído das chamas, em solidariedade, em desafio. "Eu também posso!" "Espere por mim!" "Estou acordada, só estava descansando!" Fiquei paralisado observando tudo aquilo, maravilhado e horrorizado, as bochechas corando com o incêndio.

Quando percebi que precisava correr dali, o fogo já me perseguia. "Ei, não fuja não. Sei que você ainda tem algo aí a queimar." Além da aldeia, montanha abaixo, à beira do rio, por vales e colinas, tudo queimava. Queria pedir perdão. Por que fui cutucar o vespeiro? Já não havia aprendido a lição? Já não sabia que, para nós armênios, sempre é possível morrer novamente, queimar novamente, sofrer uma nova condenação?

"Você devia ter respondido a ela! Não pode deixar as pessoas te acusarem assim!" O namorado se indignava, como sempre, pelo tratamento que Cláudio recebia, pelo telefonema que recebera de dona Beatriz.

"De que ia adiantar? Não quero entrar em guerra com outro parente de paciente. E ela não me acusou diretamente..."

"Acusou de forma indireta, que é pior. Se ela tivesse algo concreto, que entrasse com uma queixa, que você saía bonito dessa..."

"Como vou sair bonito dessa? Ela sabe do meu histórico..."

"E o que tem seu *histórico*? Você já cumpriu sua pena, não pode deixar as pessoas te acusarem sempre disso, até porque você foi a vítima nessa história. Você é sempre a vítima!"

"Valeu, querido, está me ajudando muito..."

Ele se virou e o namorado o abraçou por trás. "Desculpe, é que fico indignado com essas coisas... Essa velha é quem deve estar envenenando o tio para ficar com a herança dele, e colocou você de bode expiatório."

"As empregadas também acham isso…"

"Sério? Claw, precisamos ir à polícia! Se descobrem algum traço de alguma coisa nesse velho… Vão colocar a culpa em você. Claro! A velha te contratou desde o começo para isso! Ela sabia desde o começo do seu histórico. Tinha tudo bem armado! Temos que preparar sua defesa!"

Vendo o namorado se inflamar com suas próprias ideias, Cláudio quase pensava que ele curtia isto: ter algo por que lutar. Cláudio só queria descansar, esquecer, deixar tudo para trás…

"VOCÊ É UMA PUTA! É ISSO QUE VOCÊ É!" Aos vinte e dois anos, Alisson gritava com a mãe.

Cláudio conhecia bem as histórias de abuso doméstico, das famílias tradicionais: o pai alcoólatra que chegava em casa e batia na esposa; a mãe viciada em crack que tinha de ser cuidada pelo filho; o avô que abusava da neta. Estavam não apenas no noticiário, como à sua volta, na igreja, na escola. Em sua casa, ele tinha um novo exemplo a oferecer: o irmão mais velho, que não bebia, não usava drogas, fazia carreira militar e se considerava um "soldado de Cristo". Estava lá para disciplinar a família, a mãe, o irmão caçula; ocupava com rigor exacerbado o posto que costumava ser da avó, depois que essa faleceu. Ele era o homem da casa, e diria o que a mãe poderia vestir, com quem poderia falar, aonde iria: da igreja para a casa, da casa para a igreja.

Cláudio, obviamente, não escapava. E embora se esforçasse em ser um menino exemplar, embora não se envolvesse com "más companhias", ainda que Cláudio fosse um adolescente de igreja, nunca seria bom o suficiente. Ele merecia o Inferno. E

Alisson sabia quem ele era, o que ele era, claro, porque fizera muito uso disso, no início da adolescência.

Para piorar o quadro, Alisson agora desconfiava da relação do irmão com o pastor. Pegara os dois em atitude suspeita — apenas suspeita, não comprometedora — trocando sorrisos, conversando perto demais... Pressionou, intimidou e torturou Cláudio, sem respostas. Chegou a ameaçar o homem — afinal, Alisson era mais homem do que todos, maior do que todos, mais reto e honrado, ninguém poderia contrariar o Sargento Reis. Cláudio tinha medo. Quando o irmão se excedia na violência, Cláudio pensava se poderiam denunciar; chegou a falar com a mãe, tinham que dar um fim naquilo — mas também se sentia comprometido pelo que o irmão sabia. Alisson era autoridade afinal, em casa, no exército, na polícia, na igreja. Cláudio seria sempre um viadinho condenado.

A vida não era *apenas* um Inferno, não. Afinal, para se sentir o calor da chama, é preciso antes se afastar dela. Havia os longos cultos na igreja, os momentos a sós com o pastor. Alisson passava muito tempo no quartel, dormia fora; vez ou outra Cláudio até conseguia ter algum momento de proximidade com a mãe, em alguma atividade da igreja, assistindo juntos a uma novela bíblica. Isso dava esperanças de que a vida poderia ser suportável. Ou de que a vida sem o irmão poderia continuar. Tornou-se uma questão de matá-lo ou morrer.

Observando de fora, Cláudio perceberia que vivia um dilema tão típico de sua geração, as discussões sobre *bullying*, os massacres em escolas americanas, o suicídio entre os jovens... Assistindo ao noticiário, as reportagens do *Fantástico*, Cláudio via que todos os adolescentes passavam por isso: todos estavam sendo pressionados, intimidados, torturados. Todos matavam e morriam. Não o fazia se sentir menos sozinho. A dor que ele sentia era só dele. E se a vida o colocava como cordeiro, a Bíblia justificava o assassinato — um pecado menor do que tirar a própria vida.

Então, naquela tarde de domingo, quando o irmão gritava com a mãe, a vizinhança toda ouvia. Cláudio costumava ter vergonha, agora não. Agora esperava que o irmão gritasse mais alto, que a mãe chorasse histérica, que todos os vizinhos soubessem o que eles passavam, para ser justificado.

E se o ato não fora exatamente planejado, se o momento decisivo surgia espontaneamente, a ideia fora exaustivamente pensada, ensaiada, encenada mentalmente. Alisson partindo para cima da mãe, a mãe caída no chão, Cláudio vindo por trás com uma faca de cozinha.

Era a primeira vez que ele penetrava o irmão. Descobria agora do que ele era feito: sangue, do seu sangue, como todos. Quando espirrou, Cláudio sentiu como um orgasmo, seu primeiro como ativo. Então penetrou de novo, e de novo, excitando-se em ver o irmão cada vez mais submisso, frouxo, impotente.

"Filho da puta", Alisson gritou no primeiro golpe. "Eu vou te matar", gritou no segundo. O terceiro foi apenas um gemido. No quarto, estava sem fôlego. Entre o quinto e o décimo ele tentou implorar, negociar, pedir perdão, resgatar o amor do irmão. Do décimo em diante ele não estava mais vivo — mesmo assim Cláudio desferiu mais sete.

Quando enfim terminou, Alisson caído no chão, a mãe encolhida contra a parede, Cláudio percebeu não apenas que tinha uma ereção. Havia ejaculado sem se tocar.

Escapando do fogo, mergulhando nas águas, no fundo do rio Arax, sem poder respirar, avistei uma *alabalik*, uma enorme truta vermelha, que se solidarizou comigo.

"Ei, deixa de respirar como humano. Aceita seu fôlego de peixe e poderás seguir em paz por esse leito."

Se me faltava ar, ainda era capaz de argumentar: "Mas se abdicar de minha humanidade, o que me salvará de ser pescado, cozido e comido por aqueles que antes eram meus irmãos?"

O peixe me olhou com tristeza. "Tu falas isso porque és humano. E para um humano um peixe nada mais é do que alimento. É triste, mas entendo. Por ter sido humano, se te tornasses peixe só poderias ser pescado. Para nós, que nunca caminhamos sobre a terra, a vida debaixo d'água tem muito mais a oferecer..."

"A vida embaixo d'água seria minha salvação", eu disse, "mas como poderia prosseguir? Se todos meus hábitos, costumes, preceitos se apoiam no seco. Eu não poderia nem mesmo exercer minha fé nesse ambiente de gravidade incerta. Minhas preces teriam de ultrapassar novas densidades e duvido que Deus pudesse um dia me ouvir. Eu seria um peixe a alimentar seus filhos. Não é possível ser cristão debaixo d'água."

O peixe me olhou com aquela expressão de exasperação permanente que têm os peixes. "E eu só posso concluir que a vida é inviável no seco. Um dia todos terão de voltar para a água. O ar só causa atrito. Aqui sabemos que, ao irromper na superfície, encontramos a morte, uma área que não nos pertence. Mas vós viveis iludidos, achando que o ar que respiram se estende além do azul do céu. Se é lá que tu queres chegar, se direcionas toda tua vida para o que encontrarás além das nuvens, quando finalmente realizares teu sonho irás perceber a garganta travada, os pulmões comprimidos. O que tu chamas de deus irá pescá-lo e dizer: 'Ah, esse ainda é muito miudinho; vou jogar esse de volta'. E talvez tuas gengivas doam perfuradas por anzóis, talvez tu sofras por tua família ter sido toda pescada e tu nem terminares na mesma mesa que eles. Mas terás de agradecer por teu deus ter te jogado de volta ao ar, por deus preferi-lo gordinho para o jantar."

Achei aquele peixe bem herege, e me questionei se a heresia se aplicava aos peixes. Os animais precisam ter fé? Ou aos animais basta ser?

Aos animais basta ser, respondeu Cláudio ao livro. Foram os humanos que comeram do fruto proibido, ganharam a consciência, precisaram adestrá-la, como um potro selvagem, um potro racional, direcioná-la ao rumo certo.

O livro estava acabando. Cláudio sabia inclusive a última frase — espiara logo no começo da leitura, e se arrependeu disso. Ele não estava acostumado a mergulhar assim num livro, não tinha o hábito de leitura; cresceu sempre achando que leitura era uma atividade dogmática — os livros dizendo o que fazer e, principalmente, o que *não* fazer. Então, se inicialmente lia lento por essa falta de hábito, depois começou a segurar os capítulos para saborear aos poucos, para ler para seu Domingos, discutir com ele, agora ler sem ele, para de alguma forma estar na sua presença...

Era mais fácil segurar a leitura de um livro bom do que as partidas de um bom game, um bom game acabava tão rápido...

Os games pareciam cada vez mais fáceis, de todo modo — será que se tornaria assim também com a leitura, se ele continuasse a ler? Será que a facilidade em ler seria uma vantagem? Será que, como os games, os livros também não iam ficando mais fáceis não pela experiência, mas pelo contrário, para agradar um público cada vez menos dedicado?

Cláudio pensava nisso enquanto jogava Inside, e o menino sendo perseguido numa sociedade pós-apocalíptica o fazia se lembrar de seu Domingos, o fazia se lembrar de si mesmo...

Essas reflexões Cláudio só poderia ter consigo mesmo, porque não conhecia alguém que entendesse de games *e* de literatura o suficiente para lhe esclarecer. O namorado mesmo não compartilhava de seu interesse por games... e Cláudio não tinha certeza do quanto de fato ele entendia de literatura. O que o namorado mais lia eram os livros lançados pelos amigos, uns poetas do baixo augusta.

De todo modo, Cláudio largou o livro. Faltava apenas o último capítulo, o chefão final: Bowser, Drácula, Hitler, Ukanlos... Como era mesmo o nome do ministro turco? Sinistro turco? Cláudio sabia que não seria ele, e que o final não seria tão positivo...

Num bom livro, um bom game, uma boa série, ansiamos por aquele capítulo-fase-episódio final, assim como queremos que ele nunca acabe. Em todo game, ou em quase todo, mesmo nos piores, há uma forma derradeira de morrer. Você pode ser muito habilidoso, pode até ter vidas infinitas, pode salvar e voltar mais tarde... Mas quando se acaba o jogo, o jogo acabou. Aquela história foi contada. O fim da história é a morte derradeira do jogador.

A história de um homem só termina quando toda a história foi contada. Se trouxermos algo de novo, a história continua. A morte é apenas um capítulo para incrementar nosso percurso pessoal.

Cláudio releu no começo do livro. Pensou em toda aquela biblioteca do mesmo livro, incontáveis versões da mesma história, o velho sempre anotando, perguntando, reescrevendo. Que versão Cláudio estava lendo? Fazia alguma diferença? Não era a mesma história com diferentes palavras? O velho estaria cansado, impossibilitado de continuar?

Pensou então em sua responsabilidade. "Desde que você começou a cuidar do meu tio, o estado dele piorou muito." Cláudio não aceitaria aquilo, porque seu Domingos piorou de vez quando Virgílio assumiu, quando Cláudio estava de folga e, quando Cláudio estava de folga, ele avançou no livro...

Seu Domingos piorava quando Cláudio chegava ao final da história. *A história de um homem só termina quando toda a história foi contada.* Será que era isso, ele esgotava as vidas do velho armênio? Como o menino na porta do estábulo, de pernas cruzadas, segurando seu assassinato para ser perdoado, seu Domingos segurara todas as suas mortes, esses anos todos, até ser lido?

Cláudio não sabia o estado atual de seu Domingos, podia até já estar morto — ele nunca seria avisado. Mas podia dar um Google — uma morte centenária seria anunciada, não? A morte revelando de fato sua idade, quando dona Beatriz fosse revirar os documentos, procurar a certidão de nascimento do velho, para fazer a certidão de óbito. Isso se algum documento tivesse sobrevivido, se algum papel tivesse restado inteiro de anos de peregrinação pelas montanhas da Anatólia, e seguido por trens, navios, uma viagem até o Brasil. O papel se desintegraria. Seu Domingos teria de ser submetido a análises fósseis, carbono catorze. Então a comunidade armênia poderia lhe prestar homenagens; um jornal televisivo na madrugada poderia contar sua história; o *papa* poderia lhe rezar uma missa — foi-se o último sobrevivente. Os turcos poderiam, deveriam, teriam de pedir perdão.

Epílogo

O menino sorria com o rosto todo babado e Cláudio o limpava com o guardanapo.

"Vamos, Victor, sei que você pode fazer melhor do que isso..."

Ele servia o almoço para um menino de doze anos. Era seu primeiro paciente assim: jovem, autista. Era uma novidade, um aprendizado e, em algumas questões, era bem divertido. Cláudio também podia exercer mais autoridade, sem se deixar intimidar. Diante de um menino de doze anos, ele era a voz a ser ouvida — um trato totalmente diferente dos idosos. Mas sentia falta da experiência, da história de vida dos mais velhos.

A mãe de Victor trabalhava fora o dia todo, de segunda a sexta, precisava que alguém ficasse com o menino. Isso era ótimo, porque Cláudio ficava lá durante a semana, podia dormir em casa, e tinha os finais de semana livres.

O tempo livre agora era precioso, começando a faculdade de Antropologia da USP — em que ele milagrosamente conseguiu entrar, pela lista de espera — e com um novo namorado, um colega de sala, da mesma idade, pela primeira vez. Estudavam juntos de noite, trabalhavam durante o dia — o namorado como assistente de uma professora —, ambos tinham os finais de semana livres, juntos.

O menino era um Caiuby, ao menos no sobrenome, embora não tivesse nada de indígena. Sua área de interesse também era nesse campo e, no início, Cláudio temeu que o relacionamento fosse apenas um fetiche, uma atração antropológica. Num feriado, o namorado conseguiu convencê-lo a viajar para Boraceia, litoral norte de São Paulo, para visitar a aldeia Rio Silveira, de onde o pai de Cláudio viera. Inicialmente receoso de revelar sua origem aos índios, foi vencido pela curiosidade de saber sobre a avó, e acabou contando quem era. Descobriu que a avó já havia morrido, mas que ele tinha tios, primos ali. E foi muito bem recebido como membro da família.

Cláudio agora morava no Jabaquara, com o namorado e mais um casal de amigos, Lucas e Nicolas, vindos do interior. Era praticamente uma república gay, e ele se sentia uma lésbica, mudando-se com o menino que acabava de conhecer; era uma parcela de aluguel que ele podia pagar. E se não era central como a praça Roosevelt, ainda tinha o metrô logo ao lado, linha azul.

Não houve nenhuma traição, nenhuma grande crise, o término do namoro anterior foi tranquilo, até onde poderia ser. O ex aceitou racionalmente, embora ainda ligasse bêbado para Cláudio, vez ou outra, querendo retomar. Cláudio sentia certo carinho por ele, e se perguntava como pôde passar quase três anos vivendo com aquele homem.

Sentia agora como se estivesse começando uma nova vida — e embora esse fosse um sentimento tipicamente ou estereotipicamente expresso com total otimismo e positividade, para ele não deixava de gerar medo, ansiedade, ainda que com certa esperança. "Começar uma nova vida" e passar por todo o sofrimento de novo? Quais eram os novos sofrimentos de uma nova vida? O resultado das eleições presidenciais, a situação do país não ajudavam em seu otimismo. Porém, de toda forma, ele se sentia mais preparado. Passaria por novos sofrimentos, tendo já a carga do que havia passado — e no fundo sabia, achava, esperava que não houvesse nada tão ruim a passar novamente.

De seu Domingos, Cláudio não teve mais notícias. Não poderia ligar, então semanalmente dava um Google, digitava o nome, tentava descobrir o falecimento, uma recuperação milagrosa. Nada. O livro do velho continuava com ele, guardadinho; último capítulo nunca lido, para mantê-lo imortal.

Num sábado, Cláudio foi ao MIS com o namorado, ver uma exposição de quadrinhos. Agora era um passeio bem mais distante, exigia metrô, baldeação, ônibus; os moradores dos Jardins não queriam facilitar o acesso, afinal. No trajeto passou na frente da casa da avenida Europa. Nada. Não esperava mesmo ver seu Domingos — mas quem sabe Clarice varrendo? Uma placa de "vende-se"? Outra concessionária em seu lugar? A casa continuava igual — a última sobrevivente da avenida Europa — e ele esperava que isso fosse sinal de que seu Domingos também sobrevivera — não que dona Beatriz agora estivesse vivendo lá.

A Armênia se tornara um de seus assuntos favoritos, e ele tinha com quem conversar, estudando antropologia, com estudantes de história e mesmo de *armênio* logo ao lado.

Numa festa do campus, conheceu Bernardo, que fazia mestrado sobre o genocídio (era hétero) e conhecia seu Domingos.

"Sim, o nome dele é Guiragos, o nome armênio. Ele é meio uma 'lenda' na colônia, um dos últimos sobreviventes."

Guiragos Arakian. Cláudio não havia pesquisado por isso no Google. "Quantos anos ele tem afinal?"

"Cara… ninguém sabe direito. Tem mais de cem. Alguns dizem que tem cento e onze, mas é pouco provável. Muitos registros daquela época foram perdidos, os documentos dos sobreviventes. Parece que nos documentos atuais consta algo como cento e quatro, então ele teria nascido exatamente durante o Genocídio."

O que restaria de um armênio nascido em pleno Genocídio? Uma criança nascida quando não deveria ter nascido: ainda que desejada pelos pais, amada pela família, indesejada por todo um império?

Guiragos Arakian... o irmãozinho mais novo, o bebê que foi levado com a mãe, que foi dado como morto...

"Você já leu o livro dele? Ele tem uma biblioteca inteira de um livro de memórias daquela época..."

"Ah, sim, aquela é a obsessão dele. Escreveu com a ajuda de algumas pessoas, inclusive o Thomas, um poeta amigo meu; até eu ajudei com uma coisa ou outra. Já falei para ele entregar para um editor. Mas ele não para de reescrever, corrigir. Não vai terminar aquele livro nunca."

"É a história dele? Não pode ser, né? Pela idade..."

"Não, aquilo é quase tudo ficção, baseado em muita coisa que ele viu, ouviu, histórias de família, de outros sobreviventes. Tudo já aconteceu há mais de cem anos. Então não teria como ninguém escrever sem recorrer à fabulação. Mesmo que ele tivesse vivido a época, o que ele poderia contar hoje? O que alguém lembraria mais de cem anos depois? De qualquer forma, é um documento precioso, tem um *lugar de fala*, é um armênio falando sobre o Genocídio, se não em primeira mão, da maneira que é possível hoje. E essa história ainda precisa ser contada..."

"Você sabe como ele está atualmente? Não tive mais notícias..."

"Nem eu. A sobrinha que cuida dele é uma mulher meio difícil, restringe muito o acesso. Mas eu tenho bom contato na colônia armênia, e sei que morrer ele não morreu. Seria um acontecimento."

"Cláudio, meu filho, é o Domingos."

Por um segundo Cláudio achou que poderia ser um trote. Domingos ligaria para seu celular? Então se deu conta que mais bizarro seria alguém ligar para ele fingindo ser Domingos. Aquilo estava acontecendo mesmo.

"Seu... seu Domingos, como o senhor está?"

"Vivo", foi a resposta óbvia. "Ainda não foi minha vez. Queria falar com você." A voz dele estava um tanto estranha, mas era de se esperar depois de um AVC. Cláudio se perguntava qual era o estado do velho, se ligava da cama, se estava nas últimas...

"Claro... Quando o senhor quiser..."

"Você pode vir aqui em casa amanhã, às nove horas?"

Cláudio abriu a agenda mental. O dia seguinte era sexta-feira, e ele precisaria estar às dez horas com Victor em Alto de Pinheiros. Não tinha jeito. "Não pode ser sábado? Amanhã tenho um paciente..."

"Ah, Cláudio, já me trocou por outro..."

Cláudio riu. "A fila anda, seu Domingos. Já faz dois anos..."

"Bah, tudo bem. Sábado, então."

No sábado, às nove horas, Cláudio estava na casa da avenida Europa. Clarice lhe abriu a porta — de serviço — com a simpatia costumeira. "Virgem Maria, quando a gente acha que se livrou de uma assombração…"

"Também senti saudades, Clarice", respondeu Cláudio, dando um beijo na bochecha da velha.

Seguiu para o escritório receoso do que encontraria. Um velho com soro, cateter, respirador artificial — só de estar no escritório já era um ponto positivo.

Lá encontrou uma senhora de meia-idade, traços familiares, sentada no sofá em frente a um Domingos bem-disposto, em sua poltrona giratória. Ao lado, havia apenas uma bengala.

"Cláudio, você está gordo!", disse o velho.

Cláudio riu. Havia engordado uns bons três, quatro quilos, era verdade. O namorado era antropólogo e cozinheiro amador, inscrito para a nova temporada do *Master Chef Brasil*, e Cláudio costumava ser sua cobaia. Um moleque criado a nuggets que agora tinha de provar *vol-au-vent*, *tarte tatin*, bife Wellington. Ele não se sentia nem um pouco mal. Nunca foi vaidoso e, se nunca teve músculos salientes, era a primeira vez em sua vida que ele podia ostentar certa gordura.

"O senhor continua o mesmo", caçoou Cláudio. A mulher que o acompanhava se levantou.

"Sou Sônia, sobrinha do Domingos."

Cláudio sorriu para ela, e para o velho, esperando mais explicações. Outra sobrinha? No espaço de dois anos ele fora capaz de criar família, irmãos, sobrinhos?

"Sônia é filha de Beatriz. Minha sobrinha-bisneta, se é que isso dá alguma autoridade a ela", explicou o velho.

A mulher sorriu, desconcertada. Cláudio não se sentia à vontade, mas não podia deixar de perguntar: "E sua mãe, como está?".

Morta! A vaca morreu!, foi o que Cláudio conseguiu ler nos olhos de Domingos. Mas quem respondeu foi a filha:

"Ela faleceu há alguns meses. Câncer do esôfago. Quando diagnosticamos já era tarde demais."

"Puxa, sinto muito em ouvir…"

Sônia se despediu do tio-bisavô, de Cláudio, e saiu do escritório. Deixou os dois sozinhos, encarando um ao outro, tentando se reconhecerem.

Cláudio tomou a palavra: "Seu Domingos, pensei muito no senhor, queria saber como o senhor estava. Mas dona Beatriz não queria que eu voltasse…".

O velho abanou a mão como de costume, talvez um pouco torto. E perguntou mastigando as palavras: "Será que você pode voltar a me fazer companhia?".

Cláudio olhou para ele, com pena. Não tinha mais disposição para cuidar de idosos, essa deixou de ser sua função na vida. Esperava largar de vez o trabalho de cuidador; por enquanto ainda se ocupava de Victor durante a semana; e tinha a faculdade, os estudos, o namorado… Não poderia dar a Domingos o que ele precisava.

"Agora eu não posso. Estou com um paciente autista… E estou fazendo faculdade."

"Ah, que maravilha. Cursando o quê?"

"Antropologia. Na USP. Minhas conversas com o senhor foram uma grande influência."

O velho sorriu. Largo. Sincero. Seus olhos até pareciam umedecidos. "Fico muito feliz, meu filho. Então agora posso morrer em paz…"

Cláudio o tocou. "Nem vem, que o senhor aguentou até agora. Não quero ser o responsável. Posso vir visitá-lo nos fins de semana."

O velho abanou. "Eu me viro. Eu sempre me viro. Aliás, sabe que agora temos internet na casa? Veja aí. Tem uma rede."

Cláudio pegou o celular, verificou as redes. Lá estava: HAYASTAN.

"O próximo cuidador vai poder aproveitar...", disse Domingos, de pirraça.

"Não me faça ciúmes, seu Domingos."

O velho se virou, oferecendo para ele a lata de amêndoas, que ainda estava cheia. Cláudio pegou a costumeira drágea rosa, embora todas tivessem o mesmo gosto.

"Bem, mas me diga, o que achou do livro? Quero muito saber sua opinião."

Para isso Cláudio estava preparado. Tirou o livro da mochila, entregou de volta a Domingos. "Obrigado por me emprestar. Foi um livro muito importante para mim."

O velho bufou. "Isso eu já sei, Cláudio. Quero saber o que achou como um todo, agora que terminou. O que achou do final?"

Cláudio sorriu, desconcertado, pegando o livro de volta nas mãos. "Bem.. O último capítulo eu não li..."

"Mas que *merda*!", vociferou o velho. "O livro é tão ruim assim?!"

"Não, não!", justificou Cláudio. "Pelo contrário. É que eu não queria que terminasse... que o senhor terminasse... Na verdade, achei que, se terminasse o livro, terminaria sua história", confessou por fim.

O velho resfolegou. "Que bobagem, Cláudio..."

"Eu sei, mas... Eu não tinha mais contato com o senhor, guardei o livro como um último..."

"E se contar minha história fosse a única maneira de me manter vivo?", disse o velho. Nisso, Cláudio não havia pensado, por mais óbvio que fosse. "Mas não é!", prosseguiu Domingos. "Continuo vivo aqui, e o livro aí, com você se recusando a ler o final, prolongando essa história além do necessário. Leia para mim, Cláudio."

Cláudio ainda não estava convencido. Temia que, quando a última linha fosse lida, o velho deixasse de existir.

Notando o receio do menino, Domingos argumentou: "Cláudio, minha história ainda não acabou. Mesmo quando você ler o final desse livro, eu ainda estarei aqui. O que faz você pensar que minha vida terminaria com o fim do Genocídio Armênio? Eu sobrevivi. Se fosse para contar minha história toda, ela iria até aqui, até agora, aqui ao seu lado…"

Quando se está no Inferno, o fogo serve de bússola. Ele agora guiava meus passos. Eu sabia que não tinha como andar em círculos, voltar atrás, porque atrás estava tudo incendiado. Eu olhava as planícies, as montanhas, e as chamas ardentes me indicavam o caminho. Era simples, eu iria aonde não estivesse queimando. E onde não estava queimando é porque já estava queimado.

Assim passei pelo Eufrates, que borbulhava cozinhando seus peixes. Não tinha como eu matar a sede, mas poderia matar a fome. Uma *alabalik* suplicante se oferecia: "Por favor, faça com que minha morte tenha sentido". E tive um belo cozido de peixe de jantar.

Mais à frente, dava com o muro do orfanato, ou de nossa cova coletiva. Não parecia ter nenhuma abertura, e eu não iria contorná-lo inteiro novamente para descobrir. Seu interior queimava. Encostado a ele dormi aquecido naquela noite.

No dia seguinte, cheguei ao coberto da cabra. Só restava mesmo o coberto, nada da casa, mas... surpresa! Havia a cabra!

Akh! Pobrezinha, minha companheira, havia sido pega pelo fogo. Estava assada. E foi minha refeição de almoço, jantar e café da manhã do dia seguinte.

Passando pela escola, não havia mais nada. Nenhuma carteira, nenhuma sala, nenhum *tchéte* ou aluno rebelde. A construção toda havia se desmoronado, mas ainda havia o poço. Fui até lá e, sim, havia água! Matei minha sede e segui em frente.

A cidade das *mayrigs* estava como a minha, coberta de fuligem, com morros silenciosos ao fundo. Eu me perguntava se o fogo havia pego os gendarmes turcos, já que os armênios tinham sido mortos dentro da igreja. Eu me perguntava se os turcos poderiam sobreviver àquele incêndio todo que, ainda que ressuscitado por mim, foram eles quem provocaram em primeiro lugar. Era isso o que eles conseguiam: um império inteiro queimado, destruído, campos que não dariam mais colheitas, pastos que não serviriam nem para formigas, cidades enfim silenciadas, uma cultura que não tinha mais nada a dizer.

Então cheguei a um bosque. Queimado, como todo o resto de nossa Hayastan, mas ainda identificável. Parecia com um pomar… sim, o pomar de meus sonhos, onde a serpente me oferecera o fruto mais exclusivo de todos, que eu troquei por sua carne. Aqueles galhos retorcidos e tocos de árvores podiam outrora ter sido árvores frutíferas das mais variadas espécies, nossa terra, nossa *yerkir* como a origem de todas as frutas do mundo, que espalhariam suas sementes por todos os continentes, sementes no estômago de um rouxinol, dentro do estômago de uma águia.

Se hoje as frutas mais saborosas da história natural estão extintas, é por culpa dos malditos turcos!

Fui seguindo por fileiras e fileiras, sem poder diferenciar uma macieira queimada de uma mangueira em cinzas, o tronco carbonizado de uma jaqueira dos restos de um pé de romã. Ainda assim, sabia para onde estava indo, para a árvore derradeira, a morada da serpente, o local de onde deus nos expulsou do paraíso. Ao chegar lá, tive uma enorme surpresa.

Não havia mais árvore — isso não era surpresa. Havia um toco queimado no chão, como indicativo de que a história acontecera. Logicamente não havia mais serpente, e isso era o esperado, isso em nada me surpreendia. Eu não esperava que, como num testamento reverso, o fruto proibido fosse me devolver o paraíso, mesmo que fosse um fruto assado, queimado, uma compota do fruto do conhecimento. O que me surpreendia, embasbacava e impressionava era o que eu via além de onde estivera a árvore:

O monte Ararat. Onde Noé atracou sua arca, no décimo sétimo dia do sétimo mês, e esperou as águas baixarem. Estava lá, à minha frente, ao longe, com seu topo acima das nuvens, permanentemente nevado. Era um símbolo para a Armênia, a primeira nação cristã, uma montanha sagrada, e mais. Naqueles tempos trevosos, a montanha era mais do que um símbolo. Pois além dela estava uma real salvação: a Armênia russa, uma terra, ainda que não independente, livre da perseguição turca. Assim como o Ararat salvou nossos antepassados do dilúvio, seu topo nevado me salvaria do incêndio. Ararat significava a salvação. Além dele, um pouso onde eu poderia enfim descansar.

"Mas não está tão perto, não…" Ouvi a voz atrás de mim.

Eu me virei, surpreso de ainda ter algum diálogo em minha narrativa, e encontrei o último que faltava. Ruivo, sardento, impecável: o Pequeno Príncipe.

"São uns bons dias de caminhada… Não acho que valha a pena", ele completou.

Minha mãe sempre me alertou sobre esses meninos de cabelos vermelhos, eu achava que era puro preconceito. Agora tornava-se muito claro para mim. Com nós dois parados no pomar queimado, com a visão sagrada do monte Ararat, aquele menino se revelava como de fato era: Pequeno Príncipe, sim, porque era um príncipe menor, um anjo caído, que nunca seria arcanjo, mas continuaria tentando, continuaria maquinando, como tentava naquele momento.

Eu tirei a faca da cintura. Ele me mostrou a mão esquerda: "Olhe, salvei uma fruta. É dessa árvore mais rara, de que agora só resta um toco. Estava pensando se deveria comê-la ou se deveria guardá-la, já que é a última que resta. Mas que besteira, acabei concluindo. Pois se a beleza das frutas é exatamente essa, não é? Podemos comê-las, que continuam crescendo. Ou até, *precisamos* comê-las para que continuem crescendo. Comemos a polpa, germinamos a semente. De todo modo, foi bom guardá-la, porque agora posso dividir com você...". O Pequeno Príncipe sorriu para mim. Tinha uma covinha do lado esquerdo, como Arminê.

O sorriso de um garoto ruivo pode impressionar muita gente, mas nunca chega aos pés do monte Ararat. A visão da montanha me dava forças e me dava um norte, ainda que a leste. Eu não o deixaria me dispersar.

"Obrigado, você pode comer sozinho."

O Pequeno Príncipe fez um beicinho. "Ah, sei que posso comer sozinho, mas não teria o mesmo sabor. Algumas coisas a gente guarda para compartilhar com os amigos, não por generosidade ou altruísmo, apenas por companhia. Que graça teria eu descobrir o sabor de uma fruta tão exclusiva sozinho, sem ninguém para comentar? Nem mesmo a serpente está mais aqui..."

"Nós não somos amigos", respondi seco, me aproximando do toco seco da árvore.

"Ah, não seja assim! Claro que somos amigos. Talvez você dê um valor excessivo à amizade, talvez veja como algo muito elevado. Não precisa ser assim. Eu te tratei com desprezo? Você me vê com rancor? O que importa é que estamos juntos, fazemos o mesmo percurso. A amizade é feita disso, não se engane. Apenas duas pessoas que não estão ligadas por laços familiares, não têm uma função estabelecida que as relacione, como colegas de trabalho, servo e senhor, e ainda assim caminham lado a lado. Isso não é amizade? Eu acho que sim. E você é meu amigo."

"Você não é meu amigo", insisti, espetando a ponta da faca no toco.

"Como não?", continuou o Príncipe Ruivo. "Que armênio mal-agradecido… Quem mais tem te acompanhado durante toda essa jornada? Feito os mesmos passos que você… Olha, até te visitar no hospital eu visitei!"

"Tive muitos amigos nessa jornada. Amigos que me acompanharam de fato. Que me ajudaram, quando eu estava sem esperanças. Diferentemente de você, que só apareceu para zombar."

O Pequeno Príncipe jogou a fruta para o alto e a pegou de volta, exibindo-se. "Sei, vai me dizer que amiga mesmo é Arminê? Que te tratava como rebanho para se tornar alimento? Ou Vartan, que te viu ser açoitado até a morte pelo *efendi* curdo? Talvez seja seu irmão, claro, seu irmão pode ser seu melhor amigo, embora seja um traidor, um convertido, que preferiu morrer servindo aos turcos."

Nisso avancei para ele e ele deu um passo atrás, sempre rindo. "Deixe disso. Não vai querer brigar comigo, que sou um menino tão inocente. Se falo tudo isso é para seu bem. Eu sou seu único amigo. Esqueça essa montanha idiota e venha comer essa fruta comigo."

Dei um passo atrás. Voltei a cutucar o toco de árvore queimado. "Você é um amigo que só aparece para mostrar que não tenho outros."

O Pequeno Príncipe sorriu vitorioso. "Se apareço é para mostrar que você ainda tem a mim."

A centelha que se acendeu em meus olhos me deu inspiração:

"Tive amigos, tive ajuda. No momento em que mais me encontrava sem rumo, um lobo me ofereceu abrigo."

O menino bufou. "Pff, sabe bem que abrigo seria esse..."

Prossegui: "Quando estava perdido na neve, uma raposa me deu a dica de usar meu próprio sangue como trilha".

"Ah, raposas são astutas. Ela só queria lamber seu sangue."

Preparei-me então para o golpe final: "E quando já tinha seguido todos os caminhos, o fogo me trouxe até aqui".

Nisso, o Pequeno Príncipe perdeu a paciência: "Vai comer essa fruta ou não?!".

Olhei bem nos olhos dele, pronto para o golpe final. "Meu pai costumava dizer que quem é jogado ao mar se agarra a uma serpente..."

O menino me interrompeu, irritado. "Esse é um ditado comum no Oriente, não foi seu pai que inventou!"

"Sim. Mas eu poderia criar uma nova versão: 'Quem está no Inferno fica amigo do fogo'."

E, com a ponta da faca, agitei o vespeiro de brasas no cerne do toco da árvore queimada. Como em minha casa, vi as labaredas voltando à vida, se elevando, me agradecendo por um novo respiro.

As chamas envolveram o Pequeno Príncipe, tomando seu uniformezinho de estudante exemplar, multiplicando suas sardas em bolhas, misturando-se a seus cabelos ruivos...

Eu poderia dizer então que ele revelou sua verdadeira face, que perdeu toda a beleza e o poder de sedução, mas seria injusto, porque qualquer um consumido assim pelas chamas perderia qualquer pose e pareceria com o Diabo. O que mais revelava quem ele realmente era não era uma máscara que caía, uma pele que queimava, e sim os gritos que ele não dava, o terror que ele não vivia.

"O Diabo não vai lhe mostrar o terror. O Diabo não vai lhe ofertar a salvação. O Diabo vai lhe sugerir uma via alternativa. A terceira via, ainda que via do meio, é onde mora o Diabo. No atalho, logo ao lado do suplício, vizinho à preguiça, é onde ele oferece seus préstimos. Não acredite nesse caminho, pois nele simplesmente é impossível seguir. Só há vício ou virtude. Céu ou Inferno. O Diabo está no meio do caminho." Era meu pai — se não dos céus, de dentro de mim — quem dizia.

E embora eu soubesse que havia me salvado, ainda que eu tivesse a visão do Ararat para me guiar, mesmo que eu acreditasse que havia finalmente um rumo seguro a seguir, a expressão que eu podia ler no rosto do Pequeno Príncipe não era nem de raiva nem de derrota. O Diabo estava satisfeito.

Notas e agradecimentos

Apesar de esta ser obviamente uma obra de ficção, o Genocídio Armênio realmente ocorreu, com alguns detalhes iguais, outros piores do que os descritos nestas páginas. Estima-se que 1,5 milhão de armênios tenham sido mortos de forma sistemática pelo Império Otomano entre 1915 e 1922, numa perseguição que remete a séculos. A vinda de minha família para o Brasil, os Nazarian e Gasparian, assim como de tantas outras famílias armênias, é resultado direto disso. E eu devia a elas essa história, como escritor armênio, brasileiro, homossexual.

Num romance literário, a bibliografia é difícil de ser estabelecida. Eu poderia citar aqui literalmente dezenas de livros, relatos e documentos que constituíram minha pesquisa, assim como minha visita ao Instituto-Museu do Genocídio Armênio de Erevan, em 2015, mas ficariam de fora contos de fadas, videogames, filmes de terror e o repertório de uma vida inteira, que foram igualmente vitais para a escrita.

Entretanto, eu não poderia deixar de destacar a importância da obra de três sobreviventes: Aram Haigaz (com seus *Four*

Years in the Mountains of Kurdistan e *The Fall of the Aerie*); Grigoris Balakian (*Armenian Golgotha*); e Hampartzoum Chitjian (*A um fio da morte*). As memórias desses três mártires foram meus guias. (E esse último tem uma edição brasileira, traduzida por mim.)

Os poemas, ditados, contos e cânticos da narrativa foram baseados fortemente no folclore armênio.

Os termos, palavras e frases em armênio, turco e árabe presentes na narrativa tiveram a revisão, tradução e assessoria da queridíssima Catherine Chahinian, que me fez sentir TÃO mais seguro com a versão final. (Eu e Cláudio te amamos.)

Este livro deve muito a meu amigo e "orientador", o professor doutor Heitor Loureiro, fonte inesgotável de referências, desde minha viagem à Armênia até a primeira leitura e a entrega final deste livro. Serei eternamente grato por sua generosidade.

Agradeço também à força de membros da comunidade armênia em São Paulo, especialmente ao dr. Antranik Manissadjian, figura histórica (que inspirou muito o capítulo sobre a chegada dos irmãos ao Brasil), ao professor doutor Hagop Kechichian, o melhor especialista sobre o tema que se pode ter, e Tatiana Boudakian, pela leitura e o carinho. Também sou grato à recepção dos índios da aldeia Rio Silveiras, de Boraceia, que inspiraram muito o background de Cláudio. E Gibson Ferreira, meu "orientador" no Monster Hunter.

De minha família, sou muito grato a meu tio-avô, Fernando Gasparian (in memoriam), que como editor da Paz e Terra trouxe obras fundamentais sobre o Genocídio Armênio para o Brasil, e minha mãe, Elisa Nazarian, que me emprestou essas obras (mesmo que tenha sempre me ensinado que livro não se empresta).

Por fim, agradeço a acolhida novamente na Companhia das Letras e a minhas agentes Lúcia Riff e Eugenia Ribas Vieira.

ESTA OBRA FOI COMPOSTA EM ELECTRA PELO ACQUA ESTÚDIO E IMPRESSA
PELA PAYM GRÁFICA EM OFSETE SOBRE PAPEL PÓLEN SOFT DA SUZANO S.A.
PARA A EDITORA SCHWARCZ EM SETEMBRO DE 2020

A marca FSC® é a garantia de que a madeira utilizada na fabricação do papel deste livro provém de florestas que foram gerenciadas de maneira ambientalmente correta, socialmente justa e economicamente viável, além de outras fontes de origem controlada.